侍女はオネエの皮を被った××を知る。
JIJYO HA ONEE NO KAWA WO
KABUTTA BATSUBATSU WO SHIRU.

侍女はオネエの皮を被った××を知る。

小蔦あおい

illustration 山下ナナオ

ICHIJINSHA IRIS NEO

CONTENTS

この作品はフィクションです。
実際の人物・団体・事件などには関係ありません。

侍女はオネエの皮を被った××を知る。

❁ 一章　二度目の行儀見習い

「セレスティナ、お前は今日《きょう》から行儀見習いとして王宮で奉公してもらう」

アゼルガルド伯爵家の当主である父から告げられたのは、ティナが十八歳の誕生日を迎えた日の朝だった。

嫌な予感はしていた。

今朝《けさ》はいつも起こしに来てくれる侍女ではなかった。着替えを済ませて二階の自室から一階の居間へ行くまでの間、使用人たちがいつもと違って慌ただしい様子が目についた。不思議に思っていたが、父の言葉で合点がいく。とはいっても突然降って湧《わ》いたような展開に、まだ少女の面影を残すあどけない顔には、戸惑いの色が滲《にじ》み出る。

（これは何かの冗談なの？）

ティナは確認の意味も込めてその場にいた姉と執事を交互に見た。しかし、二人はそのことに何の反応も示さなかった。寧《むし》ろそれが至極当然といったような真剣な顔つきだ。執事をよく見ると彼の両《りょう》脇《わき》には自分の荷物が入っているだろう旅行鞄《かばん》が置かれている。

拒否権がないのだと頭の中で理解はしていても、ティナは姉に縋《すが》るしかなかった。

「姉様、どうして私が王宮へ行かなきゃいけないの？　こんなの酷《ひど》いわ……」

くりっとした桃色の瞳《ひとみ》に涙を浮かべて訴える。姉は肩を竦《すく》めて困った表情をするだけだった。

行儀見習いとは社交界デビュー前の令嬢が礼儀作法を学ぶために身分の高い貴族や王族へ奉公することを指す。もちろんティナは、十六歳の時に社交界デビューを果たしていたし、十五歳の時に公爵であるダンフォース家で行儀見習いとして半年間、既《すで》に奉公に出ていた。

それなのにどうして再び奉公しなければならないのか。思い当たる節は一つだけあった。

姉はティナの両手を優しく握ると、諭す口調で言う。

「私も父様も、ティナが不躾《ぶしつけ》だから奉公させると決めたわけじゃないのよ。私たちはあなたが心配なの。だって舞踏会へ行ってもちっとも男性と親しくならないし、恋の話も聞こえてこないから。……男性恐怖症のままじゃ嫁ぎ遅れになってしまうわ」

「それはっ……」

口を噤《つぐ》むティナは、真剣な面持ちの姉から逃れるように視線を逸《そ》らした。

ティナが男性恐怖症と言われる所以《ゆえん》、それは舞踏会に参加しても誰《だれ》とも踊らず壁の花に徹しているからだった。

年頃《としごろ》の令息たちが何度かティナにダンスを申し込んだが、怯《おび》えた瞳で断られるので、そのうち誰も誘わなくなった。そして、彼らの間でついたティナのあだ名は『小心者の兎《うさぎ》さん』。

ティナの桃色の瞳とおどおどした様子を揶揄《からか》ったものだった。

噂《うわさ》を耳にした父や姉は、ティナに男性恐怖症を克服してもらいたいと思うようになった。その結果、ティナには内緒で王宮での行儀見習いを決行したのである。

廊下から慌ただしい足音が聞こえてくると、侍女が扉を叩《たた》いて部屋に入ってきた。

「ティナお嬢様、王宮から迎えがいらっしゃいましたよ」

窓の外を見ると、晴れ渡った青空の下で眩《まぶ》しいほど輝く豪奢《ごうしゃ》な作りの黒馬車が玄関前に到着していた。執事は従僕を連れて荷物の積み込みを始めてしまい、侍女も忙《せわ》しなく屋敷と馬車を行ったり来たりしている。

もうここまでされては逃げ道など残されていない。

諦観《ていかん》の表情を浮かべるとティナは深いため息を吐《つ》き、重たい足取りで王宮の馬車に乗り込んだ。

馬車の中は意外と広く、外装に負けないくらい天井や壁の装飾が華やかだった。気後れしつつも布張りの座席に腰を下ろすと、執事が扉を閉めてくれる。いつもなら出かける際は侍女がお供をしてくれるが、今回は誰も乗ってはくれない。

広い室内はより一層広く、もの寂しく感じた。ティナが少し心細くなっていると、窓ガラスを軽く叩く音が聞こえた。

「――言い忘れたことがあったが」

それはひょっこりと顔を出した父。どこか茶目っ気のある明るい笑顔をした彼は続けざまにこう言った。

「お前がお仕えするのはカナルジーク王弟殿下だよ」

一瞬の沈黙。

ティナはくりっとした桃色の瞳を瞬《まばた》かせる。そして漸《ようや》く父が何と言ったのか理解すると素《す》っ頓狂《とんきょう》な声を上げた。

「…………えええええっ⁉」

驚きの叫びは出発した馬の蹄鉄《ていてつ》と車輪の音で掻《か》き消されてしまった。

ティナが暮らしているシルヴェンバルト王国は大陸の西に位置する。政治面や文化面、外交面などのありとあらゆる側面から近隣諸国に影響を与える大国の一つだ。特にここ数年は強大な軍事力を誇っていた隣国、エレスメアに勝利したことでさらに一目置かれる存在となっている。その一端を担ったのはこの度ティナが仕える相手、カナルジーク王弟殿下だ。

彼はシルヴェンバルト王国を統《す》べるフェリオン国王陛下の弟君であり、王位継承権は一番目。しかし、彼は王位になど端から興味がないらしく、フェリオンに息子ができるとこれを好機と捉えてその座をあっさり譲ってしまった。その後、幼少期から剣術に長《た》けていた彼は王宮騎士団に入団すると、めきめきと腕を上げ、一年も経《た》たないうちに団長にまで上りつめた。

二年前のエレスメアとの戦争では、戦場での豪胆かつ剽悍《ひょうかん》な姿は多くの騎士に勇気と希望を与え、たちまち彼らの憧憬《どうけい》と厚い信頼を獲得した。そんな偉業を成し遂げた彼は何も剣術だけが優れているわけではない。

カナルジーク王弟殿下――カナルは、容姿もまた傑出していた。

ティナはとあるガーデン・パーティで一度だけ、遠巻きに彼を眺めたことがある。

背は高く王宮騎士団の団長に就いているにしては細身。肌は白く鼻筋は通っていて、長い睫毛《まつげ》に縁どられたアーモンド形の瞳は水底のように澄んだ青色。長く伸ばした淡い金色の髪は三つ編みにして片方の肩に垂らしている。一見、女性かと見間違えるほど、中性的な美しさを持つ男性だった。

歳《とし》は結婚しても何らおかしくはない二十七歳で、老若男女問わず周囲から注目を集めていた。

ここまで聞くと王位継承権の破棄を除いても、かなりの優良物件である。ところが、令嬢たちが絶対に近づこうとしない理由は一年前からカナルに、ある噂が流れ始めたからだった。

それは、彼が男色で自分好みの男たちを夜な夜な寝室に連れ込んでいるというものだった。

最初は誰も信じなかった。しかし、その噂の信憑性《しんぴょうせい》を高めるように、カナルは舞踏会に一切現れなくなり、たまに姿を現しても誰ともダンスは踊らないのだ。さらに、彼の身の回りを世話する者は侍従ばかりらしい。

「……父様も姉様も女性に興味がない王弟殿下のもとで奉公させることで、私の男性恐怖症を克服するように企《たくら》んでいるのね。私を想《おも》ってしてくれるのはとてもありがたいけど。……そんなことをしても無駄なのに」

――原因は男性恐怖症じゃないもの。

表情に暗い影を落とすティナは誰もいない馬車の中で胸の内を吐露する。

茫洋《ぼうよう》とした瞳で外の景色を眺めると、傍《そば》を流れる河の水面は太陽の光を反射してとても眩しかった。

＊

太陽が空高く昇った頃《ころ》、ティナを乗せた馬車は使用人専用入り口を通って王宮に到着した。ティナが馬車から降りると、銀縁眼鏡《めがね》をかけた品の良い男性が出迎えてくれた。

年齢は四十そこそこに見える。渋い顔立ちで瞳は黒く、灰色の髪をオールバックにしていた。黒のズボンと燕尾《えんび》の上着に灰色のサテンのベストを着こなし、履いている革靴は隅々まで磨かれて黒光りしている。服装は洗練されているが気取った感じはなく、抱く印象は清潔感のある人だった。

彼はロスウェル・ヤングといい、王宮使用人を取り纏《まと》める監督官を務めている。

形式的な挨拶《あいさつ》から始まると、流れるように王宮の規則や仕事内容について説明してくれた。

「私のことは監督官と呼ぶように。奉公する以上、身分は関係ありません。公爵だろうと男爵だろうと皆平等に扱われます。いいですね？」

「はい、監督官」

「それでは軽く王宮内を案内しながら、あなたの持ち場へ参りましょう」

「宜《よろ》しくお願いします」

ティナはロスウェルの後ろについて王宮内を回った。

王宮は主に三つのエリアからなっている。政務や裁判が行われる政庁エリアと外国使節団の謁見や公式行事が行われる外交儀礼エリア、そして王族が暮らす居住エリアだ。

王族の居住エリアには国王陛下一家が暮らす真珠宮とカナルが暮らす白亜宮の二つがあり、どちらの外観も白を基調とした壮麗な建物だった。

ロスウェルに案内された白亜宮の内部は想像以上に広大だった。廊下には有名画家の絵画や東方の国から取り寄せられた磁器など、ギャラリーのように様々な調度品が展示され、白の壁は金の貝殻文様の装飾が贅沢《ぜいたく》に施されている。二階建てということもあり、部屋の数は王弟殿下が一人で暮らすには持て余すほどだった。

どこに何の部屋があるのか説明を受けたが、あまりの多さにティナは、一度では覚えられそうになかった。ロスウェルはティナが目を回していることに気づいたのか、銀縁眼鏡を押し上げながら平淡な声で付け加える。

「殿下は数室しか使っていませんので、全《すべ》てを覚える必要はありません。真珠宮と白亜宮の必要な場所だけ覚えるのが良いでしょう。特に真珠宮で仕事をすることがしばしばありますので、今からそちらへ案内します」

情報を詰め込みすぎて頭が爆発寸前だったティナはほっと胸を撫《な》で下ろした。短く返事をすると改めて気を引き締める。自分が侍女として仕事をしそうな場所はきちんと把握しようと思い、その後もロスウェルの話を熱心に聞きながら歩いて回った。

カナルが暮らす白亜宮が静謐《せいひつ》な王宮であるのに対して、国王陛下一家が暮らす真珠宮は活気があった。その違いは、使用人の数と彼らを取り纏める各部署のオフィスが存在するからだ。

廊下を歩けば王宮を掃除する侍女や侍従だけでなく、国王陛下の側近もいる。中には王妃様専属の衣装係の姿もあった。

また、死角がないように衛兵が配置され、警備は万全だ。悪事を働けるような隙《すき》さえなかった。

「あ、あの。白亜宮は使用人や衛兵の数が少ないようですが、何か理由がありますか？」

ティナは白亜宮の人員配置が極端に少ない気がして、思わず質問を投げかける。

「ここは国王陛下一家が暮らしていますし、各部署のオフィスを構えていますから自《おの》ずと仕える者の人数も多くなります。一方でカナル殿下は独身です。とはいっても数年前まではそれなりに多くの者が仕えておりました。ですが殿下は落ち着いた場所がお好みらしく、現在では十人ほどの侍従と護衛兼侍従を務める者が一人いるのみです」

「えっ。も、もしかして皆様、男性なのですか？　女性の方は⁉」

噂通り仕えている人間が侍従ばかりと聞いて、確認の意味も込めてティナはロスウェルに問う。

「白亜宮は全員侍従です。以前は侍女もおりましたし、あなたのような行儀見習いの侍女も一人おりました。しかしながら殿下のお気に召さなかったのです。王宮の侍女は散々交代した挙げ句、もう連れてくるなと仰《おつしや》いました。奉公に来ていた侍女は一ヶ月も経たないうちに辞めさせられました。殿下は女性に厳しいきらいがあ……いえ、なんでもありません」

ロスウェルは言葉を濁すと口元に手を当てて軽く咳払《せきばら》いをした。

ティナはロスウェルの言葉を最後まで聞いていなかった。頭の中では延々と『白亜宮は全員侍従』という言葉が繰り返される。

（父様と姉様がどうしてカナル殿下のもとで奉公させたのか理由が知れたわ。噂の殿下は男性が好きだから周りを侍従で固める。つまり男性だらけの白亜宮で、男性恐怖症を克服しろということね……荒療治だわ！）

ロスウェルにお願いして今すぐ真珠宮へ配置換えをしてもらいたい。だがティナは既に行儀見習いの奉公を終えて社交界デビューした身。一度社交界デビューした人間がもう一度、しかも王宮で奉公をするなど異例中の異例だ。

父が無理を言って頼んだことが容易《たやす》く想像できる。そして自分のためであることをふまえると、勝手なことはできなかった。

（うまくやっていける気がしない……）

ティナは奉公へ行くようにと言われた時よりも気が重くなった。ロスウェルの話に耳を傾けながら、不安を吐き出すように小さく息を吐いた。

真珠宮での説明が終わり、白亜宮に戻ってきたのは夕闇《ゆうやみ》がすぐそこまで迫る頃だった。

一日中王宮内を歩き回ったティナはへとへとだった。しかし、折角案内してもらっておいて疲れた態度を取るのは失礼だ。ティナは無理やり笑顔を作るとロスウェルに礼を言う。と、彼はティナの後ろに視線をやって口を開いた。

「殿下」

ティナはロスウェルの言葉を聞いて後ろを振り向く。と、思わず息を呑《の》んだ。

以前ガーデン・パーティで遠巻きに見た時と違い、いっそう距離が近い。その整った美しい顔立ちがはっきりと見えた。

柔和に微笑《ほほえ》むカナルは想像以上に美しかった。柔らかな淡い金色の髪も、シミ一つない白皙《はくせき》の顔も全てが精巧を極める芸術品のよう。詰め襟の白と紺を基調とした上着に細身のズボンを穿《は》いている姿は凛々《りり》しくも優雅だ。

ティナは暫《しばら》くカナルに見とれてしまっていた。しかし、目が合った途端に違和感を覚えた。何がと尋ねられればはっきりと答えられない。しかし彼の微笑みとは対照的に青い瞳は鋭く、そこからは好意的な感情が読み取れない。

（女が来たから、嫌がられているのかしら……）

反射的に一歩下がろうとすると、カナルはずいっと間を詰めてティナの前に立つ。そして覗《のぞ》き込むようにして見つめてきた。

ティナはその行動に面食らった。

舞踏会でいつも令息たちから距離を取っていたティナには男性への耐性がない。至近距離で見つめられ、どうすればいいのか分からず思考が完全に停止する。その場に立ち竦んでいるとやがて、自分の置かれた状況を思い出し、慌てて王族にする礼を取った。

「おはっ、お初にお目にかかります。セレスティナ・アゼルガルドと申します。以後お見知りおきを」

ロスウェルは片眉《かたまゆ》を跳ね上げてティナを眺めていたが、挨拶が済むとすぐにカナルの方へ視線を戻した。銀縁眼鏡を指で押し上げながらティナを紹介する。

「殿下。こちらは今日から白亜宮で働くことになった侍女のアゼルガルド嬢です」

すると、今まで閉じられていたカナルの薄い唇が開かれた。

「あなたが新しい侍女なのね。来るのが遅いと思ったら。なーに？　古だぬきに捕まって連れ回されてたの？　大丈夫？　あなた顔、死んでるわよ」

ティナは優しく話しかけてくるカナルにどう答えていいのか分からず、言葉を詰まらせた。というのも、女性的な言葉遣いと高めの魅力的な声に驚いてしまったのだ。カナルはティナにとって、初めて出会うタイプの男性だった。

覗き込まれた青い瞳からは、先ほど感じた鋭さは消えていた。敵意を含んでいた視線だったはずなのに好意的なものに変わっている。さらに、明るくて気さくな態度がティナを余計に混乱させた。

対して、古だぬき呼ばわりされたロスウェルは小鼻を大きく膨らませる。

「なっ、古だぬきなどと……まだ監督官になって一年しか経っていません！　はあ、私はアゼルガルド嬢に王宮の中を案内していたのですよ。――って、殿下！　最後まで話を聞いてください!!」

カナルはロスウェルの話を無視し、ティナの手を引いて歩き始める。

「はいはーい。小言はもう充分だから。お勤めご苦労さーまっ！」

最後にばちりと気持ちの良いウィンクをロスウェルへ投げ、ティナを連れて白亜宮へと戻っていった。

＊

カナルに案内された部屋は真紅を基調とした居間だった。

天井にはフレスコ画が描かれ、壁面や柱は至るところに精緻《せいち》な金の貝殻文様の装飾が施されている。廊下よりも内装が凝っていて目が眩《くら》むほどきらびやかだ。まさに「豪華絢爛《けんらん》」という言葉が似合う空間だった。

「歩き回って疲れたでしょ？　監督官は仕事熱心すぎよね」

カナルはベルベットのソファにティナを座らせると自身もその隣に腰を下ろした。続いて、優しい手つきで頭を撫で始める。

彼の突然の行為にティナは顔色を失い、身体《からだ》を強張《こわば》らせた。

(これは一体どういう状況なの？　カナル殿下は男性が好きなのに。どうして私の頭を撫でているの？)

「あ、あのっ、殿下っ……」

ティナは恐る恐る口を開いた。するとカナルはティナの頭を撫でる動作はそのままに、艶然《えんぜん》と微笑む。漂う艶《なま》めかしい雰囲気にティナは思わずドギマギしてしまった。

「仰々しい言い方はやめていいのよー。カナルでいいわ」

「……で、では、カナル様。どうかこのような真似《まね》は、おやめください」

「このような真似？」

カナルはティナの頭を撫でていることに気がついていなかったらしい。アーモンド形の瞳をぱちくりさせてから状況を理解すると、微苦笑を浮かべて解放してくれた。

「あら、私ったら！　あんまり触ってみたくなるような綺麗《きれい》な栗色《くりいろ》の髪だから。うっかりしてたわ。ごめんなさいね、ティナ」

ティナはカナルに愛称で呼ばれて戸惑った。

以前、ダンフォース公爵家で奉公していた時は愛称ではなく『アゼルガルド嬢』と呼ばれていたし、仕草や喋《しゃべ》り方一つ一つチェックされてとても厳しい環境だった。それに対して今はどうだろう。

王家に奉公しに来た身なのに公爵家と比べてかなり気兼ねない扱いを受けているのではないだろうか。

(王族なら威厳を保つために使用人と一定の距離を取った方がいいんじゃないかしら？　でもそんな差し出がましいことは言えないし。もしかしたらこれがカナル様にとって使用人との最適な距離感なのかもしれないわ)

口元に手を当ててあれこれ考えていると、扉を叩く音が聞こえてきた。

カナルが返事をすると青年が現れた。真珠宮で何度も見た機能性に優れた黒のお仕着せに、ティナはやって来たのが侍従だと分かった。

年齢は二十代半ばだろう。少し癖のある艶《つや》やかな濡《ぬ》れ羽色の髪に、灰色がかった紫の瞳。さらに整った顔立ちとくれば令嬢たちが注目するに違いないのだが――残念なことにその顔つきは気だるげだ。

疲れている、あるいはやる気がないのどちらかを一瞬疑ってしまったが、真面目《まじめ》にカナルへ挨拶をしているので平生通りなのだろう。

「いいところに来たじゃないエドガ！　ハーブティーとお菓子を持ってきてー!!」

「そう仰ると思ってもう準備しています」

エドガと呼ばれた青年は廊下に控えていた数人の侍従を呼ぶとお茶の準備をさせ始めた。運ばれてきたワゴンの上には数種類のお菓子が載ったケーキスタンドと、鮮やかな花の文様が描かれたティーセットが並ぶ。それらがテーブルの上に運ばれ、準備が整うとエドガ以外の侍従は下がった。

カナルは座り直すと手を差し出してティナに向かいのソファに座るように促す。

「さ、前に座って。一緒にお茶を楽しみましょー」

ティナは慌てて口を開いた。

「えっと、私はカナル様に仕える身でありますので、一緒にお茶はできません」

「ティナの仕事の一つは私と楽しくお茶をすることよー。ちゃんと奉仕して」

ティナはじっと考え込んだ。

正直なところ、侍女の仕事がお茶の相手だなんて聞いたことがない。女性とお茶をしたいのなら侍女ではなく貴族の令嬢を招いてお茶会を開けばいいのに、と思った。しかし、すぐにその考えは打ち消され、ティナは心の中であっと声を上げた。

(そうだわ、カナル様は男性が好き。もしも王族のカナル様からお茶会のお誘いがあれば、令嬢たちはそれを無下にはできないから、必ず参加するわ。でも、それが楽しいお茶会になるかどうかは……別の話ね)

意図を汲《く》み取ったティナはおずおずと立ち上がって向かいのソファに腰を下ろす。満足げな表情を浮かべるカナルは自ずとポットへ手を伸ばした。

ティナは目を瞠《みは》ると周章狼狽《ろうばい》する。王弟殿下であるカナル自らの手で、目下である伯爵家の令嬢にお茶を淹《い》れるなんて前代未聞だ。いくらお茶の相手ができて嬉《うれ》しいからといっても、越えてはいけない一線がある。

ティナはソファから立ち上がると、青ざめた顔を横に振った。

「い、いけません。お茶なら私が淹れます。どうかカナル様はお寛《くつろ》ぎください」

カナルはちらりとティナを見ただけで、手際よくお茶を淹れ始める。

「さっきから顔色が悪いのにそんなことさせられないわ。監督官に一日中連れ回されて疲れてるんでしょ?　だから私がお茶を淹れるのよ」

「ですが……」

「安心して。私がお茶を淹れるのはこれが最初で最後。明日《あす》からはあなたが私のために美味《おい》しいお茶を淹れてね」

ティナはそれでもまだ、カナルの行為を受け入れられなかった。が、思案する間にカップにお茶が注がれてしまったので、大人《おとな》しくソファに戻った。

注がれたばかりのカップからは、白い湯気が立ち上る。カナルはソーサーの上にカップを載せて、ティナの前に置いた。茶葉には数種類のハーブがブレンドされているようで、心地のよい柔らかな香りがする。

ティナは香りを嗅《か》いで和んでいく自分に驚いた。どうやら自分は随分と緊張していたらしい。自分でも気づかなかったことなのに、カナルはそれに気づいていたようだ。

「あ、ありがとうございます。明日からは美味しいお茶を淹れますね」

カナルは礼を言われると破顔する。そして今度はケーキスタンドへ手を示した。

「ケーキは何がいい？　フルーツタルトにチェリーパイ、チーズケーキもあるわよ。遠慮なくなんでも食べて」

「え、ええっと……」

実のところ、屋敷を出てからお腹《なか》が空いていなかった。しかし余程お茶の相手が欲しかったのか、カナルは目を輝かせている。

「申し訳ないのですが、ケーキは遠慮させていただきます」

「あら、好きなものを選んでいいのよ。遠慮は要らないって言ったでしょ？」

ティナが断ってもカナルは遠慮しなくていいとぐいぐい勧めてくる。ついに根負けして、木苺《きいちご》のタルトをいただくことにした。

目の前に置かれたカップに視線を落とすと、手に取ってゆっくりと口をつける。鼻に抜けるハーブの柔らかな香りと甘くて少しだけ苦い味が口の中でふわりと広がる。なによりも温かなハーブティーはじんわりと身体を温めてくれて、そのおかげで漸く張りつめていた緊張の糸が緩んだような気がした。

「美味しい」

息をするように自然とついて出た言葉だった。

「ホント？　良かったあ、喜んでくれて」

カナルは上機嫌で自分のハーブティーを啜《すす》る。ふと真顔になると、脇で控えているエドガへちらりと視線をやった。

「エドガの淹れるお茶なんて死ぬほどまずくって飲めたものじゃないの。殺人レベルの味なんだから」

嫌味を言われている当の本人は気だるげな表情を変えないまま口を開いた。

「お茶は誰が淹れても同じです」

それを聞いてカナルはわざとらしく深いため息を吐く。

「もうっ、だからエドガとお茶をしても楽しくないのよ……。あっ、紹介が遅れたわね。こちらはエドガ。グレンシャン伯爵家の者よ。本職は私の護衛だから侍従の仕事はそこそこってところね」

ティナは紹介された青年をまじまじと見た。

どことなくエドガは侍従の服が似合わない。何がと訊《き》かれるとうまく答えられないが、紺の騎士服

姿を想像すると、そちらの方がしっくりとくるのだ。

「初めまして。セレスティナ・アゼルガルドと申します。これから宜しくお願いします。エドガ様」

席を立って礼をするとエドガが気だるい視線を向けてくる。

「俺に『様』なんてつけなくていい。そういう呼ばれ方はあまり好きじゃない」

「わ、分かりました。――エドガさん」

改めて名前を呼び直すとエドガから「ああ、宜しく」という気だるげな言葉が返ってきた。


それからはカナルとの他愛もない話が続いた。ティナは美味しいハーブティーと木苺のタルトを食べながら、頃合いを見てカナルに今後のことを質問する。

「あの、カナル様、私はどんな仕事をすればよろしいのでしょうか？」

カナルは口をつけていたカップをソーサーの上に置いた。そろそろ本題に入るべきだと彼も思ったようだ。

「基本的にティナの仕事は私が暮らしている部屋を快適に整えること。あとは雑用と私のお茶の相手をすること。それ以外は好きに過ごしてくれて構わないわ」

「えっと、部屋というのはどこの部屋ですか？　寝室、居間、書斎など白亜宮にはたくさんの部屋がありますので」

「心配しないで。エドガが後で紙に纏《まと》めてくれるから。でも、寝室は掃除しなくていいわ。あそこはエドガにしか掃除はさせないの」

「そ、それはどうして、ですか？」

「ふふっ。だって、エドガは特別だもの」

『特別』という言葉を耳にして、ティナは顔をエドガに向ける。

(もしかしてカナル様の夜の相手ってエドガさんなのかしら？　でも、彼は護衛兼侍従だから一番カナル様に信頼されているだけかもしれないわ)

何の証拠もないのにエドガまでも男色だと決めつけるのは早い。ティナは、偏見はよくないと自分に言い聞かせた。

カナルは人差し指を口元に添えて、思案しながら上を仰いだ。

「んー、ティナ以外に侍女はいないけど。分からないことがあれば全部エドガに訊いて。お茶の淹れ方以外なら何でも教えてくれるわー。そうそう、これはティナだけの規則になるけど夜の八時から朝の六時まで一人で出歩かないこと。出歩く場合は必ずエドガをつけること。約束してくれる？」

ティナはすぐにピンときた。

(その時間は男性を寝室へ連れ込んでいるから、女の私が一人で白亜宮をうろうろされては困るということね)

ティナは背筋を伸ばして胸を張ると、大きく頷《うなず》いてみせた。

「はい、カナル様。約束します」

「いい返事で大変よろしい。今日はもう疲れたでしょ？　下がって休むといいわ」

「ありがとうございます。あの、そ、それがですね……」

ティナは指をもじもじと動かし、とても言いにくそうに上目がちにカナルを見た。

「た、大変恐縮ですが、宿舎の案内をしてもらっていないので場所が分かりません」

「はあ、まったく。肝心の宿舎の場所を教えないなんて。あの古だぬきは一体何の案内をしていたのかしら？　エドガ、連れて行ってあげて」

カナルは肩を竦めると後ろに控えているエドガを一瞥《いちべつ》する。エドガは心得顔で頷くと、ティナを連れて居間から下がった。


宿舎は白亜宮の西に位置し、歩ける距離にある。真珠宮や白亜宮に併せて白塗りで、装飾のない簡素な造りの建物だ。

ティナが与えられた部屋はこぢんまりとしていて必要な家具が揃《そろ》っていた。

「持ってきた荷物はベッド脇に置いてある。お仕着せはクローゼットの中だ」

エドガが部屋の隅にある家具を指したので、ティナは中を開けて確認した。

王宮のお仕着せである深緑のドレスと白のエプロン、キャップ。歩きやすい黒のフラットシューズなど必要なものが全て揃っていた。替えがきくようにどれも複数用意されている。糊《のり》のきいたお仕着せはどれも新品だ。試しに一着手に取ると、姿見の前で当ててみる。サイズも問題ないようだ。

（こうなってしまった以上、明日からは侍女として頑張らなくちゃ）

ええいままよと開き直っていると、壁によりかかっていたエドガが呟《つぶや》いた。

「明日の朝から仕事が始まる。早く休むといい。――すぐに音を上げないことを期待している」

「えっ？」

ティナは意味深な言葉が聞こえた気がして振り返る。エドガは気だるげな表情をしていて、突然顔を向けたティナに首を傾《かし》げた。

ティナは頭を振ると、何でもないと微笑んだ。

（私の空耳かしら？　今日は長い一日だったからきっと疲れてるのね）


こうして、父と姉の企みによる侍女としての奉公生活が始まった。

＊

白亜宮と真珠宮で働く使用人たちは二つの部署に分けられる。

一つは家政長官が率いる部署で、洗濯係や料理人などが所属している。

もう一つは宮内長官が率いる部署だ。王族の個人財産を管理する出納長官や医務官、侍従や侍女が所属している。その他に薬を調合する薬師や王宮内の植物を管理する庭師が該当する。

ティナは行儀見習いの侍女として奉公に来ているので、所属するのは宮内長官の部署だ。

朝焼けの色が空に広がり始めた頃、ティナはお仕着せ姿で白亜宮の入り口に立っていた。

「今日からここで働くのね……」

自分で口にしておきながら少しだけ憂鬱《ゆううつ》になる。

男性恐怖症ではないとはいえ、男性が苦手な存在であることは確かだ。ロスウェルから聞いていた通り、昨日《きのう》白亜宮で見た使用人は侍従ばかりだった。侍女は一人もいない。

ティナは汗の滲んだ手を握り締めて荘厳な王宮を仰ぎ見る。緊張からくる震えを止めるように拳《こぶし》をさらにきつく握り締めると、白亜宮へ足を踏み入れた。

「お、おはようございます」

作業室へ向かうと既にエドガの姿があった。部屋中央の席に腰を下ろし、懐にしまえる大きさの手帳を眺めながらテーブルに片肘《かたひじ》をついていた。

エドガは声に反応して気だるげな顔をこちらに向けた。間を置いてから「おはよう」と返してくれる。

「本日から宜しくお願いします」

「ああ」

気だるげな返事をするとエドガは再び視線を手帳に戻した。彼以外、他《ほか》の者はまだ誰も来ていない。

壁にかけている振り子時計の針を確認すると、もう全員が集まってもいい時間帯だ。けれど、誰かが来る気配はまったくない。

ティナは今日が初仕事であることと、エドガと二人きりになっていることからくる緊張で頭の中が真っ白になっていた。どう会話を広げていいのか分からない。気の利いた話題も思いつかない。振り子時計の振り子の音が煽《あお》るように鳴り響くので余計に焦ってしまう。

そしてティナは、はたと気がついた。

(もしかして、他の皆さんは既にこちらに来てお仕事をされている？　私は奉公初日で遅刻してしまったの⁉)

真っ青《まさお》な顔でティナは尋ねる。

「あのっ、私は遅刻してしまったのでしょうか？　それとも来る時間を間違えたのでしょうか？」

すると、エドガがぱたんと手帳を閉じて、それを懐にしまうと椅子《いす》から立ち上がる。

嫌な汗が背中に滲むのを感じながら、ティナはエドガの返事をじっと待つ。

「……心配しなくていい。遅刻もしていないし、時間も間違ってない」

「で、では他の皆さんはどちらに？」

「ここには誰も来ない」

「えっ？」

何も間違えていないことを知ってほっとしたのも束《つか》の間。ティナは顔をきょとんとさせる。

エドガはポケットから取り出した白の手袋をつけながら淡々とことの次第を説明してくれる。

「他で急に人手が足りていないところが出てしまった。カナル様の指示のもと、侍従たちは暫くの間そちらで働いてもらう」

涼しい顔をするエドガに対して、ティナはことの重大さに慌てふためいた。

「ま、待ってください！　それだと、この広大な白亜宮の手入れは行き届きません」

ただでさえ少数精鋭だった白亜宮はエドガとティナの二人だけになってしまったのだ。それにエドガはカナルの護衛。ほとんどの時間をカナルと共に行動しているので掃除の仕事は一緒にできない。

「問題ない。掃除をする場所は既に絞ってある。あんたがしっかり働いてくれれば一日で終わるはずだ。……できるだろ？」

エドガは机の上にあるリストを差し出した。いつの間にか気だるげな表情が消え、挑むような瞳でティナを見る。

ティナは戸惑いながらもそれを受け取った。

書き示されている内容は分刻みで動けばなんとか一日で終わるものだった。だが、もしもこれが二度目の行儀見習いの奉公ではなく、一度目なら――絶対に終われるような量ではない。

ティナはリストに視線を落としながらじっと考え込んだ。

（エドガさんはもしかすると私が以前公爵家で奉公していたことを知っているのかもしれないわ。初心者ではないのだからこれくらいできて当たり前だ、と仄《ほの》めかしていることになるわね。……そうね、まだ仕事を始めていないのに音を上げるなんてダメ。私ができなければエドガさんに迷惑がかかるわ）

ティナは唇を引き結ぶと顔を上げた。背筋を正し、エドガに真摯《しんし》な眼差《まなざ》しを向ける。

「はい。やってみせます」

丁度、振り子時計から仕事の始まりを告げる音が鳴る。

ティナはエドガについてくるよう促されて、仕事に向かったのだった。

＊

いきなり放り込まれた王宮での生活はどうなるか不安だった。しかし、公爵家で半年間奉公していたこともあって、ティナは要領を掴《つか》むとすぐに慣れてしまった。

数日働いて分かったことは、行儀見習いという名目で決行された父と姉の男性恐怖症克服大作戦は実感としてうまくいっていないということだ。

結局カナルとエドガ、そしてロスウェル以外、誰とも顔を合わせない状況になっている。

男だらけの中に女一人で働く自信はなかったので、ティナは随分気が楽になった。

カナルは朝早くから鍛練場に行ってしまっているため、ティナが白亜宮へ訪れる頃にはもういない。お昼頃に帰ってきても着替えを済ませると、すぐに政務の仕事でいなくなる。エドガも初日はティナの世話を焼いてくれたが、本職が護衛なのでカナルに同行してほとんどいない。ロスウェルは仕事をしているかの確認や業務連絡のために一日のうち数回、巡回に来る程度だ。衛兵も白亜宮の外で警備はしているものの、中には配置されていない。

ティナは今日もひとりぼっちで朝から昼にかけて丁寧に掃除をする。

広大な白亜宮にはたくさんの部屋が存在するが、全ての部屋をカナルが使っているわけではないので、掃除する場所は居間と応接間、書斎、絵画コレクションを飾った展示室など数室に限られている。

また、寝室はエドガが掃除するのでしなくていい。

埃《ほこり》を払ったり、窓を拭《ふ》いたりと一人での作業は大変だが、掃除を終えると部屋全体が眩しいほど輝くので楽しくてしょうがない。

以前の奉公先の公爵夫人は、身分関係なくなんでもできることが良き妻であり、良き主《あるじ》であるという考えの持ち主だった。

当時は貴族ではない女の子たちに交じってトイレ掃除に始まり、料理や皿洗い、洗濯、裁縫などありとあらゆる仕事をさせられた。おかげでティナは何でもこなせるようになっていた。

もちろん、家に帰ってからは執事や侍女たちに止められてほとんどできなくなってしまったが。

(あの時の経験がこうしてまた役に立っている。なんて素晴らしいの！)

ティナは表情を生き生きとさせながら仕事を続けた。各部屋の掃除が終わり、最後に玄関前を箒《ほうき》で掃く。と、人影が目端に入った。

「仕事に精が出るわね」

顔を上げるとカナルが立っている。腰に剣を携え、詰め襟の上着とズボンといった騎士服姿だ。鍛練から帰ってきたはずなのに汗の一つもかいていない。そよ風で頬《ほお》に当たる髪を耳にかける仕草はこの上なく優美だ。

ティナは動かしていた手を止めて一礼する。

「お、お帰りなさいませ」

「ただいま。少しは仕事に慣れたんじゃなーい？　いつもよりここの掃除をするのが早くなってる。あと、これまでの侍従や侍女と違って隅から隅まで丁寧に掃除してくれてありがたいわ」

「お褒めいただき、ありがとうございます。ですがその……まだ数日しか経っておりませんので。少しでも迅速にできるよう頑張ります」

ティナは、褒められてはにかんだ。

まさか自分の仕事ぶりをカナルが見ていてくれたなんて思わなかった。忙しいにも拘《かかわ》らず使用人の自分にまで目を向けてくれる。その気遣いがとても嬉しい。

ティナは忙しいカナルのためにも、もっと白亜宮を綺麗にして居心地の良い空間にしていこうと心の中で決意した。

すると、カナルの白い手が不意にこちらに向かって伸びてくる。

予測不能な動きにティナの心臓は縮み上がった。持っていた箒の柄に力を込めてじっと耐える。やがて、彼の手が――何かを摘んでティナから離れた。

「頭に葉っぱがついてたわ」

「あっ」

カナルは指に摘んだ葉っぱをティナに見せる。そして、肩を竦めて微苦笑を浮かべた。

「そんなに身構えないでよ。取って食べたりしないわ。……兎みたいに怯えられると私がいじめてるみたいじゃない」

眉尻《まゆじり》を下げて困った表情を浮かべるカナルに、ティナはハッとした。

（カナル様は人との距離が近い方だということを忘れていたわ。彼にとってこの距離感が普通なのに、私ったら変に意識して。挙げ句カナル様を困らせてしまった！）

ティナは慌てて頭を下げた。

「も、申し訳ございません！　カナル様を困らせるつもりはありませんでした」

カナルは摘んでいた葉っぱをちりとりの上に置いた。狼狽《うろた》えるティナに向き直ると、安心させるようにいつもの柔和な微笑みを浮かべる。

「今後気をつけてくれたらそれでいいわ。それよりも私、もっとあなたと話がしたいの。折角女の子が来てくれたんだもの。普段できないファッションとか可愛《かわい》いものの話がしたいわね」

うっとりと手を組むカナルは、水底のような澄んだ青い瞳をキラキラと輝かせる。普段、侍従とでは話せない話題を話したくて仕方がないといった様子だ。

子供のように無邪気な彼に、ティナは自ずと期待に応えたくなった。

「私でよければ、喜んでお相手します」

「まあっ！　嬉しいわ。今日の三時はお茶を準備しておいて。それまでに仕事を終わらせるから、いっぱいお話ししましょうね！」

「は、はい！　もち、ろんです」

感激したカナルにさらに距離を詰められてティナは及び腰になる。

だもの!!)

（ち、近い。とっても近いわ!!　いくら他人との距離が近いと分かっていても、私には耐性がないん

ティナは笑顔を引きつらせた。冷や汗が背中を流れていくのを感じる。後退《あとじさ》りして距離を取りたい衝動を抑え、必死に笑顔を貼《は》りつけてこの状況を耐え忍ぶ。しかし、このまま話を続けられたら一溜《ひとた》まりもない。

不安が脳裏を過《よぎ》ったところで、遠くから気だるげな声が響いた。

「お二人とも、こんなところで何故《なぜ》立ち話をされているんです？」

いつの間にかエドガがやって来て、怪訝《けげん》そうにこちらを眺めていた。

ティナは心の底から助かったと安堵《あんど》した。タイミングよくエドガが来てくれたことで、カナルに対して失礼な態度を取らなくて済んだ。

カナルは軽やかな足取りでエドガの前に立つ。

「うふふ、内緒話よ。さて、そろそろ次の仕事に行かなくっちゃ。エドガ、着替えるの手伝ってー」

「かしこまりました」

「ティナ、仕事の邪魔をしてごめんなさいね。それじゃあまた」

カナルは手をひらひらと振りながらエドガと並んで白亜宮の中へと入っていった。

二人を見送ったティナはふうっと胸を撫で下ろすと、再び掃き掃除に戻った。

お昼過ぎになって掃除仕事が終わった。

ティナは各部屋から集めたカバーと掃除に使った布巾を洗濯籠《かご》に詰めると、それを洗濯場へ持って行った。

洗濯場は真珠宮の外れにある。王宮中の衣類を全て洗濯するので建物の外には大量の洗濯物が干されている。

ティナは天日干ししているシーツの群れを横切り、場内に足を踏み入れた。

床は排水するために少し傾斜していて、砂石が敷かれていた。竈《かまど》では見たこともないような大鍋に熱湯が沸かされ、隣の洗濯桶《おけ》では薬品と洗濯板を使って何人もの女性たちが洗濯物を洗っている。常に湯気が立ち上っているので換気のために窓は開けっぱなしになっていた。

奥には乾燥室があり、絞り器の前では逞《たくま》しい中年女性がローラーで水気を取っている。流れ作業になっているので皆息を合わせて作業をしているようだ。

ティナはいつものように入ってすぐのところに置かれた大きな籠に洗濯物を移した。邪魔にならないようにさっと外に出ると、手をかざして晴れ渡った青空を眺める。

「一段落ついたし、休憩しようかしら。お腹も空いたわ」

空腹を覚えたティナはお腹を押さえると、真珠宮にある食堂へ足を運んだ。

王宮の各エリアには使用人専用の食堂が設けられている。ところが、白亜宮は使用人の数がもともと少ないため当然食堂は閉鎖され、毎回真珠宮まで足を運ばなくてはならなかった。

真珠宮の食堂はたくさんの人数を収容できるように長机が五列並べられている。華美な装飾は一切ない。しかし、床や壁、天井に使われているものはどれも質のいい素材ばかりで、落ち着いた空間だった。

出される食事はメニューが二つと決まっていて、どちらか一つを選ぶことができる。王族やその臣下たちが口にするような贅沢な食材は使われていないが、どれも新鮮で料理人たちが工夫を凝らして作ってくれるので味は美味しい。

カウンターで料理の載ったトレイを受け取り、ティナは空席を探した。

昼過ぎの食堂は多くの使用人たちで溢《あふ》れている。長机はほとんど席が埋まってしまっていて所々空席がある程度だ。その空席に座ってしまえばいいのだが、ティナは勇気がなかった。何故なら両隣が男性なのだ。怖くはないが見ず知らずの男性たちの間に入って食事を取る度胸はない。これまでは運良く両隣が女性の席につけたのだが、今回は見当たらなかった。

他に席はないか辺りを見回して歩いていると、少し先の席に座っている青年から声をかけられた。

「そこの新入りのお嬢さん！　ここが空いてるよっ！」

そう言って手を振ってきたのは見ず知らずの侍従だ。彼の周りには彼と同じ年くらいの侍従が数人いる。彼らがニヤついているのを見て、あの席に座ってしまえば質問攻めにあうことは想像に難くなかった。男性が苦手なティナにとっては地獄を見ることになる。

「ど、どうもありがとうございます。ええと、ご厚意はありがたく頂戴《ちょうだい》します」

「遠慮しなくていいよ。困ってるの、見ればすぐに分かるよ」

「いえ、大丈夫ですから」

「でも座る場所が見つからなくて困ってるんだろ？」

「それは……そう、なんですけど」

「折角の好意を無下《むげ》にするんだ？　可愛い君に振られるなんて悲しいな」

(だ、誰か、助けて‼)

ティナは心の中で延々と叫んだ。しかし、周りは同僚たちとの話で盛り上がっていてティナと侍従のやり取りは聞こえていないようだ。相手はティナよりも弁が立つので、このままでは丸め込まれてしまう。

「すみません」

ティナが閉口しているとすぐ下の方から澄んだ声がした。

「はい？」

不思議に思って視線を下に向けてみると丸椅子に座っている少女がこちらを見上げていた。赤い前髪を真ん中で分けて後ろの髪と一緒に纏め上げている。若草色の利発そうな瞳と目が合った。

服装はティナや他の侍女が着ているお仕着せと異なっていて色は黒色。膝《ひざ》の上につばの広い麦わら帽子を載せている。彼女の隣や前に座る女性はティナと同じ深緑のお仕着せなのでその少女が浮いているように見えた。

「どうかなさいましたか？」

「食べ終わったので代わります」

「えっ、いいんですか？」

少女は返事をする前に席から立ち上がると、侍従たちの方をちらりと見て、ティナに耳打ちした。

「……声をかけてきたあの侍従たち。新人いびりで有名な輩《やから》なので気をつけてください」

言われてティナが彼らの方を一瞥すると、いびりの標的を逃したと露骨に顔を歪《ゆが》めている。もしこの少女に助けてもらっていなければ、今頃どうなっていただろう。考えただけでも恐ろしい。

「助けてくださり、ありがとうございます」

「いえ。ああいう幼稚な輩が嫌いなだけなんで。あと軽食なら包んでもらえるので別に食堂でなくても食べることはできます」

「そうなんですね。いい情報をいただきました。白亜宮に勤めているので正直静かな場所から賑《にぎ》やかな場所に移動するのは少し疲れるなって思っていたところです」

ティナが肩を竦めてみせると、少女は驚いた様子で口を開いた。

「白亜宮に勤めているんですか？」

「はい。最近入ったばかりなんです」

「……そうですか。慣れるまでの仕事は大変だと思いますが頑張ってください。ではあたしはこれで」

「ま、待って！」

ティナは慌てて彼女に名前を尋ねようとした。が、少女はトレイを持ち上げるときびきびとした動作であっという間に行ってしまった。

「もしかして急いでいたのかしら？」

立ち話をしてしまって悪いことをしてしまった。

ティナは譲ってもらった席につくと、漸く昼食にありついたのだった。

＊

時計の短い針が三の数字を指した頃、ティナはお茶をいつでも淹れられるように準備を済ませていた。ベルベットのソファに腰を下ろして待っていると、程なくしてカナルがエドガを連れてやって来た。ティナは立ち上がると一礼する。

「お帰りなさいませ」

「ただいま。書類仕事ってやーね。もう数字なんて見たくないわー」

カナルはソファに腰を下ろした。肘かけに肘をついて顎《あご》を手で支え、深いため息を漏らす。

ティナはカナルの話に相づちを打ちながら、甲斐《かい》甲斐しく手を動かしてお茶を淹れ始めた。

温めておいたポットにティースプーンで量った茶葉を入れ、お湯を注ぐ。蓋《ふた》をして数分蒸らすと、琥珀《こはく》色の熱い液体をカップに注いだ。

お茶のお供に用意しておいたスフレケーキを忘れずに出す。

「まあっ、いい香り！　お茶もケーキも美味しそうね」

カナルはお茶の芳《こう》ばしい香りとケーキを見て喜び、ソファに沈めていた身体を起こした。ティナは自分のカップにもお茶を注いで向かいのソファに座る。

いよいよカナル念願のお茶の時間が始まる。粗相のないように細心の注意を払わなくてはいけない。緊張して震える手を隠すようにスカートを握り締めていると、カナルの後ろに控えていたはずのエドガがテーブルの前に立った。

「失礼します」

「ええ、いつものお願いね」

何が始まるのかとティナは怪訝な表情でエドガを見つめる。と、彼はカナルの前に置かれているカップを持ち上げ、じっと中を観察する。それが済むと今度は鼻を近づけて手で扇《あお》ぎ、お茶を口に含んでゆっくりと飲み下す。

ティナはエドガが毒見をしていることに気がついた。

カナルは王族であり、王宮騎士団の団長だ。この国の重要人物である彼の身に万が一のことがあってはならない。

カナルはエドガの毒見を待ちながら長い脚を組む。

「不快に思わせたらごめんなさいね。でも私のことを目障りだと思っている人間が一定数いるのよ。こうやって信頼できる人間に毒見を毎回してもらわないといけないくらいにはね」

エドガを茫洋とした眼差しで見つめながらカナルは説明してくれた。

ティナは何故謝られたのか分からず戸惑い、言葉を詰まらせる。

(目の前で毒見をされても不快になんて思わないわ。高貴な身分であればあるほど危険と隣り合わせになるもの。カナル様は私が不快になったと思っていらっしゃるの？　なら、それは違うって否定しないと)

すぐにうまい返しができなかったことは悔やまれる。が、少し間を置いてからティナは口を開いた。

「カナル様は高貴なお方ですので毒見は当然のことだと思います。どうぞ、怪しいものが入っていないかきちんと確かめてください」

訥々《とつとつ》と、だがはっきりとした口調で自分の意志を伝えると、カナルが目を細めてくる。丁度、毒見を終えたエドガから結果が告げられた。

「お茶にもケーキにも、毒は含まれていません」

「そう、それなら良かったわ」

ティナはこっそり胸を撫で下ろした。当然のことだがティナは毒を入れていない。とはいっても毒見中は疑われているので気が気でなかった。

「ありがとうエドガ。もう下がっていいわ。――これで心置きなく乙女《おとめ》の話を始められるのね！」

「……かしこまりました。俺《おれ》はこれで失礼します」

エドガは心得ているようでさっさと退出する。ここで完全に二人きりになってしまった。

「もう朝からずっと楽しみにしていたのよ」

カナルはにこにこと笑顔を見せたが、その一方でティナの表情は強張っていた。カナルと二人きりになって、再び気が気でない状況に陥ってしまったからだ。

また手が震え始めたので見つからないようにスカートをきつく握り締める。

「じゃあ早速ティナのお茶をいただくわね」

カナルは漸くお茶を飲んだ。

ティナはその様子を不安げに眺めていた。お茶の好みが分からなかったので、一先《ひとま》ず定番の茶葉を選んだ。美味しいお茶の淹れ方は公爵家で教えてもらっていたので間違ってはいないはずだ。

あとはカナルが気に入るか気に入らないかだけの話。固唾《かたず》を呑んで見守っていると、カナルがティナの様子に気がついて微笑んだ。

「ティナのお茶、とっても美味しいわよ」

「っ！　お褒めいただきありがとうございます」

ティナはぱっと明るくなった。

「疲れた時は美味しいお茶に限るわねー」

「……私も、そう思います」

同感だという意味を込めてティナは大きく首を縦に振る。そしてそれっきり、二人の間には沈黙が流れた。

ティナは話の糸口が見つからず、焦り始める。

(どうしよう。一体何を話せばいいのかしら!?　確かファッションや可愛いもののお話がしたいって仰っていたけど、カナル様はどんなものがお好きなの？)

高貴な身分の方との会話とあっては、粗相があってはならない。下手《へた》に話題を振ることができないため、どんな内容を話すべきなのか困り果ててしまう。

何かないかと辺りを見渡していると、不意にジトーっとした目つきのカナルと視線がぶつかった。

「ティナ、さっきから全然お茶に口をつけてないじゃない。早くしないと冷めてしまうわよ」

「え？　あ、はい！」

促されてティナは慌ててカップを手に取った。

「もしかして、まだ私に怯えているの？」

ぎくり、とティナは視線を泳がせる。

(直せと言われても、そう簡単に苦手意識はなくならないわ。でも、私が怯えてると分かったらカナル様もいい気はしないはず)

ティナは慌てて弁解した。

「い、いいえ！　そんなことはありません。その、そうです。緊張しているだけなんです。普段お目にかかれないカナル様とお茶をご一緒しているので。ええっと、カナル様とのお茶は嫌ではなくて、寧ろとても光栄っ、です」

相手を不安にさせないように慎重に言葉を選んでいく。しかし、慎重になりすぎて却《かえ》って素直すぎる気持ちを口にしてしまった。

伝えておきながら恥ずかしくなって顔が熱くなってしまう。ティナは気を紛らわせるために小さく咳払いをし、カップに口をつけた。

カナルは気を良くして破顔した。

「私もティナと一緒にお茶ができて嬉しいわー。こうしていると友達ができたみたいよ」

「友達、ですか？」

ティナはカップをソーサーの上に置きながら目を瞬かせる。

「ダメ……かしら？」

カナルは上目遣いで不安そうに尋ねてきた。男性とも女性ともいえない、どちらをも併せ持った色気が漂っている。

思わず、ティナはドギマギしてしまった。目のやり場に困りながら、上擦った声で返事をする。

「い、いいえ！　ダメではありません。わ、私でいいのでしたら、よ、喜んで」

「やったあ、嬉しいわ。これから私のことは女友達だと思って仲良くしてね」

そう言われてティナは言葉を詰まらせた。彼を男性として意識している自分に気づいて、後ろめたさを感じたからだ。

(カナル様は、見た目は男性だけど心は女性なんだわ。彼はこれまで舞踏会で出会った男性とタイプが違うし、昼間意地悪をしようとした侍従たちとも違う。男性といってもいろんな性格や考えを持つ人がいるから一括《ひとくく》りにするのは良くないわね。それに、そもそもカナル様は男性が好きだから、私は恋愛対象外。別に怖がる必要なんてないわ)

彼が女性に興味がないという証拠を、ティナは既に見つけていた。

白亜宮の書斎にはカナルの仕事に関する本以外、男性同士の恋愛模様が描かれた本がずらりと並んでいる。さらに昨日は荷物を届けにきた郵便係にねっとりとした熱い視線を向けていた。

「ああいう可愛い要素とかっこいい要素を併せ持った男っていいわねー」と熱弁していたのでカナルが男色であることは間違いない。

(男性への先入観を捨てて、目の前にいるカナル様がどんな人なのかきちんと見なくちゃ。折角、一介の侍女でしかない私を気にかけてくださっているのに。カナル様に申し訳ないわ)

ティナは胸中で反省の言葉を呟いて、膝の上に載せた拳を握り締める。

やがて、緊張して声を少し震わせながらも、ティナは友達や姉と話をするように他愛もない会話を始めた。カナルは時折相づちを打ちながら話を楽しそうに聞いてくれる。ティナは話を続けながら自ずと視線を下へ向ける。と、彼の服が目についた。

「カ、カナル様、そちらのお召し物は流行中の植物文様の刺繍《ししゅう》が刺されていますね」

カナルの着ている灰色のベストは前身頃から打ち合いにかけて、植物文様が入っている。黒糸のみで刺繍されていて、ところどころに同色のビーズが入っている。そのため、光が当たるとキラリと光るので落ち着いた色合いなのに華やかさがあった。

「あら、分かっちゃった？　そうなの。今流行の刺繍よ。更紗《サラサ》もいいけど、個人的には我が国の伝統である刺繍の方が好きだわ」

「私も更紗より刺繍が好きです。伝統文化でもありますし、一針一針丁寧に刺した刺繍は作り手の想いも込められていますので」

「同感よ。ティナも刺繍はするの？」

「はい。自分でハンカチやドレスのアレンジで刺すことがあります。あの、もしよろしければ、カナル様のお召し物の刺繍を見せていただけますか？」

「いいわよ。この刺繍は王妃様と同じ仕立て職人が作ってくれたの。だから最先端のデザインだと思うわ」

カナルは刺繍がよく見えるように胸を張ってくれる。

ティナはその文様が何の植物なのか、身を乗り出してじっと観察した。

「……ユリの花の刺繍ですね」

ティナは他の令嬢と比べて植物に詳しかった。それはアゼルガルド家の管理する領地が、花卉《かき》栽培の盛んなところだったからだ。

アゼルガルド家は王国南西部の富饒《ふじょう》の土地を管理している。温暖な気候のおかげで他領よりも長期間花が咲く。

有名なのはアネモネやユリ、カンパニュラ。中でもルリアンという花は有名かつ人気が高く、主力生産品の一つだ。爽《さわ》やかな水色の小ぶりな花で、アゼルガルド領にしか生息しない。環境が整わなければ花が咲かないため、市場に出回っているルリアンはアゼルガルドがほぼ独占している。

また、花卉栽培の他にも気候を生かしてレモンやオレンジなどの果樹園や、穀物などの栽培も盛んだ。品種改良の研究も熱心に行っており、たゆまぬ努力で生産量を着々と上げてきた。その結果、現在は王国の食料庫と呼ばれている。ここ最近ではルリアンの品種改良にも成功した。

ティナは五歳まで領内で花に囲まれて育った。しかし、六歳になると令嬢としての教育が始まり、家族と共に王都と領地を行き来する生活をしなければならなくなった。

領地を離れたくないと駄々をこねて泣いていると、見かねた侍女がルリアンの文様が入ったハンカチをプレゼントしてくれた。彼女は趣味で刺したものだと言っていたがそれは見事なまじない刺繍だった。そのことがきっかけでティナは刺繍に目覚めた。

ここ最近は独学で文様の意味について勉強を始めている。カナルのベストの刺繍が何の花なのかすぐに当て、文様の意味について語った。

「ユリの刺繍の意味は威厳です。あと可憐《かれん》、誠実という意味もあります。……この刺繍はカナル様を表しているようですね。とても素敵です」

「そうかしら？　そんなこと思ったこともないわ。ティナは褒めるのがうまいのね」

カナルは頬に手を添えて、恥じらいながら微笑んだ。男性特有の威圧感もなく、物腰はどこまでも女性的で柔らかい。

(やっぱりカナル様は私が抱いていた男性のイメージとかけ離れているわ。それに、ちょっと雰囲気が姉様に似てる)

カナルの可憐な姿を目の当たりにして、ティナは彼なら男性と意識せずに話せるようになれるかもしれないと思った。

＊

今日は三日に一度の廊下掃除の日。朝早くから白の大理石の廊下をブラシで払い、雑巾《ぞうきん》で丁寧に磨いていく。隅までしっかり掃除をし終えると顔を上げた。

金細工に縁取られた大窓から日が射し込み、磨いたところは鏡のように景色が映り込んでいる。ずっと同じ体勢での掃除は腰と首が痛かったが、達成感と心地良い疲労感に襲われた。

王宮の建物は有名な建築家や芸術家によって手がけられたものがほとんどで、外装も内装も拘りが非常に強い。特に装飾は毎日埃を取って手入れをしないと豪華さは保てない。

豪華絢爛な王宮を保てるということは、人を雇えるだけの財力が国にあり、国が安定している証拠だと家庭教師から教えてもらった。その言葉はここで奉公してみて本当だと痛感する。白亜宮の限られた掃除だけでも相当時間がかかるのだ。

「きっと上流階級出身の令嬢が同じ状況なら音を上げてしまうわね。私は楽しく掃除ができるけど」

以前の奉公先で侍女として働いていた時のこと。同じ時期に奉公に来ていた数人の令嬢たちは、「何故私が平民と同じ仕事をしなくてはいけないの？」と文句を言って辟易《へきえき》としていた。トイレ掃除も床磨きも自分の仕事ではないと言って、小間使いに押しつけた。もちろん、後で侍女長に見つかってこっぴどく怒られていたが。

「私にとってこの仕事は、意外と天職だったりするのかもしれないわ」

その時、あっと心の中で呟いた。ティナの頭の中に名案が浮かんだのだ。

(もし、このまま王宮の侍女として働かせてもらえるなら、私にとってこれ以上の幸せはないんじゃないかしら)

王宮ではティナのように行儀見習いで奉公に来ている者もいれば、貴族の令嬢でも良縁がなく家を出て王宮の侍女として働いている者もいる。

今回は奉公の身なので給金が発生しないが、正式に王宮の侍女となれば安定した収入を得られる。ティナは自然と顔を綻《ほころ》ばせた。これなら人の役にも立てるし、自分を誇りに思えるだろう。ところがすぐに別の感情が浮かんできて、表情を曇らせた。

何故なら脳裏に父と姉の残念そうな姿が浮かんだからだ。

二人はティナの男性恐怖症を克服させたいがために王宮へ奉公させた。結果が期待通りでなければ落胆するのは当然だ。

それでもティナは二人の願いを聞き入れることはできない。

「――だって、私は……」

脳裏に浮かんでいた二人の後ろに、突然一人の青年が現れる。それと同時にあの日の記憶が蘇《よみがえ》り、ティナの顔は血の気が引いていく。

「……やめて」

震える唇から消え入るような声を絞り出すと、目を伏せて記憶を霧散するように頭を振った。

(私は二人の期待に応えられない。もう舞踏会へは行けない。誰かと幸せになれることもきっとないし、令嬢としての務めを果たせない。だから奉公を終えて家へ戻っても、良いことはないわ)

加えて姉には婚約者がいる。相手は婿養子として来てもらうことになっていて、半年後には挙式する。その後、二人は我が家で新しい生活を始める予定だ。

自分が邪魔者になることは明らかだった。

ティナはうっすらと目を開ける。手の甲で額の汗を拭《ぬぐ》い、握っていたブラシと雑巾を掃除箱の中に収めた。

「……もしも王宮で働くと言ったら、父様や姉様は猛反対するわね。でも、それ以外に私が独りで生きていく方法はないから」

今回の男性恐怖症克服大作戦で父も姉も、ティナが男性と普通に接することができるようになることを望んでいる。

その固い意志は二人の態度から如実に表れていた。

父は同じ王宮内で働いているにも拘らず一度も訪ねてこない。姉も一度目の奉公時には寂しくないようにと毎日欠かさず手紙を送ってくれたのだが今回はまだ一通もない。

ティナはここまで徹底的に突き放されたのは初めてだった。

七歳の時に母が病気で亡くなってからは父も姉もいつもティナを思い、母がいない分まで可愛がってくれた。不安な時や落ち込んでいる時は励まして元気づけてくれた。

そんないつもは優しい父と姉が心を鬼にしてティナと距離を取っている。その本気度は極めて高い。

二人を説得するのは至難の業になりそうだとティナは思った。

「父様と姉様を説得するにはどうしたらいいかしら……」

本当のことを打ち明けることはまず無理だ。

それなら、カナルのように実は同性が好きと言ってみるのはどうだろう。頭の中で想像してみると、父がショックで倒れる情景がありありと浮かんだ。これではダメだ。

内容は無難でありながら二人が仕方ないと思うものがいい。ふと、カナルの姿が脳裏に浮かんだ。立ち姿は堂々としていて、けれどもお淑《しと》やかで女性らしい品がある。

公言はしていないが彼が男性を好きなのは確かだ。そして女性にはまったく興味がない。

「カナル様は男性が好き。数日仕えてみてはっきりと分かった。それなら……そうよ、私がカナル様に恋をしたことにすればいいんだわ！　それならこのままここでずっと働けるし、父様も姉様も最初は叶《かな》わない恋だからって反対するかもしれないけど、私が頑《かたく》なに留《とど》まり続ければ諦《あきら》めてくれるかもしれない。……それにカナル様にも侍女は必要のはず」

カナルはティナがここへ来た当初、お茶の相手ができたといってとても喜んでくれた。お茶会を開いて令嬢を呼んでも、気を使ってばかりの彼女たちとでは楽しい時間は過ごせない。侍従相手ではそもそも話す内容が違ってくる。

侍女の自分とならカナルも心置きなく好きな話ができるのではないか、とティナは考えた。

「ここには行儀見習いに来る令嬢も少ないだろうし、普通の令嬢は私と違って早く奉公を終わらせて帰りたいはずだもの」

行儀見習いの奉公期間は半年から一年の間。長くて一年半だ。以前の奉公先では行儀見習いに来ていた令嬢が早く家に帰りたいと嘆いていた。

令嬢たちが奉公期間中はカナルの相手をしても、それが終われば皆さっさと家へ帰ってしまう。そして白亜宮にはもともと侍女がいない。これはカナル付きの侍女になるチャンスではないだろうか。

「このままここに置いて欲しいってお願いするにも、まずは仕事の成果が必要ね。カナル様には満足してもらわないといけないわ。認められた後でここに置いてもらえないか訊いてみましょう」

今後どう動いていくべきか頭の中で練りながら、ティナは立ち上がると掃除箱を両手で拾い上げた。

　あれから熟考した結果、行儀見習いでここに来てまだ日が浅いこともあり、ティナの直近の目標は「仕事一つにしても細やかなところまで目を行き届かせること」になった。単なる慣れで仕事をするのではなく、カナルが居心地良く過ごせることを意識して仕事を進めていく。

（最初から最終目標へ突っ走るのはダメだって言うし。まずは今できることからコツコツと励んでいかないと評価してもらえないわ）

　ティナは朝早くから書斎の掃除をしていた。空気が籠《こ》もっていたので窓を開け放ち、新鮮な空気に入れ替える。本の整理と掃除を終わらせると次の掃除場所、居間に向かう。

　掃除箱を提げて中に入るとそこには珍しい姿があった。

「カ、カナル様!?　どうしてこちらに？」

　ティナは目を丸くして驚きの声を上げた。

　いつもならとっくにいなくなっているはずの彼はベルベットのソファに腰を下ろしている。悩ましげな表情を浮かべ、ティナが入ってきたことにも気がつかず、真紅の壁をじっと見つめている。少し間を空けて、漸《ようや》くカナルは顔をティナに向けた。

「あら、ティナじゃない」

「ど、どうされましたか？　お身体《からだ》が優れないのですか？」

ティナは彼の前で膝《ひざ》立ちになると心配な面持ちで見上げる。と、カナルは表情を和らげた。

「大丈夫よ。考えごとをしてただけ。このところ仕事も増えたし、頼まれごともされたから少し、疲れてるみたい」

「あまり無理はなさいませんよう」

「ありがとう。今日は鍛練がないから久しぶりに庭園を散歩して朝をゆっくりと満喫できたわ。……そろそろ執務室へ行かなくちゃ」

白亜宮の入り口まで見送るため、ティナはカナルの後ろをついて歩いていく。彼は始終考え込んだ様子で一言も発しない。

ティナはその様子を見つめながら、自身も悶々《もんもん》としていた。

（カナル様の悩みを私が聞いても分からないことなのかしら？　こんなに悩まれているから少しでも力になりたいのに……）

エドガなら一目で彼の悩みが何か読み取り、すぐに解決策を提案できるだろう。日頃《ひごろ》カナルと行動を共にしている分、彼は絶妙なほど息が合った動きをするのだ。カナルもエドガを信頼しているので仕事の話をしている時、きちんと彼の意見も取り入れている。

その光景を見ていると羨《うらや》ましいという感情を抱く。自分もエドガのようになりたいと思う。が、そこに行き着くにはまずはカナルのことを深く知り、信頼関係を築く必要がある。

（お茶の時間、もっとカナル様といろんなことを話した方がいいわね）

入り口に到着し、ティナは見送りの挨拶《あいさつ》をして深々と礼をした。

カナルは「行ってくるわ」と言って外に向かって歩き始める――が、暫《しばら》くすると彼は突然立ち止まり、何か思い出たように慌てて踵《きびす》を返して近づいてきた。

「そうだった！　急ぎの仕事を頼まれて欲しいの。夕方までに服の修繕と招待状の返事を書いて出しておいて。手紙はすべて欠席でお願いね」

ティナは二つ返事をすると置いてある場所を訊《き》く。

「全部作業室に置いてあるから分かると思うわ」

「かしこまりました。早速取りかかります」

ティナはカナルをもう一度見送ると作業室へ向かった。


手紙の束は中央テーブル上に置かれていてすぐ目についた。

「ええっと。服はどこに置かれているのかしら？」

辺りを見回して、目についた洗濯籠《かご》に愕然《がくぜん》とした。

そこには大量の服が山積みされていて、決して一人で、しかも夕方までにこなせるような量ではなかった。

（これは本当に一人で終わらせられるの!?）

急いで服を手に取るとテーブルの上に広げて並べてみる。それは全て騎士の制服だった。

生地は最高級のものが使われていて肌触りが良く、動きやすいよう機能的に作られている。見た目も精緻《せいち》な刺繍《ししゅう》やガラスのボタンが施されていて、機能だけでなくデザインも大変なこだわりのある代物だ。

　騎士服はどれも袖口《そでぐち》が解《ほつ》れていたり、ボタンが取れかかったりしていた。一着一着確認をすると、どれも同じような状態のものばかりだ。これなら自分の力で何とか仕上げることができるとティナはほっと胸を撫《な》で下ろした。

（本来、こういう仕事は専属の仕立て職人が修繕する気がするけど……。ぱっと見、私でも直せる内容だし、この前刺繍の話をしたから頼んでくださったのかも。カナル様の期待に応えるためにもやりきってみせるわ！）

　ティナはこれだけの服を捌《さば》くことができると確信していた。その理由は、普段から趣味で刺繍を刺していたことと、公爵家での奉公の経験があったからだった。以前公爵夫人の豪華なドレスの仕立て直しを一日で終わらせなければならず、その時に効率の良い進め方を先輩の侍女から教わった。

　またもやあの時の経験が役に立つとは！　とティナは感銘を受ける。

「とにかく早く終わらせないと。まだ掃除も残っているもの」

　自身の服の袖口を捲《まく》り上げ、戸棚から裁縫道具を取り出す。騎士服の色味に合う糸を選んで針穴に通すと、ティナは黙々と作業を始めた。

集中して作業した結果、思っていたよりもあっという間に修繕作業は終わった。最後の一着を縫い終えると綺麗《きれい》に服を畳む。

一息吐《つ》くものの、夕方までに終わらせなくてはいけない手紙の返事もあるので油断はできない。

ティナはすぐに手紙の代筆に取りかかる。差出人はどれも貴族からで、夜会やお茶会の招待状だ。どの手紙もカナルの指示通り、当たり障りのない挨拶から始まって欠席する旨を手紙にしたためた。

そうして同じ内容を何度も書き、手紙を封蝋《ふうろう》し終わる頃にはとっくに昼を過ぎていた。

空腹感を覚えつつも軽く各部屋の掃除を済ませると、真珠宮のロスウェルがいるオフィスへ手紙を出しに向かった。

ロスウェルは王宮の巡回以外を自身のオフィスで過ごしている。

その部屋は使用人たちが仕事をする作業室や給仕室のすぐ隣。オフィスには室内窓がついていて、廊下からでも不在でないか確認ができる。

ティナはガラス越しにロスウェルの姿を発見すると扉を叩《たた》いた。返事を待ってから中に入ると彼は机に向かって書きものをしていた。インク壺《つぼ》にペン先を入れて書きかけの書類に文字を書き記す。その行為を何度か繰り返したのち、やっと彼は机の上にペンを置いた。

「待たせてしまいましたね。それで要件は何でしょう？」

「お忙しいところすみません。カナル様の手紙をお持ちしました」

「手紙ですね。預かりますので、キャビネットの上に置いてください。あとで振り分けて郵便係に渡します」

ロスウェルは銀縁眼鏡《めがね》を押し上げると入り口横のキャビネットを指差した。

ティナは言われた通り手紙をキャビネットの上に置く。時間内にカナルの頼まれごとが終わって安《あん》堵《ど》の息を漏らした。

「ここにはもう慣れたようですね」

一瞬、気を緩めているとロスウェルに声をかけられた。

ティナは、瞬時に息を吸い込むと振り返る。

「そ、そう見えますか？」

「ええ。仕事も新人とは思えないほど早く、それでいて正確。ベテランとまではいかなくとも良い腕をしていると思います」

ティナは仕事中に気を抜いたことを咎《とが》められたのかと思ったが、単純にロスウェルから褒められていると分かるとはにかんだ。

「いえ、私はまだまだです。ベテランになれるように、これからも頑張ります」

「あなたはこれまでの行儀見習いの令嬢とは違うようですね。期待していますよ。アゼルガルド嬢」

ティナは明るい声で「はい」と返事をした。と、丁度扉を叩く音がする。ロスウェルが返事をすると小脇《こわき》に書類を抱えたエドガがオフィスへ入ってきた。

「頼まれていた書類をお持ちしました」

「ああ、ありがとう。……ではそろそろ宮内長官との打ち合わせがあるので、私は会議に向かいます。

「二人とも下がってよろしい」

ティナとエドガの二人は揃《そろ》って礼をするとオフィスを後にした。

＊

「仕事は順調か？」

二人並んで廊下を歩いているとエドガが気だるげな表情で尋ねてきた。こうして昼間に会うのは数日ぶりで彼は表情では分からないが、ティナがうまく仕事を回せているか心配しているようだった。

ティナは緊張しながらも首を縦に振る。

「だ、大丈夫です。以前渡してくださったリストのおかげで、うまく回せてます」

「そうか。いつも隅々まで綺麗に掃除してくれて助かっている。一人だけでは大変だろ？」

「いいえ。確かに大変な時もありますけど基本楽しいです。――ところでエドガさん。エドガさんは白亜宮へ向かっていますか？」

なんとなく彼についてきてしまったがティナが来た道とは違う。行き先が違うなら別れた方がいい。そう思って尋ねてみると、彼は白亜宮に向かっていると答えた。

「こっちの方が近いんだ」

怪訝《けげん》な表情を浮かべたところで、エドガが言葉をつけ足した。

普段は利用しない真珠宮と白亜宮の間にある渡り廊下を歩いていると、微風がティナの頬《ほお》を撫でる。

空は青空が広がり、日差しは暖かい。このところ晴天に恵まれている。ティナが空を仰いで太陽の光を浴びていると、目の前を二匹の蝶《ちょう》が通り過ぎた。なんとなく、蝶を視線で追うと、その先のあるものが目に留《と》まった。

視線の先には真珠宮と白亜宮の二つの建物に囲まれるようにして中庭がある。そこへはまっすぐに延びた石畳の小道があり、中が通れるようになっていて、奥の噴水へと続いている。

噴水はさらさらと音をたてながら空高く水を噴き上げ、その縁には小鳥が水を飲んだり、羽を休めたりと憩いの場になっていた。植木は綺麗に刈り込まれ、花壇には四季折々の花が植えられている。一年中花を楽しめるよう工夫がなされていた。花の周りには先ほどの蝶が舞っている。

（こんな素敵な中庭があったなんて、知らなかったわ。とっても綺麗……）

ティナは幻想的な美しさに胸を打った。

アゼルガルド領内の一面に広がる鮮やかな花畑とはまた違い、人工的に造られた中庭は黄金比によってどこまでも完璧《かんぺき》で一つの芸術品だった。朝からずっと作業に集中していて疲れていたが、その美しい中庭はティナの疲れた心を癒やしてくれた。気づかないうちに、ティナは歩みを止めて中庭に見とれてしまう。

「花は自然的でも人工的でも空間を華やかにしてくれるし、人の心を癒やしてくれるからいいわ……

――あっ！」

ティナはあることに気がついた。

真珠宮にはあって白亜宮にないものは、何も使用人や衛兵の数だけではなかった。

（白亜宮が少し寂しいと感じていたのはこれも関係していたのね。私ったら、どうして気がつかなかったのかしら？　これではアゼルガルドの人間失格だわ！）

ティナは興奮した面持ちで自分より少し前を歩いていたエドガに話しかける。

「あの、エドガさん。カナル様のお住まいに花を飾ってもよろしいでしょうか？　今気がついたのですが真珠宮には花が飾られているのに、白亜宮には一本も飾られていないんです。もちろんカナル様にアレルギーがなければ、ですが……」

思えばカナルの住んでいる白亜宮には陶器の壺がたくさん置いてあっても、花は飾られていない。他《ほか》のエリアや真珠宮の廊下には愛《め》でるための四季の花々が飾られているのに、だ。

ティナはどうして白亜宮だけもの寂しい感じがするのか分からず悶々としていたが、たった今突き止めることができた。

そして花が必要である理由を熱心に説く。

ティナの話を聞いたエドガは神妙な面持ちでこう言った。

「カナル様にはアレルギーはない。花がお好きだし、飾ればきっと喜ばれる」

「えっ。では何故《なぜ》白亜宮には花が飾られていないんですか？」

「白亜宮に花がないのはそもそも世話ができる者がいなかったからだ。花を飾ってもすぐに枯らしてしまう。結果的に白亜宮全体が貧相になってしまって、カナル様の意向で花は飾らなくなった。……そういえば植物園を管理している庭師のメグを憤慨させたな。あまりにもらいに行くペースが速くて彼女から冷ややかな目を向けられた」

淡々と事実を話すエドガの横でティナは苦笑した。

「安心してください。私はアゼルガルドの人間なので植物の知識は持っています。なので是非、白亜宮に花を飾らせてください！」

エドガは考える素振りを見せたものの、すぐに頷《うなず》いて快諾してくれた。

「花はメグに頼むといい。綺麗なものを分けてくれるだろう。白亜宮は少し無機質で暗い印象になってしまっているから、花があればきっと空間全体が明るくなる。――頼んだぞ」

「っ！　はい！」

ティナは頼りにされたことが嬉《うれ》しくて顔を綻《ほころ》ばせた。

＊

白亜宮での残りの仕事を終えて昼食を簡単に済ませると、ティナはエドガに教えてもらった植物園へ息を弾ませて向かった。

王宮には庭師によって整形された広大な庭園がある。植木は形よく綺麗に刈り込まれ、中央の泉まで続いている。さらにその後ろにはポプラ並木が広がっていて、訪れた者は壮麗な庭園に必ず息を呑《の》む。例に漏れずティナもその景色に魅了されて暫く眺めていた。が、自身の目的が何か思い出すと庭園を尻目《しりめ》に歩き始めた。

庭園隅の奥まったところには、全面ガラス張りの建物――植物園がある。

植物園は二つの建物に分かれていて、その間はガラス張りの通路で繋《つな》がっている。建物は温暖気候と寒冷気候の二つに施設を隔てて気候管理がされており、おかげで一年中植物を楽しむことができる。花だけでなく王族が口にする野菜やハーブなどもここで栽培されている。

ティナは傍《そば》に近づくとガラスでできた植物園を見上げた。積雲の間から太陽が顔を出すと、その光を浴びてガラスがキラキラと輝きだす。まるで巨大な水晶のようだ。

全面ガラス張りの建物を見るのは初めてで、神々しい姿に圧倒された。

植物園に沿って歩いていると、ティナは出入り口を見つける。扉には普段鍵《かぎ》がかかっているのか南京錠があるが、今は施錠されていない。

入っていいか手を伸ばしたり引いたりして躊躇《ためら》っていると、後ろから足音がした。

「なんか用ですか？」

透き通るような声がして振り返ると、麦わら帽子を被《かぶ》った黒のお仕着せの少女が腕を組んで仁王立ちしていた。

「あなたは先日の！」

それは食堂でティナを助けてくれた少女だった。

あの時は思わなかったが彼女はティナより小柄だった。赤い前髪は真ん中で分け、後ろの髪と一緒に纏《まと》め上げている。猫っぽい顔立ちの最大の特徴である吊《つ》り目がちな若草色の瞳《ひとみ》は利発そうな印象を与えていた。身体はスラリとしていてとても細いのにそう感じさせないのは瞳に強い光を宿しているからだろう。

彼女はその意志の強そうな瞳でティナを睨《ね》めつけてきた。あからさまな敵意を向けられて一瞬怯《ひる》んだが、ティナはめげずに口を開く。

「あのっ、エドガさんに教えてもらってここに来ました。メグさんという方はいらっしゃいますか？」

「……あたしがそのメグです。あなたは？」

「私はセレスティナ・アゼルガルドと申します。王宮に花を飾りたいのでよろしければ、いくらか分けていただきたいです」

「花を？　あなた、確か白亜宮の侍女でしたよね？」

質問に対して頷くと、メグは口元を歪《ゆが》めることを我慢しなかった。

「性懲りもなくまた花をもらいにきたの？　白亜宮は少数精鋭だから花の世話まで手が回らない。すぐに花を枯らすのに飾る意味あるの？」

メグはポケットから手帳とペンを取り出すとわざとらしく書きものを始め、くるりと踵を返した。

ティナはメグの棘《とげ》のある態度に面食らった。

エドガからメグを怒らせた話は聞いていたが、白亜宮の者だと口にしただけで冷たい態度を取られて驚いた。慌ててメグの背中を追いかけ、ティナは慎重に口を開いた。

「心配しないでください。私は花をすぐには枯らしたりしません。何か至らないことがあるのなら、遠慮なく指摘してください」

小柄なのに歩く速度が速いので、ティナは小走りでメグを追いかける。と、メグがぴたりと歩みを止めた。慌ててティナも足を止め、ぶつかる直前で立ち止まる。

ティナが反応を待っていると彼女はゆっくりとした動きでこちらに向き直った。片手でぱたんと手帳を閉じ、相変わらず鋭い視線をこちらに向けてくる。

「ほんっとーにすぐには枯らしませんか？　あなたがた貴族のお嬢様からしたら取るに足らない代物です。たかが花です。枯れたところで、ここに来れば替えはいくらでもあると思ってませんか？」

「たかが花だなんて！　花は一つ一つに命が宿っているんですよ？　そんなふうには思いません」

「あなたがたからしたら、たかが花でしょう？　簡単に育つものじゃないのに、日持ちする方法を教えてもすぐに枯らす。花が枯れればあたしの教え方が悪いって責任転嫁する。文句の言い方だけは典型的なお貴族様なんだから!!」

メグは憤懣《ふんまん》やるかたないといった様子で手帳をきつく握り締める。きっと以前、カナルに仕えていた侍女に不当な扱いを受けたのだろう。

メグの頭の中で貴族の令嬢は傲慢《ごうまん》で意地が悪いというイメージがついてしまっている。これはティナが少し前まで男性を一括《ひとくく》りにして見ていた時と似ている。

（メグさんが嫌だと思っていても、ここの植物園は王族の所有物。所有者である王族の身の回りを世話する使用人が花を欲しいと頼めば断れない。だとしてもメグさんが気持ち良く私に花を渡してもらうにはどうしたらいいの？）

口元に手を当てて考え込んだ後、ティナは切り花の水揚げ方法についてメグに説明した。自分が以前の侍女と違って植物の知識を持っているとさりげなくアピールする。さらに植物の育てる方法についても話した。

「植物を育てる基本として、日光と水、土の状態、風通しの四つを守ることが大切です。種類にあわせて肥料も与えないといけません。他にもいろいろありますが最も大切なことは……」

ティナはメグにそっと近づくと、手帳を握り締める彼女の手を優しく包み込んだ。

「植物に愛情を注ぐこと。メグさんの手は植物に愛情を注いでいる手だと一目で分かります。うちの領でも花や作物の栽培をしていますが、皆同じ手をしていました」

これまでアゼルガルド領の園芸家たちの手を何度も見てきた。あかぎれの痕《あと》や植物の葉でできたひっかき傷のある手だ。

ティナは幼い頃《ころ》、痛くないか尋ねたことがあった。しかし彼らは皆一様に首を横に振った。

この手の傷は勲章だ。これがあるからこそ、皆が喜ぶ自慢の花や作物が育てられるのだ、と彼らは誇らしげに語ってくれた。

メグの手は彼らと同じ手をしている。ずっと植物と向き合って何年も過ごしてきた手だ。

「植物を世話する大変さや難しさは知っているつもりです。同時に愛情をもって接すれば接するほど植物は私たちに応えてくれます。そして人の心を癒やします」

ティナは真摯《しんし》に伝えると、メグの手を包み込んでいる手に力を込めた。

「毎日きちんと世話をします。すぐに枯らさないと約束します！」

それでもメグは口を引き結んで俯《うつむ》いたままだ。居たたまれなくなって包み込んでいた手を放すと、やがてメグはティナの横を通り過ぎていった。

やっぱりダメなのか、とティナは心の中で落胆する。メグの心は固く閉ざされてしまっている。メグと確執を生んだ侍女と自分は違うというところを見せれば分かりあえるのではないかと思っていた。だが、そう簡単ではなかったようだ。

彼女の侍女に対する悪い感情は予想以上に根深い。言葉を尽くしたが響かなかった。

ティナは肩を落として項垂《うなだ》れた。と、金属の軋《きし》む音が聞こえてきた。

おもむろに顔を上げると、メグが植物園の重厚なガラス張りの扉を開けて立っていた。

「……どうぞ、入ってください。植物にはみだりに触れぬようお願いします」

ぶっきらぼうにメグは言うが、その目は少し潤みを帯びて赤くなっている。

「あ、ありがとうございます!!」

ティナは嬉しくなって顔を綻ばせ、息を弾ませながら植物園の中に入った。


いざ植物園の中に足を踏み入れてみると、中は想像以上に暖かかった。入ったすぐは緑の樹木が生い茂り、視界を遮っている。

足元に目をやれば人ひとりが歩けるほどの小道が続いていた。

「普通の樹木も植えているのね。森みたい」

独り言のはずが、メグが声を拾って答えてくれた。

「植物園に無駄なものはありません。そこの木は東の国から仕入れたもの。なっている実は殺菌、消毒に使います」

メグは扉がきちんと閉まったことを確認すると、ティナに向き直って改めて挨拶をした。

彼女は先祖代々、王宮に仕える医務官の養女だった。歳《とし》はティナの一つ下で十七。もともとは医務官の屋敷に仕える専属庭師の娘で平民出身だ。

幼い頃に植物学の才を見込まれて無理やり養女にされ、今は王宮の植物園の管理を任されている。

彼女が貴族や上流階級出身の使用人を毛嫌いしていたのは、身勝手な権力によって家族と引き離されてしまった背景があったためだった。

「貴族は嫌いだけど、あなたならいいです。植物を大切にする人間に悪い奴《やつ》はいないって父さんが言ってたから。どうぞ、足元に注意して来てください」

メグの後ろについて細道を進んでいく。森のような鬱蒼《うっそう》とした樹木の間を通り抜けると、急に視界が拓《ひら》けた。太陽の光が眩《まぶ》しく感じられ、ティナは堪《たま》らず目を閉じる。

ゆっくりと目を開けて明るさに慣れてくると、目の前に広がる光景に感銘を受けた。

そこには広大な花壇があり、国内外の珍しい花や季節ごとにしか見られないはずの花が咲き揃っていたのだ。

ティナは前に立っているメグをしげしげと見る。

（これだけの花を育てるのも大変なのに、それをたった一人で管理しているなんて）

「……凄《すご》い」

ティナが素直な反応を示すと、メグはこちらを向いて満足気に目を細める。

「手塩にかけて育てた植物たちです。そう言ってもらえて嬉しいです」

花壇は花の高低、色味、日照時間などが計算されて植えられていた。いつでも所有者である王族が足を運んでもいいように。心が休まるように。この植物園は庭園よりもそういった想《おも》いが詰まっている場所だった。

ふと、ティナの目にある花が留まる。アゼルガルド領の気候と合うためたくさん栽培され、赤や白、青紫など様々な色をつける花、アネモネだった。

「アネモネも栽培しているんですね」

ティナはアネモネの前にしゃがみ、閉じられているガクを眺めた。

アネモネは花弁と勘違いされる部分はガクだ。ガクは朝と夜は閉じていて、昼になるとぱっと開く。開花が進むとガクは開きっぱなしとなり、最後はガクが細くなって散っていく。植物園のアネモネはまだ咲き始めたばかりだった。

「これからが楽しみな花ですね」

メグはティナの横に並ぶと「そうか」と何かを理解したように呟く。

「あなたはアゼルガルド家の人ですもんね。……確かアゼルガルド領はルリアンの生息地で有名ですよね？」

「はい！　最近は品種改良されて育てやすくなったようです。世話の方法も変わったので、今度領に帰ったら新しい方法を教えてもらうつもりです」

メグは意外そうに眉《まゆ》を上げた。

「貴族のお嬢様なのに花の世話を……。どうりで知識が豊富なわけですね。あなたなら、花を渡しても問題なさそうです。因《ちな》みに、ここでもルリアンは栽培してますよ」

「ルリアンを？」

メグの指差す方向にはほんの僅《わず》かに水色の花が咲いている。

幼い頃から身近な存在だった花。土に根を下ろしたルリアンはアゼルガルド領でしか見られない。

そのはずなのに。胸を突かれたティナは自《おの》ずとルリアンへと進む。

数はそれほど多くないがそこには確かにルリアンの花が咲いていた。腰を下ろして眺めれば、郷愁の念を感じる。と、メグがゆっくりとした足取りでこちらに近づいてきた。

「あなたにとって思い入れの深い花だと思います。でもこれは切り花には使用できません」

「はい。数も少ないですし、満開になるのはもう少し先ですから」

ティナは立ち上がると、スカートの裾《すそ》を直した。

「そう。話が早くて良かったです」

メグは言葉を切ると作業に取りかかった。

エプロンのポケットから園芸ばさみを取り出し、みずみずしい花を選んでくれる。近くに置いていたバケツに水を入れ、切った花を活《い》けてくれた。

集まった切り花はどれも日持ちする花ばかりでバケツがいっぱいになる頃には豪華になった。

「どうぞ持って行ってください。決して、すぐに枯らさないようお願いします」

メグはティナにバケツを渡すと立ち上がり、首後ろに手を当てて子気味良い音を鳴らした。

「はい。メグさんが愛情込めて育てた花をぞんざいに扱いません。この子たちにはちゃんと命がありますから」

抱えたバケツの花々に顔を近づけると、ふわりと甘い香りがする。

(良い香りがするから居間に飾ろうかしら？　それとも廊下の方が目にしやすいかしら？　ああ、早く戻って飾りつけしたいわ)

ティナが思いを馳《は》せていると、メグが胸の前で組んだ手をもじもじとさせて何か言いたそうにしていた。

「メグさん、どうかしましたか？」

「えっ？　べ、別に何でもないわよ。ほら、花も渡したしこれで満足でしょ？　早く行けば？」

腕を組むメグは何故か顔を真っ赤《まっか》にさせてそっぽを向く。

ティナは不思議に思いながらも改めてお礼を言うと白亜宮へ向かおうとメグに背を向けた。

「あ、まっ、待って！」

「はい？」

振り向けば、ティナを呼び止めたメグが「えっ」だの「うっ」だの短い言葉を発している。やがて、顔色をうかがうようにちらりとティナを見る。

「……えっと、あたしのことメグって呼んで。あたしもあなたのこと……ティナって呼びたい」

「はい。構わないですよ」

「あと、その……敬語も使わないで。あたしの方が年下だし」

「分かったわ、メグ」

「そ、それから！」

「どうしたの？」

ティナはメグが答えてくれるのを待つ。

「――花を取りにくる時以外、食堂とかで会ったら一緒にご飯食べてくれる？　あたし、ティナとなら楽しく話せそうだから……ダメ？」

それはつまり、友達になって欲しいという申し出だった。彼女の意図に気づいたティナは胸の中が嬉しさでいっぱいになった。

ティナは満面の笑みをメグに向ける。

「ええ。もちろん！　もちろんよ、メグ！」

こうしてティナは王宮で初めて同年代の友達ができた。

＊

植物園からもらってきた花をどこに飾るか悩んだ末、ティナはカナルがよく使用する居間と書斎に飾ることに決めた。

（これで少しでもカナル様の疲れが取れたらいいけど）

ティナはカナルの喜ぶ姿を思い浮かべながら、バランスや色合いを見つつ、陶器の花瓶に花を活けていった。

活け終えた陶器の花瓶を飾れば無機質でもの寂しかった空間に温かみが生まれたような気がする。

それどころか、みずみずしく鮮やかな花のおかげで周りの空気が澄んでいくようにすら感じられた。

最後に余った花を小さめの花瓶に挿し、廊下に飾る。と、入り口の方から足音が響いてきた。顔を向けると、カナルとエドガが帰ってきたところだった。

カナルはすぐに花に気がつくとまっすぐ足を運んだ。

それから「まあっ！」と感嘆の声を上げ、うっとりとした眼差《まなざ》しで花を愛でる。

「やっぱり花があるといいわね。空間が明るくなるし、心も癒やされて豊かな気持ちになるわー」

「お帰りなさいませ。朝のカナル様は元気がなかったように思いましたので、少しでも気分が晴れるように花を飾ってみました」

カナルはその言葉を聞いて目を見開いた。しかし、すぐに考えを霧散するように頭を振る。

「それは……どうも、ありがとう。――って、わざわざ花をもらって来てくれたの⁉」

カナルは表情に驚きの色を滲《にじ》ませて素《す》っ頓狂《とんきょう》な声を上げた。ティナは怪訝そうに首を傾《かし》げる。

もしかして、勝手に花を取ってきたと勘違いされているのだろうか。

エドガに視線を向けるも、彼はいつも通り気だるい雰囲気を纏ったまま無表情だった。カナルの意図は分からないが変に勘繰られては困るので説明をつけ加える。

「えっと。こちらは植物園のメグからもらいました」

「メグに？　何か酷《ひど》いことはされなかった？」

「え？　メグがそんなことするはずないです。彼女はとても親切ですよ」

はっきりと答えるとカナルは口元に手を当てて見開いたままの目をさらに丸くする。

「あの子はとても気難しいと聞いているわ。前に行儀見習いで来ていた侍女に花をもらって来るよう頼んだ時は、鉈《なた》を投げつけられたと言っていたし」

「な、鉈……。えっと、それはちょっとした誤解です。ちゃんと誤解は解けましたし、花も選んでくれました。あと、友達にもなれたんです」

自分で口にしておきながら友達という言葉はくすぐったい響きだ。新しい友達ができたこともそうだが植物の詳しい話ができる相手は今までいなかったのでとても嬉しい。

「信じられない話だわ。でも、素敵な友達ができて良かったわね」

カナルは花瓶に顔を近づけて花の香りを吸い込むと、ほうっと息を吐いた。

ティナは脇に置いていたバケツを持ち上げると話題を変える。

「あの、お疲れでしょうから、お茶の準備をしてもよろしいですか？」

「ええ、そうしてちょうだい。少し身体を休めたいわ。ところで花を飾るのはいいのだけれど、私の頼みごとは終わったかしら？　急にたくさんの服の修繕を頼んでごめんなさいね。お針子でもないのに早々捌けないわよね」

カナルは頬に手を当てて眉を下げる。無理を承知でお願いしたためか少々気が引けるのだろう。

ティナは背筋を伸ばして応えた。

「いいえ。全て終わっております。手紙は返事を書いて出しましたし、服の修繕は作業室に畳んで置いてありますので。ご確認ください」

カナルはティナの返事にぽかんと口を開けた。

「終わったの？　あの量を？　一人で？　ほんとに？」

カナルが疑念の籠もった目で見てくるのでティナは力強く頷いてみせた。

「はい。趣味で刺繍を刺していますので、裁縫は得意な方なんです」

そうだ、とティナは閃《ひらめ》いて提案する。

「不安でしたらカナル様ご自身でご確認ください」

「いや、別に疑っているわけじゃ……」

「いいえ、是非ともお願いします」

(私の腕が立つことを認めてもらえれば、王宮の侍女になるための足がかりになるかも。これはまたとない機会だわ)

そう思ったティナは懇願するようにカナルに修繕の確認作業を頼み込む。熱心にお願いすると、最後はカナルが根負けして了承してくれた。

「じゃあ今から確認させてもらうから、ティナはその間にお茶を準備して。エドガは服を居間へ運んでちょうだい」

エドガは短く返事をすると作業室へと向かった。そしてカナルもティナもそれぞれ目的の部屋へと移動したのだった。

お茶の準備ができるとティナは給仕室からワゴンを押して居間へと向かう。中に入ると、畳んでおいた服がエドガによってソファやテーブルの上に広げられていた。一つ一つを確認し、淡々とした声で「問題なし」と答えている。

傍《そば》のカナルも真剣な顔でそれを検分していた。全ての確認が終わるとエドガは、てきぱきと片づけ始め、横にいるカナルは拍手を送る。

「素晴らしいわ。本当に全部仕上げたのね。縫い目に粗はないし大したものだわ！」

褒められてティナは面映《おもは》ゆそうに笑い、服が片づけられたテーブルにティーセットを並べた。次に数種類の焼き菓子が載ったケーキスタンドを置く。今日《きょう》はいつもとは違う特別なハーブティーにした。香りがスパイシーで匂《にお》いが少しきつめだが、疲れを取るには最適なものだ。

ティナは頃合いを見てカップにハーブティーを注ぎ、カナルの前に持っていく。

いつものようにエドガはまず毒見をして問題がないか確認する。次にケーキスタンドの焼き菓子を一口ずつ食べた。

「どうぞお召し上がりください」

問題ないと判断したエドガはハーブティーを勧める。

カナルは早々にハーブティーを口に含むと、唸《うな》りながらカップをソーサーの上に置いた。

「お、お気に召しませんでしたか？」

眉を顰《ひそ》めるカナルを見たティナは顔色を失った。

張りきって用意したハーブティーは今まで出したことのないものだった。好き嫌いの出やすい代物だと料理人から聞いていたので、カナルの口には合わなかったのかもしれない。

急いでお茶を取り換えようと席を立つと、カナルが手で制した。

「そうじゃないの。ちょっと……考えごとをしてて」

「考えごと、ですか？　そういえば今朝《けさ》も悩まれていらっしゃいましたけど……」

ホッとしたのも束《つか》の間。ティナはカナルの歯切れの悪い言葉に首を傾げる。

カナルは表情に暗い影を落とすと、重たい口を開いた。

「近々、王妃様主催のガーデン・パーティが催されることになったのよ。気乗りしないんだけど、王族主催だから私も出席しなくちゃならなくてね」

王妃様主催のガーデン・パーティとは所謂《いわゆる》貴族の令嬢を集めたお茶会のことだ。出席する全員が今年社交界デビューを控えている令嬢たちで、ある意味デビュタントを飾る舞踏会の次に大事なイベントになる。

ティナが社交界デビューした年は丁度、王妃様が王太子殿下を身籠《みご》もっていた。さらにはエレスメアと戦争中だったこともあって取りやめになっていた。

現在は情勢も安定し、王妃様の出産も終わっているので二年ぶりの開催となる。

「お嫌なら、もっともそうな理由をつけて断ればよろしいのでは？」

ティナは今日書いたいくつもの手紙を思い出した。あれだけの誘いを断っているのだ。今さら王妃様の誘いを断ったところで周りから非難はされないはずだ。

すると、カナルの後ろに控えていたエドガが話に割って入ってきた。

「昨夜、王妃様が直々にカナル様へ頼みにこられたので逃げようにも逃げられない。それに、社交界デビュー前の令嬢たちにとって王族との謁見は慣例なので必ず出席していただかなくては」

カナルは表情を歪めて深いため息を吐いた。

「慣例って。つい最近までやってなかったんだからこのままないことにしてもいいんじゃないの？」

「これも伝統を守るためです。それに王妃様お一人に任せるわけにもいきません。カナル様が王族のお手本を見せなくては」

「はあ、気だるい顔して正論言わないで欲しいわ」

「俺《おれ》はいつも真剣です」

「……冗談は顔だけにしてちょうだい」

額に手を当てて突っ込みを入れるとカナルは続けた。

「ガーデン・パーティは目付役の男が来ないから目の保養がいないのよねー。あとは社交界を牽引《けんいん》する数人の夫人が出席するだけ。会場では初々しいはずの令嬢たちが水面下で仁義なきバチバチな戦いを繰り広げるし。……それを対応する私の身にもなってよ。振る舞いの手本なんて二の次なんだから！」

いつもと違ってカナルが嘆息を漏らす理由が想像できる。

令嬢たちは自分が少しでも優位に立とうと画策する。

他人を惹《ひ》きつける話し方や興味深い話題の提供で場の主導権を握ろうとする者。教養が浅く話下手であれば最先端のドレスや小物で着飾り、話題性から自分の得意分野の話へ誘導しようとする者。

やり方は様々だが彼女らの目的はただ一つ。王妃様や夫人方に気に入られることだ。

彼女らに気に入ってもらえれば社交界デビュー時に家名と共に一目置かれた存在になれる。その結果、令息たちから申し込まれるダンスの数は格段に跳ね上がり、より良縁へと繋がるのだ。だからこそ令嬢たちは、あの手この手で王族や夫人にすり寄ってくる。

名家の令嬢は違うだろうが、たいていの令嬢は良い家柄の相手と結婚したい。よって場が戦場と化すのは火を見るより明らか。

(私がデビューした年はガーデン・パーティが開催されなかったから詳しくは知らないけれど、大変な場所だって噂《うわさ》で聞いたことがあるわ。カナル様の態度を見る限り過酷な場所なのは間違いなさそうね)

もし自分の年にも開催されていたら、とティナは想像してみる。一瞬で壁際に追いやられ何もできずにパーティから帰ってくる姿がありありと浮かんだ。自然と苦々しい笑みが零《こぼ》れてしまう。

(そういえば、姉様がガーデン・パーティから帰ってきた時はとてもぐったりしていたけど……あれはどうしてだったかしら?)

姉は場の主導権を握るのがうまい。

漂う雰囲気は丸くて優しく、温厚そうに見える容姿なので話しかけられると皆気を許してしまう。しかし彼女は外見とは裏腹になかなかの切れ者だ。姉が口を開けば勝てる相手はいないとティナは思っている。

そんな彼女が疲れ切ってガーデン・パーティから帰ってきたのはとても印象的だった。

あの時姉はソファに倒れ込むなり、出迎えたティナにこれだけは気をつけるようにと何かを教えてくれた。内容は大切なことだった気がするのに、自分の時に開催がなくなったのですっかり忘れてしまっている。必死に思い出そうとする一方で、目の前で気弱になっているカナルに胸を痛める。

するとカナルが突然「そうだ！」と声を上げた。何か閃いた様子で顔を綻ばせると、ギラギラとした瞳でティナを見つめてきた。そこにはまるで獲物を見つけた猛禽類《もうきんるい》のような鋭さがある。ティナは本能的に首を竦《すく》めた。

なんだか嫌な予感がする。

ただの思い過ごしだろうと自分に言い聞かせ、ティナは不安と一緒にハーブティーを喉の奥へと流し込む。

「今回はエドガ以外の助っ人がいるんだったわ――というわけでティナ。少しでも私の被害を分散したいから、付き人として出席してね」

「……えっ？」

念のため聞き返せば、カナルは笑みを深めた。

「だからね、付き人をやって欲しいの。あなたには私の力になって欲しいのよ」

ティナは顔を真っ青《まさお》にして手にしていたカップをソーサーに激しく打ちつけた。

「そんなっ！　無理です！　わ、私では力不足です!!」

ティナはおろおろとしながらもきっぱりと断った。

カナルの力になって欲しいと頼まれたことは素直に嬉しい。が、自分の技量では、ガーデン・パーティという名の戦場でうまく立ち回れる気がしない。そして万が一、カナルの顔に泥を塗るようなことがあればただでは済まされない。

「大丈夫よー。エドガも一緒だから」

「いいえ、そういう問題ではなく。私ではカナル様のお役になど決して立てま……」

「ねえティナ、私とあなたは友達でしょう？　だったら、一緒に来てくれるわよね？　私の力になってくれるわよね？　だって私たちは友達だもの」

いつの間にかカナルは身を乗り出してティナに顔を近づけてくる。満面の笑みで凄む彼を目の当たりにして、拒否権などないことを悟る。

ティナは頷くことしかできなかった。

「……は、はい」

「ありがとう。流石《さすが》ティナだわー」

カナルはティナの返事に満足するとハーブティーを啜《すす》り、バターたっぷりのクッキーを口にした。

ざあっと血の気を失ったティナは、絶対に無理よ！　と心の中で頭を抱えて叫ぶ。

なす術はそれ以上なかった。

＊

空が鮮やかな夕焼けに染まる頃。

仕事を終わらせたティナは作業室で一心不乱に刺繍を刺していた。

侍女としての仕事にも随分慣れ、最近では余った時間を使って本を読んだり、刺繍を刺したりして過ごしている。

六時頃になれば宿舎へと帰るが、それまでは急な仕事に対応できるようにと作業室で待機していた。

白のハンカチに若草色の糸を使って月桂樹の葉の文様を、天鵞絨《ビロード》の糸を使って実を表す点を刺す。

ティナにとっては慣れ親しんだデザインで、作業時間はそれほどかからない。最後まで刺し終えて糸の始末をすれば完成だ。

後ろを振り返って振り子時計を見れば帰宅時間までまだ時間はある。残りの時間をどう使おうか悩みながら視線を戻すと、入り口にはエドガが立っていた。

「ここでの仕事にはすっかり慣れたみたいだな」

ティナは驚いて思わず悲鳴に近い声を上げてしまった。

「エドガさん！　お、お帰りなさい。もしかしてカナル様も帰ってこられたのですか？」

エドガは「いや」と言って近づいてくると、ティナの向かいの席に腰を下ろす。

「カナル様は会議に出られている。もう少ししたら戻られるだろう。俺がここに来たのはお茶の準備を頼みに来たのと、ガーデン・パーティについて話にきた。内容は知っているな？」

ティナはこっくりと頷いた。自分の時に開催されていなくとも、姉や周囲から散々話を聞かされていたのでしっかりと頭に入っている。

「ガーデン・パーティは今年社交界デビューを控えている貴族の令嬢が招待されます。王妃様との謁見は華やかな社交界に相応《ふさわ》しい令嬢かどうか判断されるため。滅多にないそうですが、ここで不興を買うともう一年行儀作法を学び直します。あと、このパーティは同じく社交界デビューする令嬢と交友を深める場でもあります」

ガーデン・パーティはたとえ上流階級であっても、爵位を賜《たまわ》っている家の娘でなければ招待されない。さらには事前に招待するに値するか審査もされる。

審査内容は秘密とされているが税金を納めているか、反逆の疑いがないかといった基本的なものだと父が言っていた。

「エドガさん、当日の流れを確認したいので、お聞きしても大丈夫ですか？」

念のため聞いておきたい旨を伝えると、エドガは小さく頷く。

「当日はまず招待された令嬢や夫人が先に会場入りする。その後にカナル様と付き人の俺たち。最後に王妃様とその侍女たちといった順番だ。全員が揃ったら令嬢の代表が王妃様に挨拶をしてパーティが始まる。令嬢たちは一人一人自己紹介の挨拶し、それが済むといよいよお茶の時間だ。今回の会場は白亜宮と真珠宮の間の中庭で開かれる。数種類のお茶と一口サイズのケーキが用意され、令嬢たちはそれを食べながら歓談したり、中庭や真珠宮の一部開放された部屋を散策したりする。その後王妃様が席をお立ちになり、真珠宮へ戻られたらパーティが終わる合図だ」

「私が聞いていた話と比べて、エドガさんの話からは終始和やかな印象です。カナル様が仰《おっしゃ》っていたみたいに熾烈《しれつ》な戦いが本当にあるのでしょうか？」

「ある」

間髪を容《い》れずに返ってきた言葉にティナの淡い期待があっさりと消えてしまった。

結局、このガーデン・パーティが大変恐ろしい場所だということだけは誰《だれ》も否定しない。ティナはますます憂鬱《ゆううつ》な気持ちになった。

「これは当日出席する令嬢と夫人のリストだ。令嬢は七名でそれほど多くはない」

エドガに渡された一枚の出席者リストにさっと目を通すと、そこには貴族の令嬢と名だたる夫人の名前がずらりと並んでいた。一目見て、気骨の折れる出席者だと察してしまう。

うまくやっていける自信が持てなくてティナはため息を漏らした。

「私のような者がカナル様の付き人なんて務まるとは思えません……あっ」

そこでティナはあることに気がついた。

「どうした？」

「い、いいえ。大したことではない、わけでもない……のですが」

言うべきか悩んでいるとエドガが視線で話すように促してくるので遠慮がちに気づいたことを口にする。

「わ、私は行儀見習いとしてここに来ているので……恥ずかしい話ですが、ドレスも小物も持っていないんです。こんなことになるとは思っていなかったので」

付き人を依頼されて、当日の対応ばかりに不安を覚えていたが、切迫した問題はドレスコードだ。今から実家に手紙を書いて衣装の手配をしても当日には間に合わない。これでは本当にカナルの顔に泥を塗ることになってしまう。ティナが困惑しているとエドガがそんなことかと、フッと息を吐く。

「問題ない。王族とその付き人が着る服は決まっている。あんたの分も手配済みだ」

「そ、そうなんですか⁉」

「ああ。その衣装を無駄にはできないから仕事は全うしてくれ。それに無理を言ったのはカナル様の方だ。これくらいしてもらってもおつりが出るくらいだ」

「本当にそうでしょうか。見合った働きができるか心配です」

「俺はいつも付き人として突っ立っているだけでほとんど役に立ってない。細かいところまで気が回るあんたがいてくれたら、きっとカナル様は心強い」

エドガはいつもの気だるげな表情を引き締めてティナを励ましてくれた。その真剣な面持ちにティナは思わず息を呑む。

いつも気だるい表情で、それでいてどこか飄々《ひょうひょう》としているエドガは掴《つか》み所がなかった。実際はカナル同様、ティナが問題なく仕事ができているか常に気にかけてくれている。見た目のせいでやる気のない印象を受けるが本来は真面目《まじめ》で面倒見のいい性格のようだ。

(今までエドガさんが何を考えているのか読めなくて怖かったけど、私が怖がってしまっていただけでいい人なのかも)

たった今、彼への見方が変わり恐怖心と苦手意識が少し薄らいだ。

ティナは胸の上で手を重ねると真摯な眼差しをエドガに向ける。

「私、エドガさんやカナル様のお役に立てるよう頑張ります」

「ああ。頼りにしてるぞ」

エドガは目を細めると時間を確かめてから立ち上がった。

「そろそろお茶の用意をしてもらえるか？　俺にはお茶のセンスとやらが皆無だからな」

わざと肩を竦《すく》めてみせるエドガに、ティナは口元に手を当ててくすりと笑う。

「はい。分かりました」

ティナは机の上にある刺したばかりのハンカチをポケットにしまい、裁縫道具を片づけるとお茶の準備に取りかかった。


エドガが厨房《ちゅうぼう》からもらってきてくれたお菓子はバターを練り込んだクッキーだ。これはいつもカナルが数種類用意したお菓子の中から決まって選ぶものだった。

王宮ともなれば、チョコレートやフルーツをたっぷり使った甘いお菓子がいくらでも食べられる。しかし、彼は甘さの効いたお菓子は選ばない。

「――もしかしてカナル様はシンプルなお菓子がお好きなの？　いつも素朴なお菓子を選ばれているわ」

こんがりときつね色に焼けた丸や四角のそれに視線を落としながら、思ったことを素直に口にしているとエドガがそうだと頷いた。

「カナル様はシンプルなお菓子が好きだ。ビスケットやクッキー、スコーン辺りを準備しておくと喜ばれる」

「やっぱりそうなんですね！　では今後はシンプルなお菓子をご用意します」

ティナは自分の考えが合っていると分かるとにこにこと笑顔になった。カナルの喜ぶ姿を思い描きながら、これからはシンプルなお菓子の種類を増やしておこうと心の中で呟《つぶや》く。


クッキーに合う茶葉を数種類の中から選び終えたところで、白亜宮の玄関から騒がしい声が響いていくる。ティナとエドガは顔を見合わせて一緒に給仕室を出た。

小走りで玄関先へ向かうと、二人の騎士がカナルに敬礼して白亜宮から出て行くところだった。

「あら、お出迎えありがとう」

こちらに気づいたカナルは一つに束ねた三つ編みの髪をはらりと揺らしながら典麗な顔を向ける。

今日の装いは緑色を基調とした服装で落ち着いていた。上着の打ち合いや袖口には金糸を使った花の刺繍が施され、その花心には真珠があしらわれている。

「お、お帰りなさいませ。今日は一段と華やかですね」

「ありがとう。これ、昨日届いたばかりなの。刺繍だってほら、素敵でしょう？」

カナルはティナに刺繍が見えるように前屈《まえかが》みになってくれる。ティナは「失礼します」と一言添えて刺繍をじっと観察した。

（これはアカンサスと……小花の組み合わせ！　どちらも豊かさや生命力を象徴する意味があって、

同じ意味合いの刺繍は組み合わせることでまじないをより強固にしてくれる。病気や災いを寄せ付けない魔除《まよ》けが込められているわ）

手を合わせながらうっとりとした表情で数歩下がる。今度は刺繍だけでなくカナルの全身を観察した。

カナルの着る服は派手な色糸や宝石をふんだんに使ったものはなく、控えめなデザインが多い。けれどいつも着ている服が彼の魅力を存分に引き立てる。

派手な服を着ると却《かえ》って野暮ったいものになってしまうのかもしれない。ティナは最後にもう一度カナルの全身を眺めてからそう思った。

「お時間いただきありがとうございます。居間へ移動してください。お茶をお持ちします。今日はエドガさんがカナル様のお好きなクッキーを持ってきてくださったんです。ね、エドガさん。――エドガさん？」

カナルからエドガに視線を向けて話しかけると、彼は半眼でカナルを睨めつけていた。片眉を跳ね上げ、つかつかとカナルに歩み寄る。その距離は二人の鼻先が触れるか触れないかの距離だ。

あまりの至近距離に当事者の二人よりも、見ているティナの方がドギマギしてしまった。

内心悲鳴を上げて真っ赤にさせた顔を手で覆う。

（エドガさんはどうしてしまったの⁉）

おずおずと指の間から二人の様子を盗み見る。ティナがエドガの出方を見守っていると彼はカナルとの距離を保ったまま、灰色がかった紫の目を細めた。

「いいですか、護衛は俺の仕事です。むやみやたらと団員たちに仕事を頼まないでください」

「なあに？　部下に仕事を取られて拗《す》ねちゃったの？　私と二人きりで帰れなかったのが寂しかった？　エドガったら可愛《かわい》いのね」

「カナル様！」

エドガが非難の声を上げるのに対して、カナルはいつも通り鷹揚《おうよう》に構えている。彼にとってエドガの怒りなどは瑣末《さまつ》ごとに過ぎないようだ。

「今日は疲れてて、あなたの迎えを待つのも億劫《おっくう》だったの。……今夜、埋め合わせするから許して。ね？」

ティナはカナルの艶《つや》っぽい声色と『今夜』という言葉を聞いてハッとした。

(初めてここに来た日は確信が持てなかったけど。カナル様の夜の相手ってやっぱり――エドガさんなの!?)

ふわんふわんと頭に浮かんだのは二人が睦言《むつごと》を交わして抱擁しあう姿。

ティナはさらに顔を赤くさせ、慌てて頭から締め出した。

(夜な夜な自分好みな男たちを寝室に連れ込んでいるって噂だけど、エドガさんの様子を見る限りカナル様の相手はエドガさんだけのようね)

きっと二人きりになれる時間を別の人に取られて怒っているのだ。

ティナは顔から手をどけると、話し合っている二人に熱い視線を送った。そして、心の中で秘密は絶対に守ると誓いの言葉を立てるのだった。

「おい、一体何を考えている？」

「ひゃいっ⁉」

突然エドガが話しかけてきたので、ティナは身体をびくつかせて素っ頓狂な声を上げた。

「な、何も考えていません。そ、そうです、早くお茶をお持ちしないと。カナル様はお疲れですし、居間で寛《くつろ》いでいてください」

仕切り直すようにティナはぱんっと手を叩く。カナルは「そうさせてもらうわ」と言って素直に居間へと移動する。エドガも後を追うように歩き始めたので、ティナは慌てて駆け寄るとそっと声を潜めた。

「心配しないでください。エドガさんがカナル様のお相手だってことは絶対誰にも言いませんから」

ティナは応援しているという意思を込めて、両手の拳《こぶし》を掲げてみせた。

エドガはたちまち頬を引きつらせる。が、小走りで給仕室へ駆けていったティナはそのことには気づかなかった。

＊

「嗚呼《ああ》、やっぱりお茶の時間って最高だわー」

ソファにゆったりと身を沈めて、カナルはお茶の時間を堪能していた。エドガがカナルの好物を持ってきてくれたおかげでいつもよりも幸せそうな表情を浮かべている。

「まだお茶はたくさんありますので、おかわりできますよ」

「ええ、いただくわ。このお茶、クッキーとの相性が抜群ね」

「喜んでいただけてとても嬉しいです」

（茶葉を選ぶ時、お菓子と同じで素朴なものを好まれると思って選んだけど……正解だったみたい）

ティナは悦に入ってにこにこと笑顔になると自信もお茶を啜った。

「嗚呼、そうだわ。今日はいいものを持ってきたのよ」

「いいもの？」

カナルは思い出したように懐から手のひらサイズの貝殻の形をした蓋《ふた》つきの陶器を取り出す。蓋を開けると中には乳白色のクリームが入っていた。仄《ほの》かにフローラルの香りがする。

「これはダンフォース公爵夫人から贈られた保湿クリームなの」

こっちに来て座るように促されたティナは緊張しながらも素直にカナルの傍へ行き、腰を下ろした。

カナルは陶器を膝の上に置いた。保湿クリームを人差し指と中指ですくい、空いているもう片方の手でティナの手を掴む。

何の前触れもなくカナルに手を掴まれたティナは狼狽《うろた》えた。

「なっ、何を!?」

「何って、保湿クリームを塗るのよ？」

ティナは顔を真っ赤にさせ、カナルから逃れるように手を引っ込めようとする。しかし、彼の方が一枚上手で、手首からがっちりと掴まれてしまった。

「これはおすそ分け。ティナはいつも頑張ってくれているし、仮にも令嬢なんだから、ちゃんと保湿しないと。乾燥は肌の大敵よ？」

言われてみれば、とティナは思う。

侍女の仕事は水仕事も多いため気づけば手は乾燥している。最近はかさつき具合が深刻になっていたので保湿クリームをいただけることは大変ありがたい――のだが。

（だからって、カナル様自らが塗ってくださらなくていいのに!!）

おすそ分けしてくれるだけで十分だと伝える前に、カナルは真剣な顔つきで保湿クリームを塗り始めてしまう。

手が震えそうになるのをティナは必死に押さえ込んだ。折角の好意を台無しにはできない。心の中で、どうか手が震えませんように！　とティナは何度も祈る。だが、無情にもティナの手は小刻みに震え始めた。

気分を害されたらどうしよう、と内心ひやひやしているとカナルがくすりと笑った。

「緊張しているのね。リラックスしてちょうだい……って言っても難しいわよねー」

カナルはティナの震えを気にすることなく塗っていく。クリームの感触はベタつきがなく水分がたっぷりと含まれていてさらりとしている。

ティナの手の甲に追加のクリームを載せると、カナルは指の隅々まで行き渡るように馴染《なじ》ませた。

指の付け根から指先まで一本一本丁寧に揉《も》みしだく。次に指の間のすじを押していった。

カナルの温かな手に押されるたび、その部分が火傷《やけど》のように熱くなるのをティナは感じていた。

これは単なる気のせいだ、とティナは自分に言い聞かせる。

（カナル様は男性が好きだからやましいことなんて考えてないわ。彼は私を侍女として大切に想ってくださってるだけだから変に意識する必要ない。大丈夫、大丈夫。……嗚呼でも、心臓に悪い!!）

断る間もなくもう片方の手も同じように保湿クリームが塗られ、終わる頃にはティナはどっと疲れていた。

「随分見違えたんじゃない？　はい、この保湿クリームはエプロンポケットにしまっておきなさい」

「あ、ありがとうございます」

ティナは笑顔を貼《は》り付けると、受け取った保湿クリームをエプロンポケットにしまう。かさつきの酷かった手はカナルのお陰でしっとりと柔らかくなっていた。

（ダンフォース家の奉公から戻った時、手荒れが酷くて姉様に令嬢らしからぬ手だと言われて叱《しか》られたんだったわ。あの時は忙しさにかまかけて手入れを疎《おろそ》かにしてしまったのよね）

ティナは自分の潤いを取り戻した手を見つめて、美容にはもう少し気をつけようと思った。

「失礼します」

すると、毒見を終えて下がったはずのエドガが手紙を銀の盆に載せて戻って来た。たちまち、笑顔を見せていたカナルの顔が苦虫を噛《か》み潰《つぶ》したような渋面になる。

「もしかしてさっきの腹いせかしら？」

「……滅相もない。急ぎの手紙なのでお持ちしただけです」

「折角のお茶の時間なのに。……分かったわ、読んであげる」

ティナは席を立つと少し離れた場所で待機する。

(私はこの場にいてもいいのかしら?)

急ぎの手紙だというので、何かの重要案件であることは確かだ。仮にもカナルは王弟殿下。彼の持つ案件は国を左右する規模の内容が多いことだろう。

侍女である自分はここにいるべきではない。話が済むまで一旦退室すべきだ。

ティナがそう判断して二人に声をかけようとしたその時だ。


——ガシャン。


陶器の割れる音がして顔を向ければ、カナルの飲んでいたカップが床に落ちて無残な姿になっていた。幸い、中身は空で散らばったのはカップだけだ。

「あらやだ。手紙を取ろうとして肘《ひじ》がカップに当たっちゃったのね」

「お怪我《けが》はありませんか?」

エドガが尋ねるとカナルは「大丈夫よ」と答える。割れたカップを見つめた彼は眉尻《まゆじり》を下げてぽつりと呟いた。

「これ、お気に入りのカップだったのに。残念だわ」

そう言いながらカナルは屈んで靴の上に載った破片を払おうとする。

「痛っ！」

指先で払おうとした破片は思ったよりも鋭かったようだ。起き上がったカナルは指を手で押さえ、表情を歪める。指先からは、つーっと赤い血が流れた。

ティナは顔面蒼白《そうはく》になった。

「い、今すぐ医務官を呼んできます」

「ティナ、落ち着きなさい。傷は浅いし、これくらいで呼ぶ必要ないわ。放っておけばそのうち血も止まるし治るから。戦場じゃこんな傷は日常茶飯事よ」

大袈裟《おおげさ》だと言って笑うカナルに対して、ティナは首を強く横に振った。

「ここは戦場ではなく王宮です。もしも傷が原因で熱病に罹《かか》ったら大変です。私、薬を取ってきます！」

ティナは言うが早いか外へ飛び出すと、すぐに薬箱を手に提げて戻ってきた。中には清潔な布にアルコール、薬瓶などが入っている。

ティナは布にアルコールを含ませるとカナルへ手を差し出した。

「な、何するの？」

「傷の手当て、です」

カナルは訝《いぶか》しむと視線を薬箱に投げかけた。

この薬箱は本当に安全なものなのか？　と目が語っている。

「安心してください。中のものは新品です。作業室の棚を整理していて見つけました。エドガさんに使っても問題ないか確認を取っています」

「薬に問題がないのは分かったわ。でも、本当にちょっとした切り傷よ？　どうしてここまでするの？」

尋ねられたティナは暫し黙り込んだ。

正直、男性に自分から触れるなんてティナには恐ろしくて堪らない。

今も指先は小刻みに震えて緊張している。しかし、それでも傷の手当てをしたいという気持ちの方が恐怖心に勝っていた。カナルはいつも自分を気にかけてくれる。保湿クリームだってそうだ。一介の侍女にあそこまでの親切は普通しない。そんな心優しい彼に何もせず脳天気でいるなんて無理だった。

ティナは小さく息を吐くと、まっすぐカナルを見据える。

「目の前に怪我をしている人がいて放っておくなんて、私にはできません。カナル様は私の主《あるじ》で、そして友達です。心配して当然です!!」

だから早く手を出してください！　と、強い口調で訴えた。

カナルはその言葉に目を瞠《みは》った。俯きがちに視線を逸《そ》らし、唇を引き結ぶ。

そして躊躇いがちに怪我した手を伸ばすと、ティナが広げている布の上に置いてくれた。

ティナはカナルの傷を布で押さえて止血した。血が止まってから一通りの処置を施すと最後に包帯で巻いていく。

それをじっと見つめているカナルは口を開いた。

「手際、いいわね」

「刺繍をやり始めた頃に針で何度も指を刺したので。手当てには慣れています。――これで終わりました。……カナル様？」

顔を上げて終わったことを告げると、彼の眉目《びもく》秀麗な顔が間近にあった。

すっと通った鼻筋に長い睫毛《まつげ》、水底のように澄んだ青い瞳。ティナとカナルの距離は彼の青の瞳に映り込んだ自分の顔がはっきりと分かるほど近かった。

――そして。

「……っ!!」

ティナは息を呑んだ。

それはカナルが今までにない微笑《ほほえ》みを湛《たた》えていたからだ。平生の微笑みは人の警戒心を解くような柔らかな雰囲気に包まれている。部下や使用人が話しかけやすいように配慮しているのだろう。けれど今の微笑みにはその配慮は含まれていない。

どこまでも純真な微笑みを目の当たりにしたティナは目を奪われる。カナルは自分の微笑みに気がつくと、ハッと我に返って唇を引き結び、ティナからさっと離れた。

ティナはその一連の流れを冷静に分析できるほど、心に余裕はなかった。

あまりにも近い位置にカナルの顔があったのだ。思考は完全に停止し、顔から湯気が出そうなほど真っ赤になった。

（なんだか恥ずかしくなってきたわ。で、でも私は傷の手当てをしただけで、それにカナル様は男性が好きだから私が赤くなるのはおかしくて……ええっと！）

心の中でパニックを起こしたティナは、さっと薬箱を片づけると光の速さで扉の前に立つ。

「も、もう大丈夫ですね。私はこれを片づけて、新しいカップと掃除道具を取ってきます」

「ええ。ありがとう、ティナ」

カナルはいつもの柔和な微笑みを浮かべる。

ティナは一礼すると、逃げるように居間から出て行ったのだった。

＊

ティナが一旦部屋から出た後、カナルはしげしげと指の包帯を見つめていた。包帯は緩くもきつくもない加減で巻かれ、丁寧に結ばれている。

カナルはふとこれまでの侍女のことを思い出していた。

白亜宮に来た彼女らにはとてもやきもきさせられた。ティナが行儀見習いでやってくる話を耳にした時、カナルはまたか！　と心底うんざりしていた。

これまで白亜宮にやってきた人間はカナルの命を狙《ねら》った刺客か、あるいは玉の輿《こし》目当ての令嬢ばかりだった。

男色の噂がまだ社交界に浸透していなかった頃は、見合いの話が毎日来ていて、見初められるために白亜宮へ来る令嬢も数多くいた。しかし、噂が広まって信憑性《しんぴょうせい》が増してくると一連の動きはぴたりとやんだ。次第に夫人や令嬢たちはカナルを腫れもの扱いするようになった。

もちろん男色の噂が広まっても、カナルに取り入ろうと白亜宮にやってくる令嬢はいる。それは贅《ぜい》沢《たく》な暮らしがしたかったり、傾きかけた家の再建のためだったりと理由は様々。気が強い性格の者でも控え目な性格の者でも、共通点といえば変に肝が据わっているところだ。

カナルはいつも最初の段階で、相手に気があるフリをして刺客か玉の輿狙いかを判断するようにしていた。

刺客なら向こうが用意した食べ物に毒が含まれていることを見抜けばいいし、夜は人の気配がないか注意すればいい。玉の輿狙いなら向こうが好意を示した段階で因縁をつけて追い出すまで。だから今回も刺客と玉の輿狙いのどちらかを見極めた上でさっさと片づけようと目論《もくろ》んでいた。


ティナと挨拶を交わした初日、カナルは許される範囲内で、恋人にするような振る舞いをした。行儀見習いで白亜宮に来る令嬢は色恋ごとにはうぶだ。こちらが甘い言葉を囁《ささや》けばすぐにのぼせ上がる。

ところが、ティナはカナルに心酔するどころか困惑し、瞳の奥に恐怖の色を滲ませていた。

それはまるで怯《おび》えた兎《うさぎ》のようだった。

何故、怖がられるのか理由が分からない。今までの令嬢なら簡単に魅了できたはずなのに。さらに彼女と他の令嬢との違いはもう一つあった。

今までの令嬢は嫌な仕事を回されると決まって不機嫌になった。他の使用人に押しつける者もいれば、手を抜く者もいた。甘やかされて育った令嬢ならば何かと理由をつけて仕事を疎かにするはずだ。見つけたら嫌みったらしく文句の一つでも言ってやろう。そう思って、カナルは侍従の数をわざと減らした上でティナの仕事ぶりを注意深く観察した。

あれだけの仕事量を押しつければ、すぐにやる気もなくなってサボるはずだ。ところが、ティナはサボるどころかとても仕事熱心で、指示されていない細やかなところまで行き届いていた。

特に感心したのが夕方までに服の修繕と手紙の代筆を頼んだ時だった。

服は王宮騎士団の団員たちから募り集めたもので大量にあった。今まで玉の輿狙いでやって来た令嬢たちの大半は膨大な服の修繕で音を上げる。こんな簡単な仕事もできないのかと文句を言って追い出していた。

それなのに彼女は夕方までに仕上げ、さらには白亜宮がもの寂しいからといって花を飾っていた。あの気難しいメグと友達になったというのだから驚きだ。

毎回カナルの予想を超える働きをするので、目が離せない。

一度内通者がいて手伝っているのかと思って、こっそり探ってみた。が、仕事は彼女が一人で全てをこなしていた。目を回しそうな仕事量にも拘《かかわ》らず、彼女はとても幸せそうだった。

正直、薄気味悪いとカナルは思った。

これはこちらを油断させるための演技なのだろうか。それともセレスティナ・アゼルガルドを装った刺客なのか。カナルはそちらの線も考えてみた。

彼女は刺客にしては殺気がまるでないし、隙《すき》だらけだ。それに貴族の子供の教育は幼少期から始まり、所作や教養は骨身に沁《し》みるまで教え込まれる。刺客が令嬢を装ったとしても、そう簡単に考え方や振る舞い方、咄嗟《とっさ》の判断などは真似《まね》できない。よってティナ本人がここに来ていることは明白だ。

ティナの思惑が何なのか暴くことができないので、カナルは定期的にお茶をして心を開かせることにした。

最初はおどおどしていた彼女もこちらが友達として接して欲しいと頼むと、それからは遠慮がちではあるが、以前より怖がらずに答えてくれるようになった。

仕事は大変かと訊けば楽しいと答え、家族や領地のことも素直に話してくれる。その様子からは一切の私欲も悪意も感じられなかった。

そして今回も――。

カナルは包帯が巻かれた手をきゅっと握り締める。

不思議とティナには心配されても嫌な気はしない。寧《むし》ろ、誰かに純粋に心配されることが久々な気がして胸の奥がざわついた。

「もしかして、私はあの子に懐柔させられているの？　これじゃダメ、目的が何かはっきりさせないと」

カナルは頭を振って両頬をぱちんっと叩く。

「エドガ、あの子の身上書を用意しておいて。自分の目で確かめる必要があるみたいだから」

「かしこまりました」

いつも侍女の身上書の確認はエドガに任せている。彼が何も言ってこなかったので取るに足らない存在であるのは確かだ。だが、彼女は今までの令嬢と何かが違う。

この違和感がなんなのか。それを突き止めないと対処のしようがない。

思案顔のカナルは、エドガがそっと目を細めたことに気づかなかった。

＊

カナルとのお茶が終わる頃には、陽《ひ》はとうに沈んでいた。あの後はつつがなく過ごすことに成功した。

ティナは帰る時間が遅くなったのでエドガに宿舎まで送ってもらう。

遠い山際を眺めれば縁が紫色で、あとは濃紺の空が広がっている。雲一つない満天の空には銀砂をまいたように星が散らばり、ちらちらと瞬いている。月を見ると今夜は半月のようだ。

「最近は良いお天気に恵まれてますね。今日も星が綺麗です」

「そうだな。でも、ずっと上ばかり見ていると転ぶから気をつけろ」

「あ、はい。すみませ……」

注意されて慌てて前を向くと、突然目の前に黒い影が飛び込んできた。

ティナは身体に衝撃を受けてよろめいた。

誰かとぶつかったようだ。数歩後ろに下がって倒れるのをなんとか持ちこたえる。

ぶつかった相手の方は踏みとどまれずに地面に尻餅《しりもち》をついていた。ティナは慌てて駆け寄った。

「ごめんなさい！　あまり前を見ていなくて……」

その人物は庭師のお仕着せと白のエプロンを身につけている。顔を上げるその人は泣き腫らした赤い瞳でこちらを見てきた。

「メグ!?　どうしたの？」

ティナは手を差し出して倒れ込んだメグを起こした。彼女の若草色の瞳からは大粒の涙が零れ落ちる。

「ティナ……」

メグはぶつかった相手がティナだと認識すると、首に抱きついた。額をティナの肩に埋め、子供のように泣きじゃくる。

ティナは落ち着くまでメグの背中を撫でた。

一体何があったのかすぐにでも尋ねたいところだが、一先《ひとま》ずメグが泣きやむのを待つことにした。

そうして彼女が落ち着きを見せるとティナは肩を掴んでゆっくりと離した。

「落ち着いたかしら？　一体何があったの？」

尋ねられたメグはなおも涙を流す。それを見たティナはあっと声を上げた。

「そうだわ！　これ、メグに贈ろうと思って刺繍したハンカチなの。良かったら使って」

エプロンポケットから刺したばかりのハンカチをメグに差し出す。彼女は礼を言いながら受け取ると、それで涙を拭った。

やがてしゃくり上げながらも何が起こったのかを、メグは訥々《とつとつ》と説明してくれた。

「……植物園が荒らされたの。管理人のあたしや世話人の庭師が定期的に見回りをしているのによ？　夕方になって見回りに行ったら無理やり、南京錠が壊されてて。それで……手塩にかけて育てた花壇が滅茶苦茶よ！　あたしからしたら、あんなの殺人現場と同じだわ」

またぽろりと大粒の涙が零れる。

ティナは眉を下げ、メグを慰める。

「大変だったのね。荒らされたのは花壇だけ？　それとも全体？」

メグは鼻を鳴らしながら首を横に振る。

「幸いにも荒らされたのは花壇の一部だけ。――絶対に許さない。犯人を見つけたらこの手でとっちめてやる！」

いつの間にかメグの瞳からは悲しみの色が消え、今度は怒りの色が帯びていた。彼女はきつく自身のスカートを握り締め、髪を逆立て目を吊り上げている。

「メグ、一先ず落ち着いて」

ティナがメグを宥《なだ》めていると、今まで黙って話を聞いていたエドガが口を開いた。

「それでメグはどこに向かおうとしていた？」

「真珠宮よ。そっちに行けば宮内長官がいるでしょ？」

すると、エドガが眉間《みけん》に皺《しわ》を寄せて聞き咎めた。

「庭師長じゃなくてか？」

役職のつかない庭師なら何か問題があった場合、上長である庭師長へ報告する。そして報告を受けた庭師長が宮内長官へ報告するというのが通常の手順だ。

エドガはどうして一介の庭師が宮内長官のもとへ？　と言いたげだった。

メグはエドガの意図を察して肩を竦める。

「庭師長へはもう報告したわ。今はショックで気絶してる。……それにね、あそこまで酷いことは庭師にはできないわ。皆自分の仕事に誇りを持ってる、王宮の専属庭師よ？　あんなことをすれば、良心の呵責《かしゃく》に耐えられなくて、今頃自分がやりましたって名乗りをあげてるはず」

メグが誰を疑っているのかに気がついて、ティナは血の気が引いた。

「待って。それじゃあ、南京錠を壊して植物園を荒らした犯人は宮内長官の部署にいるってこと？」

植物園は庭園のすぐ傍にあるが奥まっているので人通りは限られる。大半は管理者の庭師か花をもらいにくる侍従や侍女などの使用人だ。植物園の野菜は庭師が厨房へ届けることになっているので、家政長官の部署である料理人はまず足を運ばない。

「考えたくはないけど。仕方がないの。早く、真珠宮へ行かなくちゃ」

「それなら私も一緒に行くわ。メグ一人だと心配だから……エドガさん、いいですか？」

ティナがエドガに確認を取ると、彼も興味があるらしく、二つ返事で了承してくれた。

三人で事件のあらましを宮内長官に報告すると、すぐに衛兵を連れて植物園へと足を運んでくれた。入り口では庭師が数人、話を聞きつけて集まっている。

皆でくだんの花壇へ向かうと、メグの言っていた通り花壇は荒らされて滅茶苦茶だった。土が掘り起こされていたり、植物が刈り取られてその辺に散らばっていたりと惨憺《さんたん》たる状況だった。

「これは酷いな……」

宮内長官も流石に眉を顰めた。彼は衛兵や庭師に念のため、他に被害がないか周辺を確認するように指示を出す。エドガも手伝うと言って作業に入った。

「メグ、君がこれを発見したのはいつだい？」

「一時間くらい前です」

「その前に施錠はいつ確認したんだい？」

「その前は――」

メグは心が落ち着いたのか声を詰まらせることなく、よく通る澄んだ声で宮内長官の質問に答えていた。ティナはメグに付き添っていたが、二人が込み入った話を始めたので邪魔にならないようそっと離れた。

少し離れたところに移動して花壇を改めて見渡してみる。今夜は月の光で視認できるほどの明るさがあった。

（メグが言っていた通り、殺人現場みたいだわ……）

花に囲まれた環境で育ってきた分、今回の事件でメグの気持ちが痛いほどよく分かる。

(調査が終わったらここの片づけは率先して私がやらないと。きっと、庭師の皆さんは辛《つら》いだろうから……)

彼らと同じ気持ちになって胸を痛めていると、ふと手前の刈り取られた茎がきらりと光った。

なんだろう、としゃがんで目を凝らすと切り口の上で透明の樹液が水滴のように溜《た》まっている。その切り口は他のものと比べて異様に丁寧だった。

切り口からふわりと柑橘《かんきつ》系の香りがする。ここにあった花は何だっただろうか。

「確かここにあったのは——ルリアンの花」

ティナは花の名前を口にした途端、思わず立ち上がって数歩後ろに下がった。この花だけを綺麗に刈り取ったとなれば、単なる荒らしではなく意図的なものになってしまう。

そこまで考えてティナは頭を振り、額に手を当てる。

(全てを悪い方向に考えすぎだわ。きっと何かの間違いよ。そんなわけない。あるはずないわ)

背筋に冷たいものが這《は》うような感覚がする。思わず自身を抱いて身震いした。

青ざめて呆然《ぼうぜん》と立ち尽くしていると、エドガが調査を終えてこちらにやって来た。

「貴重な品種は荒らされてはいたが、盗まれていなかった。大体の調査が済んだから今夜はもう引き揚げる。今から宿舎へ送っていくが……どうかしたか？」

ティナの異変に気がついたのかエドガは怪訝そうに顔を覗《のぞ》いてくる。

「い、いえ」

ティナは無理やり笑顔を貼り付けた。それから、はぐらかすように「何でもないですよ」と答えたのだった。

✿三章　王妃様のガーデン・パーティ

一抹の不安を抱きながらガーデン・パーティ当日を迎えた。

あの植物園の事件以降、なにごともなく平穏な日々が過ぎていった。ティナは食堂に毎日足を運んで変わったことがないか周りの話に聞き耳を立てていた。が、思い描いている最悪の事態は起きていない。

メグはというと、まだ元気はなさそうだがいつも通りに過ごしている。ひとつ気になることといえば左手に包帯をしていること。どうしたのか尋ねてみると、事件があった日の夜、宿舎で料理をしていてうっかり火傷《やけど》をしたと答えてくれた。

植物園の件は王宮騎士団の方で捜査されているが、まだ犯人は見つかっていない。

犯人が単なる愉快犯で、自分が思い描く最悪の事態はただの杞憂《きゆう》であればいいのにとティナは思う。

「はあ、こんな重たい気持ちのままじゃダメ。だって――今から私は戦場へ赴くんだから」

ティナはぽつりと呟《つぶや》きながら、白亜宮の衣装室で付き人用のドレスに着替えていた。

支給されたものはシックで淡いグレーのドレスで、見頃《みごろ》と袖《そで》、スカートの後ろには白のレースがついている。胸元にはロイヤルカラーである紫色の糸で薔薇《ばら》の花が刺繍《ししゅう》され、全体的に上品なドレスだった。化粧を施し、髪はサイドを編み込んでふんわり纏《まと》め上げる。最後に白蝶貝と真珠のイヤリング、ネックレスをつけると白の手袋をはめた。

「できたわ」

姿見でくるりとターンをしてからおかしなところはないか確かめる。と、丁度外から扉を叩《たた》く音がしたのでティナは返事をして部屋を出た。

廊下にはカナルとエドガが立っていた。二人とも同じ淡いグレーの生地を使ったラウンジ・スーツを着ていた。

エドガの袖口にはティナと同じ紫色の薔薇の刺繍がさりげなく施されている。この薔薇の刺繍がカナル付き使用人のトレードマークのようだ。カナルのラウンジ・スーツは刺繍がグラデーションになるように色糸がたくさん使われていた。

二人ともいつも以上に美々しい。見とれているとカナルが話しかけてきた。

「あら！　いつもは可愛《かわい》らしいけど今日《きょう》は随分大人《おとな》びたわね」

褒められてティナは笑みを零《こぼ》す。

「ありがとうございます。私よりカナル様やエドガさんの方がとっても素敵です！　きっとご令嬢方の注目の的ですね」

「注目の的っていうか、恰好《かっこう》の的よねえ」

カナルは口元をへの字に曲げると、ため息を吐《つ》いて前髪を掻《か》き上げる。優雅な所作と服装が相まって、憂鬱《ゆううつ》にしているにも拘《かかわ》らず、色気が漂っている。

ティナは心を奪われて口を半開きにした。大人しかった心臓が激しく脈打ち始める。

（きっと今日来ている令嬢たちがうっとりするのは間違いないわ。男色と分かっている私でもドキドキしてしまったもの）

熱が顔に集中している気がして手で扇《あお》いでいると、エドガが懐中時計で時間を確認する。

「そろそろ時間のようです。会場へ向かいましょう」

カナルはティナとエドガの二人を交互に見ると「いざ、戦場へ！」と言って身を翻《ひるがえ》した。


カナルを先頭にティナとエドガは大理石の廊下を進んでいく。いつもと違って廊下の両サイドには騎士服に身を包む青年たち——王宮騎士団が警護のために立っていた。

皆、精悍《せいかん》な顔つきの騎士ばかりだ。ティナはじろじろと見てはいけないと思い、視線を前方へと戻す。と、遠巻きに会場の様子が見えてきた。

既《すで》に令嬢たちは会場入りしていた。芝生《しばふ》の上には正餐会《せいさんかい》でよく使われる横長の机が一つ。それを囲むようにして椅子《いす》が配置され、令嬢たちは椅子の横に一列で並んでいる。

その向かい側には彼女らと同じように数人の夫人が立っていた。一番奥の一人がけの席は王妃様の席だ。カナルの席は夫人たちが立っている列の一番奥。王妃様の隣の席となっている。

中庭に到着すると、一度入る手前でカナルが足を止める。ロスウェルがカナルの登場を告げるとその場にいる全員が一斉に深々と礼をする。

スカートをつまんで慇懃《いんぎん》な礼をする令嬢たちは、アイボリーやクリーム色など白を基調としたドレスを身に纏っている。デビュー前とデビュー当日は純真無垢《むく》を演出するために白を基調とした色を着るのが習わしだ。化粧は薄付きで装飾品も宝石ではなくリボンや花など素朴な飾りを頭につけている。皆、初々しさに溢《あふ》れていて可愛らしい。

ふと、夫人たちの方へ視線を向けると、ティナはその中の見慣れた人物に目を留めた。

（ダンフォース公爵夫人……！）

美しく歳《とし》を重ねた、凜《りん》とした気品を漂わせる女性。屋敷では奉公に来た令嬢も使用人も身分関係なく同じように接し、時に厳しく時に優しくいつも彼女自ら指揮を執ってくれた。

（夫人が厳しく指導してくださったから、私は学んだことをここで生かせています）

ティナは心の中で公爵夫人に感謝した。

場内の令嬢や夫人が礼を終えると、カナルはティナとエドガを連れて颯爽《さっそう》と歩き、所定の位置で足を止める。続いて王妃様と付き人が真珠宮から登場する。再び会場の全員が慇懃な礼をした。

ティナはこの時初めて王妃様に謁見した。

透けるように白い肌。ぷっくりとした桃色の唇。輝かしい白金色の髪に宝石のように輝くグレーの瞳《ひとみ》。カナルとはまた違う美しさがある。それは神話に出てくる女神のように非の打ち所がない美しさと気高さがあるからだろうか。

彼女はグラデーションの効いた青いドレスを着ていた。スカートのフリルが何枚も重なっていて、本物の花びらのように華やかだ。白金色の髪は巻き毛を作って肩に垂らし、紫色のレースリボンで纏めている。用意されているテーブルの前に王妃様が辿《たど》り着くと、再び令嬢たちが礼をする。そして、そのうちの一人が通る声で言った。

「王妃様に置かれましてはご機嫌麗しく――」

「そんなにかしこまる必要ありませんよ。皆、面を上げなさい」

言われて令嬢たちが顔を上げる。彼女たちの表情には緊張の色が滲《にじ》んでいた。

王妃様は周りをゆっくりと見渡して微笑《ほほえ》むと席に着いた。これは皆も座るようにという合図だ。その場にいる全員が着席する。

ティナやエドガなど王族の付き人には席はなく、彼らは主《あるじ》の後ろで静かに佇《たたず》んでいた。

「今日は非公式な行事だから、気負わずに過ごしていって。社交界であなたたちの晴れの姿を楽しみにしているわ。それでは自己紹介も兼ねて挨拶《あいさつ》をお願いね」

王妃様に促されて、手前の席に座る令嬢から挨拶が始まった。

ティナは令嬢たちの挨拶に耳を傾けた。彼女たちの席の順番は決まっていて、王妃様に近い席から爵位の高い名家の順に令嬢が座っている。

令嬢たちの挨拶に集中していると、不意に誰かの視線を感じた。視線のする方へ目を向けると丁度、真ん中辺りに座る令嬢から鋭い視線を投げかけられている。

（どこかで会ったかしら？）

不思議に思いながら視線をもとに戻すと、程なくしてその令嬢の自己紹介の番となった。

「初めまして。わたくしはアラーナ・フィンチャーです。もうすぐ十六になります。雲の上の存在であらせられる王妃様や殿下にお目見えでき、恐悦至極に存じます」

ティナはフィンチャー家の名前は聞いたことがあったが令嬢と会うのは今日が初めてだった。初対面の相手に睨《にら》まれる理由を考えてもまったく思いつかない。じっと考え込んだが答えは出ず、首を捻《ひね》るばかりだった。

全《すべ》ての令嬢の挨拶が終わると、王妃様が夫人方を紹介する。彼女らは涼しい顔をしているが、その瞳は令嬢たちを見定めようとギラついていた。

「それじゃあ、早速お茶にしましょう。どうぞあちらのテーブルから好きなお茶とお菓子を選んでちょうだい」

王妃様は微笑みながら後方にあるテーブルを手で示した。

白のテーブルクロスが敷かれた上には小花柄の磁器のティーセット。ビスケットや一口サイズのケーキなどが綺麗《きれい》に並べられている。お茶は数種類の茶葉が用意されていて好みのものを選べるスタイルとなっていた。

令嬢たちはあらかじめ自分の好きな食べ物や飲み物を一つリクエストして用意してもらうことができる。王妃様とカナルの前には事前に決められたチョコレートのケーキとそれに合うお茶が給仕係によって運ばれた。

王族が先にお茶とケーキを選ばなければ彼女たちは取りに行けない。そういった微妙な空気を出さないようにしようという気遣いが窺《うかが》えた。

令嬢たちは目を輝かせながら奥のテーブルへと集まっていく。その様子を見る限り、やはりどこにでもいるお茶やお菓子が好きな少女となんら変わらなかった――のだが。

「王妃様」

大人しい顔立ちの令嬢が王妃様に近づいてきて話しかけた。彼女は王妃様の隣の席に座っていた侯爵家の令嬢だ。後ろには取り巻き二人の姿もある。

「そちらのチョコレートのケーキですが、王宮で使用されているカカオは我が侯爵家から献上した品でございます。本日のガーデン・パーティでお使いくださったこと、そしてお召し上がりになること、侯爵家の娘として光栄の極みでございます」

「ええ知っているわ。とても素晴らしいカカオですもの。美容効果もあるからとても重宝しているの」

「我が侯爵家にいつでもお申しつけください。上質なカカオを提供いたしますわ」

彼女は胸に手を当てて誇らしげな表情を浮かべている。

「あらあら。美容ならうちも負けませんわよ。私の父が経営している貿易会社は周辺諸国から美容品を取り扱っていますの。海を南西に下った先にある国から美の聖薬と言われる黄金のオイルを輸入していますのよ。カカオと違って肌も髪も艶《つや》めいて綺麗になります」

そういって横槍《よこやり》を入れてきたのは、少女にしては魅惑的な色気のある令嬢だ。彼女は子爵令嬢で末席に座っていた。

早速不穏な空気が流れ始める。

「まあっ！　美しさは身体《からだ》の内から作っていくもの。外から塗りたくればいいというわけではありませんわ！　カカオは美容効果もさることながら、健康にも良いんです。一石二鳥ではありませんこと？」

「ふふ。美肌づくりはカカオが全てではないことをご存じですか？　バランス良くフルーツや野菜も摂《と》らないと。それと、いくら美容に良いからと毎日続けば食傷します。その点、美の聖薬は食べるわけではないので飽きませんよ」

笑顔の反面、二人の間には見えない火花が激しく散っている。

カナルの後ろで控えていたティナは内心とてもひやひやしていた。

（これはどうやって収束するの？　王妃様が、どちらが優れているのか判断を下さなければずっと続くのかしら⁉）

王妃様を一瞥《いちべつ》すると、泰然とした態度で二人の話を聞いている様子だった。チョコレートケーキの最後の一切れを口にしてフォークをテーブルに置いた。

「カカオもオイルも優劣つけられない代物よ。どちらも本当に素晴らしいわ。――でも、私がいつまでも美しくいられるのは陛下が毎日褒めて、愛を囁《ささや》いてくださるからよ」

王妃様は頰《ほお》を薔薇色に染め、うっとりとした表情で、自身の指と指を絡めながら甘い吐息を吐く。

「……始まったな、惚気《のろけ》が」

エドガが誰《だれ》に言うでもなく小さな声で呟いた。

王妃様は普段の陛下の様子や自分たちの馴《な》れ初めを延々と語り始めた。あまりにも赤裸々に語るので聞いているこちらが恥ずかしくなって顔を真《ま》っ赤《か》にしてしまうほどだ。

令嬢たちは完全に主導権を王妃様に握られてしまい、それからは作り笑顔を浮かべて相《あい》づちを打つことしか許されない。

「それでね、陛下は何をしても完璧《かんぺき》で素晴らしいの。政務に励むお姿も狩猟で鳥を撃ち抜くお姿も凜々《りり》しいのよ。ね、カナルもそう思うでしょう？」

いつの間にか話は横に座るカナルにまで飛び火した。すまし顔でお茶を飲んでいた彼はカップをソーサーの上に置く。やがて、うっとりした表情を浮かべた。

「ええ、まったくもってそう思います。お兄様は私の誇り、永遠の憧《あこが》れ。だからお義姉《ねえ》様はもっとお兄様の素晴らしさを皆に伝えてください。その間、私はあちらで違うお茶を選ばせていただくわ」

「ええ、分かったわ」

カナルはうまくその場を切り抜けて席を立った。

ティナはエドガから同行するように目で合図されたので、頷《うなず》いてカップを下げてカナルの後を追う。

追いつくと、カナルはティナと横並びになるように歩く速度を緩めてくれる。そして、こちらにしか聞こえないように囁いた。

「開始早々、令嬢の戦いだなんてやんなっちゃうわね。皆、家名を背負っているからしかたないけど」

「カナル様が真剣に悩まれていた理由が分かった気がします。これは心臓に悪いです」

ティナは率直な感想を口にした。一度きりならまだしも毎回参加しなくてはならないカナルが気の毒に思えて仕方なかった。

カナルはティナの心情を読み取ったのか「いつものことだから」と柔らかな声で囁いた。

「それにしても、数年ぶりのガーデン・パーティなのに王妃様は変わらないわ。彼女のお兄様への賛辞は恒例なのよ。国の繁栄を考えれば夫婦仲が良好なのは喜ばしいことだから。誰も何も言えないのよねー」

カナルは頬を掻きながら微苦笑を浮かべた。

ティナはガーデン・パーティに参加した姉がどうして疲れ切って帰ってきたのか、漸《ようや》く思い出した。

（話の切り返しがうまい姉様が疲労困憊《こんぱい》で帰ってきたのは、王妃様の惚気話を延々と聞かされたからだったんだわ）

恐らく、先ほどの王妃様の話はまだ序の口だろう。二年間ガーデン・パーティは開催されなかったのだから、きっとこれからが本番のはずだ。そう思うと、なんだか気が遠くなりそうだった。

令嬢たちの覇権争いと王妃様の惚気話。当事者ではない付き人の自分でも頭痛を覚える。

せめて席を立つ間だけはカナルが穏やかに過ごせますように、とティナは願った。

「新しいお茶は何にされますか？」

奥のテーブルに辿り着くとティナはカナルの後ろに控えた。

「さっきが濃厚なチョコレートケーキだったからさっぱりするものがいいわ」

「かしこまりました。あと柑橘《かんきつ》系のフルーツはいかがで……」

「お久しぶりです。カナル様」

ティナが尋ねていると、話を遮るようにして令嬢が現れた。

王妃様との間で火花を散らしていた令嬢たち四人を除いて残りは三人。うち二人は緊張しながらも夫人たちと歓談し、中庭の美しい花壇や植木を眺めている。そして目の前に立っている残りの令嬢は、先ほどティナを睨んでいたアラーナ・フィンチャーだった。

オレンジ色の髪に紫の瞳。全体的な顔のパーツは整っていて年相応の可愛らしさがある。

「こうしてまた二人きりでお会いできるなんて、とても嬉《うれ》しいですわ」

「アラーナ、この度は社交界デビューおめでとう。あなたの今後の活躍を期待しているわ」

「そのようなお言葉をカナル様直々にいただけて、わたくしはとても幸せです」

アラーナは手にしていたドレスと同じ生成り色の扇を開いて扇いだ。頬はほんのりと赤く染まり、甘く蕩《とろ》けるような笑みを浮かべている。

その様子は誰が見ても恋情を寄せている乙女《おとめ》だと言い切れる。

カナルは男性が好きだ。それは社交界では有名な噂《うわさ》だが社交界デビュー前の令嬢は知らないのかもしれない。ティナはそう思いかけたがすぐに否定が入る。

(でも、二人は面識があるみたいだから、アラーナ様がカナル様の男色の噂を知らないはずがないと思うわ。そうなると……)

導き出される答えは一つ。恋する乙女に男色の噂なんて関係ないということだ。

現にアラーナはずっと潤んだ瞳をカナルに向けている。周りが見えていない様子だったが、カナルの後ろで控えていたティナに漸く気がつくと整った眉《まゆ》をぴくりと動かした。

「そこのあなた、カナル様の付き人？　主を席から立たせるとは一体どういうつもりですの？」

甘い笑みを掻き消した彼女は、ティナへ敵意を剥《む》き出しにする。

ティナは一瞬怯《ひる》んだが、気づかれないようすぐに背筋を伸ばして挨拶した。

「初めましてアラーナ様。私はセレスティナ・アゼルガルドと申します。行儀見習いとしてカナル様の元で奉公しています」

「そんなの見れば分かりますの。わたくしも半年前にカナル様の元で奉公していましたもの。あなた、アゼルガルド家の人間ですか？　同じ伯爵家ですけれど、泥まみれで雑草いじりのお家と違ってうちは造船会社が有名ですの。最近だと豪華客船の進水式をしたところですわ！」

造船事業はここ数年で飛躍的に発展してきている産業の一つだ。アラーナの言う通り、フィンチャー家が経営する造船会社は国内トップの業績だった。

アゼルガルド家は自然豊かな場所で農業が盛んだ。領地経営自体もそれに最も力を注いでいる。父であるアゼルガルド伯爵の考えは土地の景観を保護することと領民のみならず、多くの国民が食べ物に困らないようにすることだ。

華やかには見えないがとても重要な産業だとティナは思っている。一生懸命に働いている領民を知っているからこそ、貶《けな》されて悲しくなった。

だが、ここで私情を挟んではいけない。今日はカナルの付き人として来ている。このパーティがどんな場所なのかも分かっているので、ティナは喧嘩《けんか》を仕掛けられても乗らなかった。

アラーナはティナが何も反論してこないのを見て、言い負かせたと上機嫌になる。

ふふんと鼻で笑って扇を優雅に扇いだ。

「思うのですが、こんな田舎《いなか》くさい令嬢がカナル様のもとに仕えるなんておかしいですわ」

「ちょっと、さっきから言いすぎよ！」

傲慢《ごうまん》な発言に流石《さすが》のカナルもアラーナを窘《たしな》める。

注意されたアラーナは面白くなさそうに口を尖《とが》らせた。反省する気はないらしい。

「アラーナ様、私は若輩者ですので粗相がないよう充分気をつけております。それではカナル様、先ほどのご要望の通り、すぐにお茶を用意いたしますので、少々お待ちを……」

するとアラーナが何故《なぜ》か興奮気味に口を開いた。

「そのカップを貸してちょうだい！　わたくしがカナル様のお茶を淹《い》れます！」

「え？　で、ですがこれは私の仕事ですので」

アラーナは激しく扇を畳むと小脇《こわき》に抱え、断るティナを無視してカップを奪い取る。給仕係から新しいカップと交換すると、テーブルの上に置いて茶葉を選び始めた。

「アラーナ、これはティナの仕事よ。この子の仕事を取らないでちょうだい。それにあなたはもう私の侍女じゃないでしょ」

カナルが先ほどよりも強めの口調で窘める。すると、アラーナは不服そうに呟いた。

「……わたくしはいつまでもカナル様に尽くしたいのですわ。それにこれは行儀見習いの先輩として後輩指導しているのです！」

すぐに気を取り直したアラーナは思い出したようにあっと声を上げた。途端にまた甘ったるい表情が浮かんでいる。

「そうでしたわ。本日は、隣国で流行《はや》っている青い蝶《ちょう》という茶葉をカナル様のためにリクエストしましたの。珍しいお茶なので是非、試飲して欲しいですわ」

ティナがそれは自分の仕事だと主張するべきか狼狽《うろた》えていると、カナルが目を伏せて首を小さく横に振る。彼女の好きにさせろという合図だった。

アラーナは給仕係に青い蝶の茶葉を用意するように言いつける。

渡された茶葉を受け取るとポットにティースプーン一杯の茶葉を入れた。その次に角砂糖を一つ入れ、お湯を注ぐ。蒸らしている間に別で用意しておいたお湯でカップを温める。

「カナル様、よくご覧くださいませ」

アラーナは声を弾ませて温め終わったカップに青い蝶を注いだ。注ぎ口からは見慣れない名前の通り真《ま》っ青《さお》な液体が注がれる。

「まるでカナル様の瞳のように美しいお茶だと思いませんか？　わたくし、このお茶を目にした時、真っ先にカナル様を思い出しましたの」

ほうっとため息を吐く彼女はカナルが困っていることに気づかない。

恋は盲目というが、これでは相手にまで盲目になっている。カナルの眉間《みけん》の皺《しわ》がどんどん深く刻まれていくのを、ティナは内心はらはらしながら眺めていた。

ティナがこの場をどうやって収めるか考えあぐねているうちに、アラーナはますます声を弾ませる。

「カナル様、この青い蝶をご覧になってくださいい。このピッチャーのレモン汁を入れると、わたくしの瞳と同じ紫色に変化するんですの。これはもうわたくしとカナル様、二人を運命づけるお茶と言っても過言ではありませんわ!!」

アラーナは青い蝶の茶葉の横に置かれていたピッチャーを手に取った。蓋《ふた》つきの透明なガラス製だ。レモン汁を数滴垂らすと、お茶の色が青色から鮮やかな紫色へと変わっていく。その様はまるで魔法みたいで、ティナは目を丸くさせた。

(凄《すご》いわ！　レモン汁だけで鮮やかな紫色になるなんて……………あれ？)

ティナはレモン汁という言葉が頭に引っかかった。首を傾《かし》げながら紫色になった青い蝶のお茶へと視線を落とす。

「さあカナル様、こちらをお召し上がりくださいませ」

「あなたの気持ちは嬉しいけど……」

珍妙なお茶をすんなり受け入れることは難しい。

カナルはやんわりと断ろうとするが、アラーナは負けじとカナルの前にカップを載せたソーサーを持って行こうとする。

カナルが助け船を出すようにとティナへ視線を送る中、ティナは口元に手を当てて思案顔を浮かべていた。

「……レモン、レモン汁。紫色」

何に引っかかったのかじっくりと考察する。やがてティナは顔を真っ青にして叫んだ。

「ダメです！　カナル様、そのお茶を飲んではいけません！」

ティナはアラーナの手からカップを咄嗟《とっさ》に芝生へと叩き落とした。

「ティナ⁉」

カナルはいつも大人しいティナが大胆な行動に出たので驚いていた。直後に耳をつんざくような悲鳴を上げたのはアラーナだ。

「きゃあああっ！　わたくしの、わたくしの愛情込めて淹れたお茶が！　なんてことするんですの⁉」

周りは騒ぎに気づき、好奇の目でこちらを窺っている。怒り狂ったアラーナは構うことなく、ティナに詰め寄って罵詈《ばり》雑言を浴びせた。

「何なんですのこの女は⁉　わたくしがカナル様のお茶に毒を盛ったとでも仰《おっしゃ》りたいの？　失礼にもほどがありますわよ？」

「申し訳ございません。そうではなく……」

「じゃあどういうわけですの？　いいえ、もう結構。それならこのわたくしが青い蝶に毒が入っていないことを証明して差し上げますわ！」

アラーナは踵《きびす》を返すとテーブルのカップに残りの全てのお茶を淹れ、ピッチャーのレモン汁を垂らした。

「アラーナ様！　そのような真似《まね》はおやめください！」

「はあ？　そんなわけにはいきませんの。貶されたのですから汚名を返上するのがわたくしの務めですわ」

「い、いけません！」

ティナは、激高して聞く耳を持たないアラーナから無理やりカップを奪い取った。その拍子に熱いお茶がカップから跳ね、アラーナの白く滑らかな手にかかる。

「熱っ！　な、何するんですの!!」

手に火傷を負い、慌てて持っていたハンカチで拭うアラーナはティナを睨みつけた。が、すぐにその表情は驚愕《きょうがく》へと変化した。

「なっ！」

ティナはカップに口をつけてお茶を喉《のど》の奥へと流し込む。異変はすぐに現れた。

手足は小刻みに震え始め、数分の内に手に力が入らなくなり、持っていたカップが芝生へと滑り落ちる。

「……っ！」

ついには声が出せなくなっていた。

ティナは何度も口をぱくぱくと動かすが何の音も発せられない。

アラーナは顔色を失って、力なくその場にへたり込むと頭を抱える。

「違う、違うわ！　これは、これは毒ではないわ。……わたくしが用意させたのはただのお茶とレモン汁よ？　どうして彼女が苦しんでいるの？」

「誰か！　すぐに医務官を呼んで！」

ティナにはカナルの逼迫《ひっぱく》した声や周囲のどよめきが遠い場所からしているように聞こえた。

喉の奥はいくつもの針で刺されたような激痛が走る。終《しま》いには息をするのも苦しくなって、ティナはとうとう地面に倒れ込んだ。

（痛い、痛い痛い痛い！　息ができなくて苦しい！）

視界は涙でぼやけて徐々に何も見えなくなっていく――。

喉元に手を当ててもがいていると、誰かに手を力強く握られる。

傍《そば》で何度も名前を呼ばれたような気がしたが、ティナは苦しみから逃れるように意識を手放した。

＊

ティナはうっすらと目を開けた。ぼんやりとする意識の中、頭を動かして確認すれば知らない部屋のベッドの上だった。同じような清潔なシーツとベッドが並んでいる。ツンとした薬品の匂《にお》いからここが医務室だと推測する。

頭上にあるアーチ窓からは夕日が差し込み、部屋がオレンジ色に染まっていた。

ティナは自分がどうして医務室のベッドの上で眠っていたのかすぐには分からなかった。ややあってから、ガーデン・パーティでお茶を飲んで倒れたことを思い出す。

そっと自分の喉元に手を置いた。喉の奥が少しだけピリピリと痛むが、意識を失う前のような激痛も息苦しさもない。

（いけない。もう夕方になっているわ。早く中庭に戻らないと。私はカナル様の付き人だもの。あのあと会場はどうなったのかしら……）

上半身を起こすと身体には倦怠感《けんたいかん》がある。

手足は若干痺《しび》れが残っていて震えている。が、今はガーデン・パーティがどうなったのか、そちらの方が気になる。

片足を床につけていると部屋の外から慌ただしい足音が聞こえ、扉が勢いよく開いた。顔を上げると切羽詰まった様子のカナルの姿があった。後ろには看護係の侍女の姿もある。

「っ、ティナ！」

カナルは声を上げるとティナに駆け寄った。

「……カ、ナ……ま？」

掠《かす》れた声で尋ねるが、喉がひどく渇いていて声を発した途端に咽《む》せてしまう。

身体を屈《かが》めて咳《せ》き込んでいると背中を誰かが労《いたわ》るように摩《さす》ってくれた。水が入ったコップを差し出され、ティナは素直に受け取った。たっぷり入っていた水を一滴残さず飲み干すと、やっと喉の渇きが癒えた。

漸く人心地がつき、屈めていた身体を起こす。

「どうも、ありがとうございます」

「お礼なんていらない。それより具合はどう？」

「え……」

ティナは耳を疑った。声の主は言わずと知れている。

ぱっと顔を上げると、目の前には苦悶《くもん》の表情を浮かべるカナルの顔があった。

てっきり介抱してくれたのは看護係の侍女だと思っていたのに。そうではなかった。

普通ならばあり得ない状況に、ティナは面食らってしまう。

「カ、カナル様⁉　何故、私なんかに？　いえ、お気遣いありがとうございます」

「そんなの当然でしょ‼　ほら、まだ寝てないと」

仏頂面なカナルに肩をトンと押され、ティナの身体はいとも容易《たやす》く後ろへと傾く。細身で中性的な顔立ちなのに、元が男性かつ王宮騎士団団長なのでその力は強い。

「カナル様、私はもう平気です」

「平気ですって？　顔色だってまだ悪いし、手足は震えているのにどこが平気なの⁉　それにどうしてあんな危険な真似をしたの？　あなたが倒れてすぐ医務官が対処しなければ重篤な状態になっていたかもしれないのよ？」

ティナが倒れた後、王宮騎士団の青年が急いで医務官を引き連れて会場にやってきた。

医務官は話を聞いて状況判断すると、的確に解毒薬を処方してティナに飲ませたという。曰《いわ》く、青い蝶に入れたレモン汁が毒物とすり替えられていたらしい。植物性の毒だと医務官の見立てで分かってはいるが、何の植物の毒かは現在調査中だ。

「……ガーデン・パーティは私のせいで台無しになってしまいました」

「あなたが謝ることじゃないわ。詫《わ》びるべきことは他《ほか》にあるでしょ」

「ですが……」

「王妃様がうまく対処してくれたから大丈夫よ。パーティは無事に終わったわ。あと、ティナは体調が優れなくて倒れたことになってる。アラーナは付き添いで来てもらうように装って、今は別の部屋で取り調べ中よ」

「アラーナ様が？　彼女は何も悪いことはしていません」

ティナは倒れて意識がなくなる寸でのところで彼女の発言を聞いていた。自分が用意してもらったのはお茶とレモン汁だけだと。

するとカナルは忌々しげに鼻を鳴らした。

「それはどうかしら？　あの子は行儀見習いをしていた時も人の意見に耳を貸さない、傲慢な性格だったわ。そして成し遂げたいことがあればどんな手段を使ってでも手に入れようとする子なの。自業自得よ」

ティナはカナルが軽蔑《けいべつ》の言葉を口にするので驚いた。

恐らくアラーナが白亜宮に奉公に来ていた時はとても迷惑していたのだろう。それは王弟殿下と侍女という主従関係ではなく、男女関係であることは昼間のパーティからなんとなく察することができる。

ティナは頭を動かして天井を見上げた。

好きでもない相手からの好意はきっと鬱陶《うっとう》しいに違いない。特にカナルは男性が好きだから、女性から言い寄られたところで煩わしいだけだ。だが、好かれようと必死になっているアラーナを蔑《ないがし》ろにするのはまた違うように思う。

視線をカナルに戻したティナは静かに口を開いた。

「アラーナ様の行動は褒められたものではありません。ですが、カナル様に好かれたい一心で出た行動です。お気持ちだけでも汲《く》んで欲しいです。あと、カナル様に好意を寄せていたのですから、なおさらアラーナ様が毒を盛るのはおかしいです」

「ええ。分かってるわ。十中八九、あの子は猪突《ちょとつ》猛進なところを利用されたんでしょうね。真犯人が彼女の好意を逆手に取るなんて簡単よ。だって恋する乙女は盲目だから」

カナルは淡々と自分の見解を述べてくれるので、ティナも同じ意見だと頷く。

「私もそう思います。だって、今回使われた毒は――ルリアンの毒ですから」

カナルは目を瞬《まばた》かせる。

「まだなんの毒か調査中なのに、どうしてルリアンの毒だって分かるの？　それにあれはあなたの家が少し前に品種改良して無毒化に成功したんじゃなかった？」

ルリアンはもともとアゼルガルド領の標高の高い山と、その麓《ふもと》にしか咲かない珍しい花だった。領内でも人気の高い花で領民からは愛されている。とはいっても、この愛らしい花の姿に騙《だま》されてはいけない。

何故ならルリアンは花から根っこに至る全てに毒が含まれているからだ。

毒抜きの処理をすれば無害だがその方法は手間がかかりすぎて難しい。

花の見た目が美しいからと料理の盛り付けに使われることがあり、うまく毒抜きができずに花を食べた国民が重篤な状況になるケースがあった。

その状況を危惧《きぐ》したティナの父、アゼルガルド伯爵はルリアンの無毒化の研究に打ち込んだ。長年の研究と努力によって漸く品種改良が成功し、数ヶ月前から国内では無毒化したルリアンが市場に出回っている。

市場に出回っていた有毒種のルリアンはアゼルガルド伯爵の指示のもと、全て回収された。山の麓に自生するルリアンも刈り取られ焼き払われた。

領内の研究所では原種保存のために有毒種が栽培されている。しかし、それはアゼルガルド伯爵の許可がなければ持ち出すことは許されず、保安対策も万全な場所で管理されている。

「現状、有毒種のルリアンは手に入れることができません。もしあるとするなら、それは標高の高い危険な山か王宮の植物園にあるルリアンだけなんです」

王宮の植物園に咲いているルリアンは先代の国王陛下が即位された時にアゼルガルド家が献上したものだった。よって、品種改良される前の有毒種となる。

「……なるほどね。　先日植物園が荒らされたのは真犯人がルリアンの毒を手に入れるためにやったということなのね」

カナルは腕を組むと遠くを見るような目つきでじっと天井の方を見ていた。やがて、視線をティナに戻すと真剣な表情で尋ねる。

「ルリアンはティナの領にある花よね？　どうやってレモン汁とルリアンの毒を見分けたの？」

ティナはゆっくりと起き上がると、カナルに見分け方について解説した。

「──というわけです。あの、このお話はアラーナ様も交えて改めてお話ししたいです。きっと今頃は心細い思いをしていると思います」

134

カナルは少し思案する素振りを見せたあと、小さく息を吐いて肩を竦《すく》める。

「他人の心配よりもまずは自分を心配して欲しいわ。はあ、本当は安静にしてないとダメだけど。……いいわ、私が許す」

「ありがとうございます」

「と、その前に。いくつかルリアンについて確認したいことがあるんだけど」

ティナはルリアンの毒について口にすればどうなるのかこと細かに質問をされ、丁寧に答えていく。

それをうんうんと頷きながら耳を傾けるカナル。

「実はね、植物園が荒らされたことはエドガから聞いていたし、報告書も読んだの。あそこには王族が口にする薬草もあって、人によっては毒にも薬にもなる植物が管理されている。だけど、ルリアンは園内の観賞用として献上されたから、見落としていたようね」

カナルはベッドの縁に腰を下ろすと上半身をティナに向ける。

「ティナほどルリアンには詳しくないけど、私も以前調べる機会があって、一つだけ知っていることがあるわ。ルリアンは――樹液に直接触れると暫《しばら》くしてから水ぶくれを起こし、火傷した時のようになる。つまり犯人は皮膚炎を起こしている可能性があるの」

「……っ！」

ティナは目を瞠《みは》った。この方は既に誰が犯人か見当がついている。

動揺するティナを、カナルは見過ごさなかった。

「あら、その様子だとティナも誰が犯人なのか知っているの？　そうよね、だってあなたが一番ルリアンには詳しいもの」

一瞬言い淀《よど》んだティナは遠慮がちに反論する。

「カナル様、水ぶくれだけでその人が犯人だなんて、ただの言いがかりになってしまいます。植物には同じように誤って樹液に触れて炎症を起こす種もありますから」

「確認は庭師長から取ったわ。植物園で水ぶくれができる種はルリアンしかないわよー？」

それを聞いて、ティナの頭の中は真っ白になった。

(違う。犯人があの子なわけないわ。命の次に植物を大事にして、愛しているんだもの)

ティナはシーツをきつく握り締めて押し黙る。

それを見たカナルは静かに口を開いた。

「ティナ、脳天気にもほどがあるわ。酷い目に遭ったのはあなたなのよ。そして無実のアラーナを救いたいんでしょう？　だったらちゃんと真実を証言しなさい」

優しく宥《なだ》めるような声色なのに、有無を言わさない響きがある。

心の中は様々な葛藤《かっとう》で揺れ動いていた。何をどうすればいいのだろう。考えれば考えるほど深みにはまる。だが、数々の事実を目の当たりにしてそれを捻《ね》じ曲げることなどティナにはできなかった。

カナルから視線を逸《そ》らして俯《うつむ》くと、消え入るような声で犯人を告げた。

「手に水ぶくれを起こしていたのは――メグです」

植物園が荒らされた日、ティナはルリアンの茎が異様に丁寧に刈り取られているのに気がつき、帰り際にメグの手を確かめた。しきりに左手を隠す素振りをしていたのと、ちらりと見えた水疱《すいほう》。火傷をしたと言って、巻いていた包帯の下は樹液でできた水ぶくれであることをティナは知っていた。

「そう。話してくれてありがとう。……ティナ、ショックなのは分かるけど、あなたは被害を受けた身なのよ。自分のことを大事にして。そしてメグは取った行動に責任をとらないといけない。庇《かば》ったところでメグが再び毒を使ったらあの子の罪が重くなるだけよ」

「……はい」

カナルに諭すように言われてティナは頷いた。しかし、心のどこかで腑《ふ》に落ちないものを感じていた。どうしてわざわざこんな行動に出たのか。植物に愛情を注ぐメグが植物園を荒らすのはやはりおかしい。

口元に手を当ててしばし黙考していると、カナルがベッドから立ち上がった。

「そろそろアラーナのところへ行きましょう」

「はい」

ティナはゆっくりとした動作で足を床につけて立ち上がった。メグに関しては疑問が残るばかりだが、今は自分が証言して無実のアラーナを救わなければいけない。

ティナは表情を引き締めるとカナルの後ろについていった。

＊

ティナが取り調べの部屋の中に入ると、アラーナはエドガと王宮騎士団の青年に尋問されている最中だった。こちらが入ってきたことにも気づかずにただじっと俯いている。可憐《かれん》な少女の表情からは疲労感が滲み出ていた。

「アラーナ嬢、手荒な真似はしたくない。洗いざらい吐いてくれたら情状酌量の余地はある。いい加減にして欲しい」

王宮騎士団の青年はテーブルを激しく叩き、白状しないアラーナに苛立《いらだ》たしげな声を張る。

「……ですから、わたくしは本当に何も知りません。きっと誰かがわたくしを利用したのです」

「同じ言い分を繰り返すのもいい加減にしていただきたい」

青年はうんざりした様子で頭をガリガリと掻く。

アラーナは途方に暮れている。話は平行線が続いているようだった。

「私たちも話に参加していいかしらー？」

カナルが一声かけると、エドガや騎士たちが敬礼した。アラーナは驚いた様子で顔を上げる。

「カナル様とあなた……セレスティナ様？　どうして？　だ、大丈夫でしたの？」

声を震わせ、今にも泣き出しそうなアラーナはティナの無事を喜んでくれた。

さっと席を立ち、ティナに駆け寄ろうとする。しかし、エドガによって腕を掴まれ、捻じ上げられて行動を封じられてしまった。

「エドガ、手荒な真似はダメよ！」

カナルが間髪を容《い》れずに厳しい声で言う。

「ですが彼女は……」

「エドガさん、アラーナ様は犯人じゃありません」

「犯人じゃない？」

エドガはきょとんとした顔で尋ねるが、体勢を緩める素振りはみせない。

「はい。彼女は濡《ぬ》れ衣を着せられているんです。なので解放してください」

エドガは暫く間を置いてから「分かった」と平淡な声で言い、アラーナを解放した。

アラーナはすぐにティナのもとに駆け寄って涙ぐむ。

「わ、わたくしが……」

「大丈夫、大丈夫ですから。泣かないでください」

「いいえ。わたくしが無理にお茶を淹れなければ、強引に勧めなければこんなことにはなりませんでしたわ。……その、実は青い蝶のお茶を使って今日こそカナル様にわたくしの想《おも》いを伝えて返事をいただこうと躍起になっていましたの」

アラーナは気まずそうに周囲を見るも、やがて訥々と語り始めた。

アラーナは半年前に行儀見習いで白亜宮へ奉公に来ていた。カナルに初めて挨拶をした時、彼の美しい容姿と柔和な態度に心を奪われ、一瞬で恋に落ちた。

こんなに素敵なカナルが男色だなんて信じられない。きっときっかけさえあれば、女の自分にも振り向いてくれるはずだ。そう信じてやまないアラーナは、さりげなくカナルにアプローチしたという。

けれどカナルは一向に気持ちには応えてくれなかった。

もしかしたら回りくどくて気がつかなかったのかもしれない。振り向いてもらうことに必死になっているると徐々に侍女の仕事が疎《おろそ》かになっていった。

「仕事はどんどん溜《た》まっていき、最後はこちらの想いにも応えてくださらないカナル様が嫌になって、自ら王宮を去りましたの。……でも、カナル様への想いは募る一方で、この半年間忘れることなんてできませんでしたわ」

このガーデン・パーティはもう一度カナルに自分の気持ちを伝える好機だったとアラーナは言う。なのにいざ会場に足を運べば、カナルの後ろには新しい侍女が控えていた。

「わたくし、セレスティナ様に激しく嫉妬《しっと》しましたの。仲良くする二人を見て、カナル様の隣に相応《ふさわ》しいのはわたくしだと思い上がっていました。だから気を引こうとしてあなたからカップを奪ったのです。そしてその後わたくしはっ……」

涙声になるアラーナの身体は小刻みに震えている。

「全ての責任がアラーナ様にあるわけではないですよ」

ティナが優しく語りかけると、アラーナは下唇を噛《か》みしめて目尻《めじり》の涙を拭い、首を横に振る。

「これはわたくしの身から出た錆《さび》です。……わたくしには泣く資格も慰めていただく資格もありませんわ」

アラーナはきっぱりと応えるとティナの背中にそっと腕を回す。

「セレスティナ様はまだ顔色が悪いです。お身体に障るといけませんから、椅子にお座りになってくださいまし」

アラーナは自分が座っていた椅子へとティナを誘導する。

ティナは大人しく椅子に座らせてもらうと、礼を言ってから改めて本題に入った。

「アラーナ様がリクエストした青い蝶のお茶ですが、お茶自体には問題はありません。問題だったのはレモン汁です」

「レモン汁、ですか？」

アラーナは目を白黒させながら首を傾げる。

「はい。王宮で使われているレモン、オレンジなどの柑橘類はアゼルガルドが収めています。そして我が領のレモンは品種改良の結果から、果汁が光に当たると短時間で変色しやすいんです。なので、保存するなら暗くて涼しい場所か、遮光性の良い緑色のガラスピッチャーを使う必要があります。ですが会場のティーセットの場所は日当たりもよく、ピッチャーは透明でした。レモンはお茶やお菓子にもしばしば使われます。厨房《ちゅうぼう》の侍女が間違えるなんてこと、考えられません」

ティナは一度言葉を切って息を吐くと、再び話を続けた。

「王宮の皆さんはご存じだとは思いますが、先日植物園が何者かに荒らされました。私は丁度現場に足を運んでいたのですが、荒らされた花壇は不自然でした。掘り起こされたり、植物が刈り取られてその辺に散らばったりしているのに、ルリアンの花だけは茎の部分が丁寧に刈り取られていたんです。何故かというと、ルリアンの茎は水平に切ると最も濃度の高い毒の樹液が出るからです」

ルリアンの毒は一見、レモン汁と同じような見た目と柑橘系の香りがする。しかし二つには決定的な違いがある。ルリアンの毒はアゼルガルドで栽培されたレモン汁と違って長時間、光に当てていても劣化せず、変色することはないということ。

ティナがこのことを知っていたのは幼い頃にアゼルガルド領で園芸家たちに毒の見分け方を教わっていたからだ。

ルリアンは花を誤食すれば重篤な状況に。茎から出る樹液の毒は触れれば皮膚炎を起こし、多量に摂取すれば死に至る。どれくらいの量を飲めば致死に至るのかは正直なところ分からなかった。

ティナは青い蝶を口にした時、全ては飲み干さず、被害が最小限で済む程度に抑えるつもりでいたが、一口飲んだだけでこの有様だった。

きっとティナが気づかなければカナルかアラーナが最悪犠牲になっていたかもしれない。

「置かれているピッチャーが不自然だったので、誰かが毒が盛ったかもしれないと思って止めに入りました。あとは皆さんがご存じのとおりです」

「つまり真犯人は、カナル様を毒殺してわたくしを犯人に仕立て上げたかったってことですわね」

アラーナはティナの話を端的に纏めた。表情は青ざめ「なんて恐ろしい」と言って身震いしている。

話を聞いていたカナルは不満を漏らした。

「その話、さっきも聞いたけどやっぱり納得いかないわ。だって、真犯人のシナリオに出てくるのは私とアラーナだけだもの。ティナがお茶を飲む必要なんてなかった」

ティナはカナルのもっともな言い分に返す言葉もない。気まずくなって視線を泳がせているとアラーナがティナを庇った。

「それはわたくしがセレスティナ様の言うことを聞かなかったからですわ。あの時はカナル様に……

わたくしの気持ちを伝えたくて必死だったのです。だから妨害してくるセレスティナ様に腹が立ちましたの。恋路を邪魔されていると勘違いしていいました。……だから、彼女がああでもしないと私は正気に戻らなかったでしょう」

アラーナは自身を恥じて目を伏せた。唇を引き結び、今までの行いを後悔しているようだった。

すると丁度、扉を叩く音がした。

王宮騎士団の青年が扉を開くと現れたのは二人組の騎士だ。そしてその間には小柄な少女——メグがちょこんと立っている。

「こんなところに呼び出して。一体なんの用ですか？　……カナル殿下？」

不機嫌そうにしていたメグは、カナルの存在に気がつくと慌てて礼をする。そして顔を上げると胡《う》乱《ろん》な目でこちらの様子を窺っていた。

カナルはメグに「困ったことがあったの」とため息交じりに今日ガーデン・パーティで起きたことを、ティナが倒れたことを除いて説明する。

メグは神妙に話を聞いていたが、徐々に口元を歪《ゆが》ませた。

「つまり先日植物園が荒らされたのはルリアンの毒を手に入れるためだった、ということですね。……なんという不届き者。カモフラージュするために、他の植物を荒らすなんて。最っ低だわ！」

「カナル殿下の御前だ。口を慎めっ」

メグの隣に控えていた騎士の一人が叱責《しっせき》すると、メグは不満げに相手を睨んだが大人しくなった。

カナルは気にした様子もなく、メグに近づきながら「まったくもってその通りだわ」と意見に同意した。

「植物園はお兄様一家の所有する財産の一つ。つまり、荒らした犯人は器物損壊罪ってところかしら？」

「そうなりますね。是非公正な裁きにかけてください」

カナルが視線を向けて尋ねると、メグははっきりとした口調で言い、瞳に強い光を宿らせた。すると二人の話を聞いていたアラーナは首を傾げる。

「ええっと。結局真犯人は誰ですの？」

話が掴《つか》めなくて、アラーナを含めその場にいる騎士たちも困惑している。

カナルは「はっきり言った方がいいわね」と言って真犯人の名前を口にした。

「犯人はあなたでしょう、メグ。もう下手《へた》な芝居しなくていいわ。あなたは植物園を荒らして、レモン汁をルリアンの毒にすり替えた。しっかりと裁きを受けてもらうわ」

アラーナは驚きの声を上げた。

「ま、まま、待ってくださいまし！　そこの方は植物園を管理している庭師じゃないですの？　植物の世話が苦手なわたくしに怒り狂って鉈《なた》を投げつけてきた、あの！」

メグはちらりとアラーナを見て、どうしてこの女がここに？　といった顔をするがすぐに無視して反論した。

「あたしは植物園の管理を任されている庭師です。そのあたしがどうして植物園を荒らすんですか？その考えはおかしいと思います」

声で問う。

「だからさっきから口を慎めと！」

メグの噛みつくような物言いに見かねた騎士が叱責する。カナルは騎士を手で制すると、穏やかな声で問う。

「メグ。大事な友達を傷つけて謝らなくていいの？」

「仰っている意味がよく分かりません」

「ティナと友達ではないの？」

「ティナとは友人です。あたしみたいなものにも優しくて親切だし、この前だって刺繍のハンカチをくれましたし。それに植物にも詳しくて話が合います。とてもいい人です」

「そう。そのいい人のティナが今日のガーデン・パーティで身を挺《てい》して私やアラーナを庇ってくれたの。場を収めるためにわざと毒を飲んだのよ」

カナルが最初の説明でティナのことを話さなかったのは、メグに揺さぶりをかけるためだった。案の定、目に見えてメグが動揺する。

「毒。えっ？　ティナ……毒、飲んだの？」

ティナは静かに頷くとメグを見た。と、彼女の表情は今にも泣き出しそうになっている。

これまで、ずっとメグの心が分からなかった。植物を心から愛しているはずなのに植物園を荒らして、ルリアンの毒を盗む理由が一向に分からなかった。だが、真剣に自分の行いを悔いているように見えるメグを見てティナは気づいたことがある。

（ピッチャーをわざと透明にすり替えてまで毒を盛ったのは、私や誰かに毒の存在に気づいて欲しかったから。でも、どうしてわざと気づかせようとしたの？）

メグは暫し動揺していたが下唇を噛み締めるとキッと眉を上げた。

「カナル様はあたしを犯人に仕立て上げたいようですが、あたしは庭師です。愛情を注いで育てた植物を荒らす庭師がどこにいると？」

「植物園の植物は品種ごとに観察日誌を書かないといけない。日誌は庭師長やその補佐が間違っていないか実物と照合する。下手な嘘はつけないから一芝居打ったんでしょう？　それに証拠ならあるわ。手に巻いてる包帯、取ってもらえるかしら？」

「別に構いませんが、ここには綺麗なものしか見てこなかった方もいらっしゃいます。酷なのでは？」

「問題ないから取りなさい」

カナルは腕を組むとメグに命令する。

メグは淡々と手に巻いていた包帯を取り除いた。露《あら》わになった左手は水ぶくれと炎症が起きて赤く腫れている。とても痛々しい状態だった。

「その手はどうしたの？」

「宿舎で料理をしていたらうっかり火傷しました。それだけです。証拠もないのにただの火傷であたしは犯人にされるんですか？」

ばかばかしいと鼻を鳴らすメグに対して、カナルは一歩前に歩み出た。

「あら。証拠ならあるわよ。あなたのエプロンポケットを調べれば出てくるわ。ずっと肌身離さず持っているんでしょう？　返すに返せなくなった、王族専用の紋章が刻まれたピッチャーが」

「っ！」

エドガはその言葉を合図に素早く動くと、流れるようにメグを拘束し床に押さえつけた。そしてポケットから証拠品を押収する。紋章が小さく刻まれた緑のガラスピッチャーがそこにはあった。

「さて、これで言い逃れできないんじゃない？　犯行の動機は何？」

カナルは取り押さえられ、表情を歪めるメグを見下ろした。

やがてメグは自嘲《じちょう》気味に笑うと、観念したのか淡々と自白し始めた。

「……そうよ、全ては私が計画したことよ。理由は簡単。カナル様を亡き者にしたかったからです。それ以上もそれ以下も動機はありません。騎士団の団員があたしのもとへ訪ねた時点でバレたのだと薄々察していました。最後にあがきましたが全て見透かされていたんですね」

「――この者を直ちに捉え、投獄しなさい」

カナルが冷ややかな声で命令すると、メグは騎士たちに拘束されて連れて行かれる。去り際、メグはティナを一瞥したが何も言わなかった。

ティナはただ目を伏せて胸の悲しみに耐えることしかできなかった。

「俺《おれ》たちはメグの宿舎に行って残りの毒がないか調べてきます」

エドガは残りの団員を連れて、部屋から出て行った。

部屋にはティナとカナル、そしてアラーナだけが残る。

アラーナは真犯人が意外な人物だったせいか少し拍子抜けしている様子だった。

「これで犯人も捕まったし、アラーナの容疑も晴れたし。一件落着……でいいのかしら？」

カナルは意味深に言葉を切ると、横目でちらりとアラーナを見る。彼女は我に返ると改めて頭を下げた。

「カナル様、セレスティナ様。本日は数々の不遜《ふそん》な態度を取ってしまい申し訳ございませんでした。セレスティナ様は冷たい態度を取ったにも拘らずわたくしを救ってくださいました。感謝しても足りません」

アラーナは顔を上げると自身を落ち着かせるように一息吐く。

それからしっかりした眼差《まなざ》しをティナに向けた。

「先ほどもお話ししましたが、わたくしはセレスティナ様に嫉妬していましたの。昼間はとてつもなく心がかき乱されていましたわ。カナル様の傍《そば》に相応しいのはこのわたくしだと、根拠のない自信を持っていましたから」

「自分が痛々しいですわ」と言ってアラーナは額に手を当てる。

今の彼女は憑《つ》きものが落ちたように態度がまるで違っていた。敵意を剥き出しにしていた昼間よりも親しみやすい雰囲気があり、清々しい。

「今日のことがあって、やっと目が覚めましたの。他者を犠牲にしてまで好きな人の気を引くなんてあってはならないことですわ。それから自分が好きだからと相手の気持ちを無視して自分の都合のいい解釈をするのも間違いです。恋は盲目と言いますが、私はまさにその通りでした」

「あら。じゃあ私の噂、信じてくれるのね？」

「はい。カナル様にはカナル様の趣味嗜好《しこう》があることを理解しております。ご迷惑をおかけしました。お慕いしている気持ちは変わりませんが……わたくしはカナル様の気持ちを尊重いたします。それから――」

アラーナはカナルからティナへと視線を移す。

「セレスティナ様には何度謝っても許していただけないと思います。あなただけでなく、家名を貶しましたから……最後までわたくしは身勝手ですが、どうかお許しください」

アラーナが深々と頭を下げると、ティナは彼女の手を取って握り締めた。

「私のことは気にしないでください。お茶を飲んだのだって、身体が勝手に動いただけですから。アラーナ様でなくても私は阻止していたと思います。――夢中になるくらい誰かを好きになることは素敵なことだと思います。今度は感情に振り回わされないよう自制しつつ、素敵な恋をしてください」

ティナが優しく微笑んでアラーナの謝罪と感謝を受け入れる。

アラーナは瞳を潤ませて涙声になった。

「はい。今度はきっと――」

こうして三人の間で和解が成立するとアラーナは馬車に乗って屋敷へと帰っていった。

＊

見送った時には、既に空は真っ暗になっていた。

カナルは踵を返すと伸びをしながら歩き始める。

「さあ、ティナ。送っていくから大人しく医務室へ帰りなさい。あなた、本当はまだ全快じゃないんだから」

カナルはこちらへ振り返ると目を眇《すが》めた。しかし、ティナはその場に立ち止まる。

「どうしたの？」

「あの、カナル様。お心遣い大変感謝いたしますが、その前にどうかメグに会わせてください」

「ダメよ。あなたはふらついてるし顔色も悪いもの」

穏やかな口調だが、ティナの意見が通るような様子ではなかった。

「…………分かりました」

ティナは暗い表情を浮かべながらとぼとぼと歩いた。

カナルに見送られて大人しく医務室に戻ると血相を変えて医務官が飛んできた。こっぴどく叱《しか》られた後、処方された薬を飲んで用意された寝間着に着替える。

ベッドに潜り込むと程なくして看護係の侍女に部屋の灯《あか》りが消された。

ティナは眠ろうと瞼《まぶた》を閉じたものの、メグのことが気がかりで眠れそうになかった。

ぼーっと天井を眺めていると、不意に小さな声で名前を呼ばれる。起き上がって声のする方を見ると、いつの間にか送ってくれたカナルがどこからともなく戻ってきていた。

彼は口元に人差し指を立てて、目でついてくるように合図する。ティナは頷くと静かに後を追った。

医務室を出て人気のない廊下を通ると、ある部屋の前でカナルは足を止める。辺りに誰もいないことを確認すると、ティナはその中へと通された。

扉が閉まると部屋の奥からは灯《とも》りが点り、声がする。

「ティナ、ルリアンの毒を飲んで倒れたって本当？　体調は大丈夫なの？」

目を凝らすとそこにはエドガとメグがいる。メグは闇《やみ》に紛れるような黒いフードつきの外套《がいとう》をすっぽりと被っていた。

「っ！　メグ！」

ティナはメグに駆け寄った。

てっきり投獄されていると思っていたのに、彼女は何故かここにいる。どうしてこの部屋にいるのか尋ねようとすると、メグが今にも泣き出しそうな声で謝ってきた。

「ごめんなさいティナ。ごめんなさい。あなたを危険な目に遭わせてしまった。ティナはルリアンの花に詳しいから、もしかしたら気づいて止めてくれるかもしれないって思って託したの。でも、それが裏目に出ちゃった。ティナと同じ状況なら、あたしもレモン汁が毒であることを証明するために飲むわ……本当に、本当にこんなことになってごめんなさい」

メグは嗚咽《おえつ》を漏らして泣き出した。

ティナは状況が呑み込めずに狼狽える。

「私は大丈夫だからもう謝らないで。ねえ、メグはどうしてあんなことをしたの？」

「彼女はカナル様を殺すように脅されていたんだ」

メグが泣いて喋《しゃべ》れないので、代わりにエドガが答えてくれた。ティナは驚いてどういうことなのか詳しく尋ねると彼は淡々と語り始めた。

メグは父を人質に取られていた。

数日前に差出人不明の手紙が突然届き、中には「カナルジークを殺せ。さもないと父親を殺す」という脅迫文と、ガーデン・パーティ当日の詳細が書かれた紙が入っていた。

最初は悪質な悪戯《いたずら》だと思って無視した。しかし、三日後に今度は父のものと思われる毛髪の束が入っていた。

メグはカナルを殺さず、父を救える方法を必死に考えた。その時にルリアンの毒のことを思い出し、植物園を荒らした。わざと自分の手を樹液に触れさせて、特性を知る人なら自分が犯人だと気づいてもらえるように仕向けた。しかし、それは父を人質にした相手にもバレてしまった。

次に送られてきた脅迫文には、「王宮内には仲間がいる。今回だけは大目に見よう。こちらはいつもおまえの動向を見張っている。再びおまえが助けを求めるようなことがあれば、今度は父親の指を添えてやる」と書かれていた。

これでメグは下手に助けを求めることはできなくなってしまった。

頭を抱えていると、ガーデン・パーティの出席者と彼女らのリクエストが書かれた紙に目が留《と》まった。そこには以前王宮で行儀見習いをしていたアラーナ・フィンチャーの名前が書かれていた。

リクエストには青い蝶という名のお茶とレモン汁が書かれていて、それがカナルに捧げるものだとピンときた。アラーナとは二、三回ほどしか話したことがなかったが、会話の端々からカナルへの好意が透けて見えていた。

今回も必ずカナルに接触し、その時に青い蝶のお茶を勧めるはずだ。レモンの汁とルリアンの毒は見た目や香りが似ている。これを利用しない手はない。そしてその会場にはティナが付き人としてカナルの傍にいるはずだ。

ティナはルリアンに詳しい。何か起きても彼女がうまく対処してくれるだろう、とメグはティナに全てを託した。

ガーデン・パーティ当日、メグは洗濯場からあらかじめ盗んでおいた侍女服に着替えて給仕係に紛れた。そして開始されるギリギリのところでレモン汁をルリアンの毒にうまくすり替えて中庭を離れたのだった。

「彼女の話は以上になります。その後のことはメグよりも現場にいた俺たちの方が詳しい」

エドガの説明が終わると、今度は落ち着いたメグが補足する。

「ピッチャーのルリアンの毒はできるだけ水を混ぜて薄めておいたの。アラーナ様がカナル殿下とお話しする機会があるとは限らないし、状況的にはリクエストしたアラーナ様が一番危険だから。でも結局、水を薄めたところで毒の威力はそれほど変わらなかった」

話を聞いていたティナは大事な家族を人質に取られたところを想像しただけでも耐えられなかった。

ティナは我慢できずに安否を尋ねた。

「それで、メグのお父様は大丈夫なの？」

「……うん。あたしも知らなかったんだけど、エドガさんが水面下で動いてくれていたみたいで。父さんは夕方、王都の外れにある廃墟《はいきょ》の地下から救出された。少し衰弱はしていたけど外傷もないし、命にも別状はないって」

「そう。無事で良かった……」

ティナは胸に手を当てて安堵《あんど》のため息を吐いた。

エドガが動いて調査してくれなければ、メグはもっと最悪な状況に陥っていたかもしれない。改めてエドガは周りをよく観察しているとティナは感心した。

「実は植物園が荒らされたあの日、メグの手が気になっていたんだ。彼女がセレスティナ嬢に泣き縋《すが》った時、わざと俺に手の水ぶくれが見えるようにしていたから、何かあると踏んで調査した。ただ黒幕はメグを常に監視している可能性があった。毒を盛るところまで実行しなければ、彼女の父親は殺される。こちらも捜索に時間が必要だと判断して変な期待を持たせないために話さないでいた」

エドガから捜索の話を聞いていると、扉近くに佇んでいたカナルがこちらにやってきた。

今まで気を使って離れた場所で待っていてくれたらしい。

メグはカナルの前に立つと頭を下げて謝罪した。

「この度はカナル殿下に対して不敬にあたる態度を取り、本当に申し訳ございません」

無表情のカナルはじっとメグを見下ろしていた。やがて、冷たい声を響かせる。

「ええ。まったくもってその通りよ。植物園の器物損壊罪とルリアンの窃盗罪、私への不敬罪。これだけ罪を重ねたんだもの、どういう裁きがくだされるか知っている？」

「……い、いいえ」

メグの身体は小刻みに震えていた。スカートを握り締めてカナルが続きを話すのを待つ。

カナルは腕を組むと考える素振りをみせる。

「そうねー、死刑は免れても無期徒刑あたりにはなるんじゃないかしら？　北部の未開拓の鉱山で朝から晩まで一生働くことになるわ——本当ならね」

カナルはメグに顔を上げるように言うと、いつもの柔和な表情をみせた。

大人しく顔を上げるメグは目を白黒させる。どういうことなのか訊きたそうな顔つきだった。

「まずは私の方こそ謝るべきだわ。あなたの話をエドガから聞いたのはティナが倒れてからだった。もっと早くに情報を知っていたら、あなたに辛《つら》い決断をさせなくて済んだかもしれない」

「あたしは殿下付きの侍女じゃないですから、知らなくて当然です。寧《むし》ろ庭師のあたしのことを心配してくださって、ありがとうございます」

「別に感謝されることじゃないわ。王宮内の秩序を守ることは王宮騎士団の団長である私の仕事だもの。……今回の件であなたが何かの罪で公に裁かれることはないわ。だって、メグは最後まで相手に加担せずに抗《あらが》ったじゃない」

カナルはピッチャーのことを引き合いに出した。

もしもメグが父を救うために暗殺を決意したなら、ピッチャーは透明ではなく、遮光性の緑色にしたはずだ。アラーナのことなんて心配せずにルリアンの毒を水で薄めずそのまま使っても良かったたはずだ。

メグは薄氷を踏む思いで、たった独りで行動していたのだ。

「ガーデン・パーティは無事に終わって何も問題なかったことになってるわ。植物園の事件もそれなりの理由をつけて片づけるつもり」

「……殿下の寛大さに感謝します」

「感謝はしなくていいわ。だって、今から私個人の裁きは受けてもらうもの。今日づけであなたは庭師を辞めてもらうわよ」

「そんな！」

カナルの言葉に声を荒らげたのはメグではなく、二人の話を静かに聞いていたティナだった。

メグはもともと平民出身で医務官の家の養女だと話してくれた。後見人である医務官が王宮を解雇されたと知れば、メグとの関係を解消する可能性が高い。

恐らく屋敷で働く父親も辞めさせられるかもしれない。そうなると二人には糊口《ここう》を凌《しの》ぐ生活が待っている。

(全ては父親を救うためだったのよ。公に裁かないとしても解雇するなんて酷《ひど》いわ)

ティナは目を伏せると胸の辺りの服をきつく握り締めた。

「ティナ、あなたの気持ちも分からなくもないけど、彼女はここには置けない。置いてはいけないの」

「ど、どうしてですか？」

カナルはティナに背を向けて部屋の奥へと歩いて行く。一室は使用人の備品が置かれている部屋で窓はなく手狭だ。部屋の両サイドには棚という棚が立ち並び、内密な話をするにはもってこいの場所だった。

カナルは奥に辿り着くと、棚の陳列されていない壁に背をつける。

「考えてみて。王宮はメグを監視していた者がいたのよ。そんな場所にメグが留《とど》まり続ければ、今度はメグ自身に危険が及ぶわ。下手をすれば口封じに殺されるかもしれない」

ティナはメグが王宮に留まり続けた先のことを深く考えていなかった。

今までと同じように平穏な日々が戻ってくると勝手に想像していた。しかし実際はそううまくいかない。

「心配しないで。メグには知り合いの屋敷で庭師になってもらうつもりよ。今夜中に、私は部下を使ってメグを安全にその屋敷へ送るわ。もちろんメグのお父上も一緒にね」

ティナは目頭が熱くなった。個人的な裁きと言っておきながら、カナルはメグの面倒を最後までみるつもりでいてくれたのだ。

メグはカナルの前まで歩み出て、今度は最敬礼をした。

「カナル殿下、このご恩は決して忘れません」

「あなたの今後の活躍に期待しているわ」

カナルはどこか寂しげな表情で微笑むと優しい言葉をかけた。

その後、メグはエドガによって王宮から安全な場所へと移動することになった。正真正銘、ティナとメグが王宮で会うのはこれが最後になる。

「王宮を出ればあたしはティナと対等に話すことはできないわ。でも、いつかまた会ったら話しかけてもいい？」

メグは指をもじもじとさせながら不安げにこちらを窺う。

ティナは微笑むと力強く頷いてみせた。

「王宮を出てからも私たちは友達よ。だから今みたいに話しましょう。落ち着いたら私の屋敷に手紙を送ってね」

「……っ！　うん。約束するわ！」

別れの挨拶を済ませると、ティナはエドガに連れられるメグを見送った。残されたティナとカナルは間を空けてから出ることにしたので暫し、部屋の中で待機する。

ティナはカナルと肩を並べるようにして、床に座っていた。

「今日は長い一日だったわね」

しんと静まり返った空間で、カナルが小さな声で呟く。

やっと肩の力が抜けて安堵しているようだ。

「本日は大変お疲れさまでした。今夜はゆっくりとお休みください」

すると、カナルの拳《こぶし》に頭を軽く小突かれる。

「ゆっくり休むのはティナの方よ。毒だと分かっててお茶は飲むし、メグが犯人じゃないと言って庇おうとするし。一番被害を受けたのはティナなんだから、もっと自分を大切にしなさい」

カナルは未《いま》だに怒っているようだった。

「そのことについては、大変申し訳ありません。……でもあの場で私が動かなくてはアラーナ様の体裁もあります。カナル様にも危険が及びます」

「あれくらい私にだって対処できたわ。毒の耐性もあるからいざとなればアラーナからカップを奪い取って飲んだわよ」

修羅場をくぐり抜けてきたカナルなら、きっと今回のことは自分一人で対処できたのだろう。出しゃばる必要はなかったと遠回しに言われているようだ。

「誰にも被害に遭って欲しくないという気持ちがあって、咄嗟に出た行動だったんです」

(でも、あの時私が行動したのはアラーナ様を救いたいというのが理由じゃないわ。自分でも気づかなかったけれど、根底には別のものがあったみたい)

少し間を置いてから、ティナは静かに本音を口にした。

「……私、カナル様の期待に応えたかったんです。期待に応えてあなたに信頼されたかった。カナル様は私のことをいつも気にかけてくださっています。私はその優しさに応えたいです。だからこそ、信頼し合えるようになりたい。エドガさんのようにはいかなくても、女性の中で一番信頼できるのは私と言ってもらえるような存在になりたい。そんな邪《よこしま》な思いがありました。――私は、アラーナ様のことをとやかく言える立場ではないですね」

自嘲気味に笑いながらティナは正直に本音を打ち明けた。

ティナにとってカナルは今まで出会ってきた男性とは違う。

侍女の自分やメグにまで心を砕いてくれる優しい人だ。だからティナは彼の支えになりたいと思った。けれど、ずっとどこかで一線を引かれているような気がしていた。エドガのように長年仕えているわけではないので軽口を叩ける間柄でないのは仕方がない。それでも、もう少しこちらにも心を開いて欲しい。あの時出た行動にはそういった思いが根底にあった。

打ち明けたものの、居心地が悪くなってカナルから顔を背ける。

呆《あき》れられただろうか、愚かだと思われただろうか。そんな不安が腹底からせり上がってきた時だ。

「……ばかね」

不意に小さな声が聞こえてきた。驚いて顔を向けると、今度はカナルがティナから顔を背けた。

ティナは思わず声を出して笑った。初めてカナルとの心の距離が縮まった気がした。

＊

カナルは何度目かのため息を吐いた。

先ほどまで一緒にいたティナを医務室へ送り、自分も白亜宮へと戻った。昨日《きのう》持ち帰った仕事を片づけようと書斎の机に向かったはいいものの、気も漫《そぞ》ろになって一向に手がつかない。

椅子の背もたれに身を預けると、指の腹で机をトントンと叩く。頭の中で何度も再生されるのはティナが自らお茶を飲んで倒れる光景だった。

「……切羽詰まった状況だったとはいえ、まさかあんな行動に出るなんて。ただの厄介者だと思っていたのに」

ここ最近、ティナといると調子が狂う。常に周りを警戒しているのに、彼女と過ごすお茶の時間となると、何故か警戒が緩んでしまう。

エドガに持ってこさせた身上書を確認したが、特に不審な点は見当たらなかった。だから今回のガーデン・パーティはティナの裏の顔を暴く絶好の機会だと思った。

カナルが被る王妃様や令嬢たちの負担を分担して軽減させることはもちろんのこと、付き人として参加させることで、怪しい動きがないか目を光らせていたのだ。

ところが、結果として彼女に怪しいところはなかった。寧ろ、陰謀から身を挺して庇ってくれた。

あの光景を再び思い出したカナルは肝を冷やす。

「いくら侍女だとはいえ、ティナは奉公に来ている行儀見習い。身体を張る必要なんてないのに……」

カナルはそこであっと声を上げて背もたれから身を起こした。

そういえば先ほど二人きりで話した時にティナは、カナルに信頼されたいと本音を漏らしていた。

もしかすると、彼女は行儀見習いを終えてからも、侍女として自分に仕えたいのだろうか。

「――いや、それはない」

カナルはそこまで考えて否定を口にする。

侍女として働きたいと言い出す令嬢はそういない。

貴族の令嬢であれば、上流階級の男性と結婚して子を産み、育てることが一般的だ。結婚する相手は自分の家の爵位より上だとなお良い。裕福なアゼルガルド家ともなれば、繋《つな》がりの欲しい貴族はごまんといる。ティナ自身の見た目や性格は問題ないし、すぐにでも結婚相手は見つけることができるだろう。

彼女は貴族の中でも恵まれている環境にある。仮にもし、王宮の侍女として働きたいと仮定するとして、その理由は一体何なのか。考えても答えは出ない。

行き詰まって唸《うな》っていると、控えめに扉を叩く音がした。

疲れ気味な声で返事をすると、エドガが書斎に入ってきた。

「無事にメグと父親を送り届けてきました」

「ご苦労様。今後はもう少し早い報告を期待するわ」

「申し訳ございません」

エドガは胸に手を当て、頭を下げる。

彼はメグに関する調査報告をすぐにしてこなかった。そのせいでメグは行動を起こすことになり、その責任と今後のことを考えて辞めさせることになってしまった。

王宮の庭師の中でもメグは有能で、期待の星だった。彼女の将来を潰《つぶ》してしまったことは悔やまれる。

カナルは小さくため息を吐くと目を眇めた。

「それで、もちろん黒幕が誰なのか調べはついているんでしょうね？　というか、すぐに報告しなかったのはそのためでしょう？」

「はい。メグを脅していた者たちはあの人に雇われた者たちで間違いないと思います。ですが、こちらが捕らえる前にあの人の手によって既に処分されていました。顔が潰されてどこの誰なのかも分かりません。証拠も手に入りませんでした」

カナルは眉間に皺を寄せた。

「手が早いところは用心深いともいえるけど。陰湿ねえ。メグを紹介した先は安全な場所だけど、念のためメグ親子の周りで不審な動きがないか見張っておいて」

「かしこまりました。……いよいよここもきな臭くなってきています。くれぐれも目立った行動は取らないでください」

「そうね。向こうが例の件を聞きつけて焦っているのは明白だし。最終段階に入ってそうだから前よりも細心の注意を払うわ」

カナルは肘《ひじ》かけに肘をついてじっと空を睨んだ。

「――ところで、セレスティナ嬢の容態は？」

エドガはどこか浮かない顔で尋ねてきた。ティナに対して、負い目を感じているのようだ。

「辛そうだったから医務室に送った後、すぐに薬を飲ませたわ。身体の負担も大きいから暫くは療養させるつもり。まったく、毒だと分かっていてお茶を飲むなんて……」

「そうですね。まあでも、あんな理由でここに来たのですから恐らくはカナル様に恩を売りたかった可能性もありますね」

カナルはぴくりと肩を揺らした。

「彼女について何か知っているの？」

「……渡した身上書の備考欄、ご覧になってないんですか？」

珍しくエドガが軽蔑の眼差しを向けてくるので、カナルは咳払《せきばら》いをする。

「仕方ないでしょう。忙しくってそんな細かいところまで見る時間ないわよ！」

「自分から友達になろうと言っておいて相手のことを詳しく知ろうともしないなんて最低ですね。彼女は素直でいい子です。今回の件はカナル様に恩を売りたい一方で、誰も傷ついて欲しくなくて取った行動のように思えます」

「珍しく高評価ね。いくら掴まされたの？」

エドガは損得勘定で動くきらいがある。仕える主がカナルであったとしても、被害に遭わないと判断すれば、金のために相手側につく。胡乱な目でエドガを見るが、当の本人は気にする素振りはみせない。やがて、彼は真面目《まじめ》な顔でこう言った。

「……カナル様、セレスティナ嬢はあなたにとって本当に友達なんでしょうか？」

「は？　何それ」

突然わけの分からない質問を受けてカナルは混乱する。

「いえ、ここに帰ってくるのが遅かったですし、彼女に対して随分献身的だったので。訊《き》いてみただけです」

「じ、自分付きの侍女を心配するのは当たり前。馬鹿《ばか》も休み休みに言いなさい」

「今まで奉公にきた令嬢の中に、セレスティナ嬢のような方はいらっしゃらなかったのでもしや気に入られたのでは、と思っただけです。メグの報告も終わりましたので俺はこれで失礼します」

エドガは礼をして速やかに書斎から出て行った。

残されたカナルはエドガの質問の意図を計りかねる。

(まったく、エドガは一体何を考えているのか。つまり、エドガが言いたいのは……いや、そんなはずはない)

カナルは首を振った。

しかし、そう思えば思うほどエドガの質問が心のどこかで引っかかってしまう。

「いやいや。何かの間違い。絶対に気のせいよ」

乾いた笑いをするカナルは頭に浮かんだ考えを霧散するように、手を振りながら否定した。

そうしてため息を吐くと、気を紛らわせるために目の前の仕事に取りかかったのだった。

❁四章　近づいては離れて

それは初めての舞踏会でのことだった。管弦楽のしっとりとした演奏に美しく着飾った男女たち。社交界デビューしたばかりのティナはあまりのきらびやかさに興奮して頬《ほお》を紅潮させていた。既《すで》に挨拶《あいさつ》回りも最初のダンスも終えたティナは辺りをきょろきょろと見回していた。と、ある青年が目についた。向こうもティナの視線に気がついたようでワインを片手にやってくる。タレ目が特徴的な、甘いマスクの青年だ。

「社交界デビューおめでとう。今日のティナはとっても可愛《かわい》いよ」

「ありがとう。この日のためにたくさん準備したの」

クリーム色の生地にフリルが胸元にたっぷりついたドレスを着るティナは褒められて照れ笑いを浮かべる。ティナは彼と人混みをかき分けてテラスへ移動すると歓談した。そして二人きりになるタイミングを密《ひそ》かに待っていた。

ティナはずっとこの日を待ちわびていた。幼い頃《ころ》から一つ年上の幼馴染《おさななじみ》である彼が好きだった。しかし令嬢がちゃんとした恋愛をしていいのは社交界デビューしてからだと父から厳しく言われていた。これまで言いつけを守って我慢していたが、それも今夜で終わりを告げる。

漸《ようや》く人がいなくなると、ティナは意を決して秘めていた想《おも》いを伝えた。彼は人当たりの良い性格で誰からも好かれるタイプだ。ライバルはきっと多い。しかし今まで抑えていた感情をこれ以上抑えることはできなかった。

返事がないのでそわそわしていると、彼は空になったワイングラスをテーブルに置く。

「まさかティナから告白されるなんて思わなかったよ。とっても嬉《うれ》しいなあ。でもここじゃゴシップ好きな誰《だれ》かが聞いているかもしれないし、一先《ひとま》ず庭園へ移動しないかい？　返事はそこでするよ」

甘やかな微笑《ほほえ》みを浮かべる彼は手を差し出した。

「分かったわ」

ティナは顔を赤らめて微笑むとその手を取って夜の庭園へと足を運んだ。手袋の上から感じる彼の体温に、心臓が高鳴っていく。

否定しないということはいい返事が聞けるかもしれない。そんなことを思いながら庭園の生け垣に差し掛かると、突然景色が反転した。気がつけば目の前には幼馴染で初恋の相手と、その背後には暗《あん》澹《たん》たる夜空が広がっている。

頭の中が真っ白になった。

彼がこれから何をしようとしているのか。既視感のある光景にティナは戦慄《せんりつ》が走る。

（お願いやめて！　こんなの前と同じじゃない……）

そこで、ティナはハッと気づいた。これはあの時の夢だ、と。

（お願い夢なら早く覚めて。だってこの後、彼は――）

「っ!!」

ティナは悪夢から飛び起きた。肩で何度も呼吸を繰り返し、汗で貼《は》りついた頬の髪を払う。部屋の灯《あか》りは一つもなくて真っ暗だ。

（今、私はどこにいるの？）

夢と現実との区別がつかず、自分がどこにいるのか分からなくて混乱する。暗さに慣れた目で辺りを見渡すと、前方にはベッドがいくつも並び、そして薬品のツンとする匂《にお》いが鼻につく。ここが医務室であることにティナは漸く理解する。

（ここは王宮の医務室で、あの人はいない。今は私のカナル様の侍女で会うことはないわ）

そうは分かっていても、あの時のことを夢の中で体験したティナは、暫《しばら》く怖くて眠れずにいた。

＊

一週間の療養を経て、ティナは仕事に復帰した。

医務室で療養している間は看護係の侍女が献身的に世話をしてくれた。

あの日以来、カナルは多忙を極めているのかティナのもとを訪れることはなかった。代わりに朝と夕方、エドガが毎日欠かさず様子を見にきてくれる。カナルからの励ましの手紙を渡されるので、心配はしてくれているようだ。その気遣いがとてもありがたかった。療養中は手紙の返事が書けなかったので、カナルに会ったらきちんとお礼を言おうとティナは思った。

白亜宮を訪れると、一週間休んでいただけなのに久しぶりに足を運んだ気分になる。厳かな雰囲気は変わらない。いつも通りの静謐《せいひつ》な空間がとても落ち着く。それくらい、ティナにとって白亜宮は慣れ親しんだ場所になっていた。

ティナは掃除道具を手に取ると、早速居間へ足を運んだ。

「今日《きょう》からまた頑張らないと」

療養の間は真珠宮の使用人たちが白亜宮の管理をしてくれたらしい。

足を踏み入れると、どこも細部まで掃除が行き届いていて、空間全体が眩《まぶ》しかった。

ティナは驚いて舌を巻いた。自分の中では完璧《かんぺき》だと思っていても、未熟な部分が多いのだと思い知らされる。

「真珠宮の方に負けないくらい、もっと丁寧に掃除をしないといけないわね」

真珠宮のベテラン使用人と比べれば、自分の経験が浅いことは分かっている。だから見習うべきところは全《すべ》て吸収しようとエプロンのポケットから手帳とペンを取り出して熱心に改善点を書き連ねた。

真剣にメモを取っていると、不意に人の気配を感じる。

身体《からだ》を捻《ひね》ってみれば、開け放った扉から丁度ロスウェルが入ってきたところだった。時間はまだ午前。通常、ロスウェルが白亜宮を訪れるのはお昼前後になるのでティナは不思議に思った。

「お、おはようございます」

「無事に回復したようですね。退院おめでとうございます」

ロスウェルはティナの復帰の報告を受けて駆けつけてくれたようだ。いつもの厳しげな目つきが心なしか和らいでいるような気がする。

ティナは手帳とペンをエプロンポケットにしまうと、微笑んだ。

「はい。倒れた時はすぐに手当てをしてもらいましたし、一週間お休みももらって元気になりました」

「まさかこんなことになっていたなんて。あの時私はご夫人を化粧室へ案内していましたので知りませんでした。殿下から話を聞いてとても心配しましたが、こうして元気そうなあなたが見られてほっとしましたよ」

今回の件は王妃様がうまく対処してくれたおかげでティナは気分が優れなくて倒れたことになっている。よって、王妃様とカナル、エドガ、アラーナ以外の現場にいた者たちは、ティナがルリアンの毒を飲んで倒れたという事実は伏せられている。

ロスウェルはティナの上司に当たるのでカナルから本当のことを聞かされたようだ。

「あなたが身を挺《てい》して殿下を守ろうとする姿勢は使用人の鑑です。私はとても感動しましたとも……

これからも宜《よろ》しく頼みますよ」

ロスウェルはいつになくにっこりと笑って褒めてくれた。

ティナは面映《おもは》ゆい表情を浮かべた。そしてそこで、はたと気づく。

（もしかして、今ここで監督官にこれからも侍女として働きたいってお願いすれば、採用を考慮してもらえるんじゃないかしら⁉）

ティナの胸は一気に期待で高鳴った。

善は急げと自分に言い聞かせ、早速口を開きかける。と、それよりも前に誰かの声が入り口から響いた。

「ここにいたのか。今からカナル様が戻られるからすぐにお茶の用意をして欲しい」

やってきたのはエドガだった。彼はティナを見つけるなり近寄ってくると、カナルがどんなお茶を所望しているのか淡々と伝え始める。

「――では私は邪魔なようですので、これで失礼します」

ロスウェルは言うが早いかくるりと身を翻《ひるがえ》して居間から足早に去っていった。その間もエドガは話すのをやめない。

（嗚呼《ああ》、折角の好機を逃してしまった！）

ティナは、流し目でロスウェルの後ろ姿を見つめた。笑顔でエドガに対応しながらも、内心ひどく落胆したのだった。

お茶の準備が済むと、程なくしてカナルが白亜宮に戻ってきた。連日続いていた仕事にケリがついたので今日は早めに休むという。

ティナはせっせと給仕室でお茶を準備して、手伝いにきてくれたエドガと共にお茶を運んだ。居間に入ると、ソファに座っていたカナルがこちらを見るなり立ち上がる。

「ティナ！　本当にもう体調は大丈夫なの？」

エドガから元気になっている報告は受けているはずだが、彼はとても心配してくれていた。

手紙の返事を書いていなかったので余計に不安だったのかもしれない。

「もう大丈夫です。療養中は手紙のお返事ができず申し訳ありませんでした。カナル様からいただいた手紙にはとても励まされました。その、一人で心細い時は何度も読ませていただきました……本当にありがとうございます」

眉根《まゆね》を寄せるカナルに対して、安心してもらうようにティナは自分の胸中を語る。微笑んで礼を言えば、カナルは何か言おうと口を開きかけるが、そのまま口を噤《つぐ》んでしまった。

不思議に思いつつも、ティナはティーセットをテーブルの上に並べた。カップにお茶を淹《い》れてカナルの前に置くと、手早くお菓子の準備に取りかかった。

今日はカナルのリクエストからレーズンがたっぷりと入ったスコーンだ。もちろん、クロテッドクリームは忘れない。トングを手に取っていると、カナルが感嘆の声を上げた。

「嗚呼、久しぶりにちゃんとした美味《おい》しいお茶が飲めるのね。とっても嬉しいわー」

喜んでいるカナルを見てティナも嬉しくなった。が、すぐに言葉の意味を察して真顔になる。

美味しいお茶が飲める。それはつまり、この一週間、エドガに入れてもらったお茶を飲んでいたことを指し、彼への当てつけが含まれていた。

ティナは慌ててエドガを一瞥《いちべつ》するが、彼は気にした様子もなく、涼しげな顔でカナルの後ろに佇《たたず》んでいる。

気まずい空気を作らないよう、ティナは当たり障りのない言葉を選ぶ。

「じ、実は以前ダンフォース公爵家で奉公しておりました。お茶の淹れ方はそこで習ったんです」

カナルはティナの言葉に食いついた。

「まあっ、ダンフォース公爵家に？　あそこの夫人は何でもやらせるスパルタだから……なるほどねー。どうりでお茶が美味しいわけだわ。これからも私のために美味しいお茶を毎日淹れてちょうだいね」

「……っ、はい‼」

ティナはこれまでとは違う達成感を覚えた。カナルからかけられた言葉は、間違いなく自分に対する期待の言葉だ。そのことが嬉しくて自然と笑みが零《こぼ》れた。

＊

それからというもの、カナルは毎日欠かさずお茶の時間を作るようになった。掃除や雑用が済むとティナは彼が現れるまで刺繍《ししゅう》をした。

カナルが来るとお茶を淹れ、お菓子を食べながら話をして夜になると宿舎へ帰る。毎日同じことの繰り返し。しかしそれは、ティナにとって楽しみの一つとなった。

「ねえティナ。私は王宮のお菓子しか食べたことないんだけど、王都のお菓子は何が人気なの？」

「噴水通りのパン屋さんで売っている、クマさんクッキーは美味しくてとても人気ですよ。パンよりもクッキーが売れるので店主は落ち込んでいますけど」

「じゃあ今度たくさん取り寄せるから、もっと落ち込んでもらいましょ！」

「たくさんあっても食べきれませんよ」

「ここだけの話、エドガ以外私の部下は甘いものが好きなのよー。だからみんなに配るの」

「それは素敵な考えですね」

「ええ、楽しみよー」

カナルは王都の人々の生活や流行《はや》り物など、平民から貴族までの暮らしについてよく尋ねてくる。王族とあって外に出られない分、ティナの話は新鮮に映るのかいつも楽しそうに耳を傾けてくれた。

反対にティナは王宮について質問をする。

「王宮で流行のドレスは何ですか？」

「んー、デコルテに総レースを使ったドレスかしら。透け感のある花柄のレースが特に人気ね。王妃様が広告塔となって動いてる甲斐《かい》もあって、公爵の令嬢たちが買い占めたわ。おかげで王宮周辺の仕立屋はレースが品切れ状態らしいの」

「だから最近レースが高かったのですね！　欲しいのに高すぎて買えないと姉が嘆いておりました。私には大胆すぎで……裾《すそ》にスカラップレースをつけるだけで精いっぱいです」

「そういえば、いつも私が来るまで縫い物をしてるけど。あれ、なあに？」

「ハンカチに刺繍をしておりました。文様は完成するまで秘密です」

「えー、つまんない！　でも我慢するわ。完成したら私に見せてね！」

「もちろんですカナル様」

話す内容は他愛もない話ばかりだが、どれも姉や友達と話をしているみたいで楽しかった。

一度、ティナは話の内容が退屈ではないか不安でカナルに尋ねたことがある。しかし、返って来たカナルの言葉は「ティナとする話は面白くて飽きないわ」というものだった。

カナルが大喜びしてくれていたのでティナは胸のつかえが取れた。

これまで以上にティナはカナルとなら自然体で話をすることができるようになっていた。以前ならこんなにも会話は弾まなかった。これは男性への苦手意識が薄らいだのではなく、カナルへの信頼感が増したからだとティナは思う。

（カナル様は男性が好きだから気負う必要もないし、たくさん引き出しを持っているから話していて飽きないわ）

会話が途切れることもなく、毎日話す時間が足りないと感じるほどだ。

居心地の良い場所でティナは侍女として穏やかな日々を過ごしていった。

＊

「父様と姉様の企《たくら》みは失敗に終わったみたいね……もともと男性恐怖症ではないけれど」

窓のガラスを磨きながら、ティナは父と姉に思いを馳《は》せていた。

王宮に来てから二人とはたまに手紙でやり取りをするだけ。そのやり取りも、二人は自分たちの近況ばかりでくだんの問題に関して一切触れて来ない。きっと向こうは無理に奉公させたことを後ろめたく感じているのだろう。

けれど、それは却《かえ》ってティナに決まりの悪い思いをさせていた。

「いっそ訊《き》いてくれた方がすっきりしてありがたいのに」

ため息交じりに呟《つぶや》くティナは、から拭きする手を止めてじっと外の一点を見つめた。

（……でも、本当のことを打ち明けたところで、結局二人を失望させてしまうわ。いつかちゃんと言わなくちゃいけないけど……まだ勇気はでないわね）

今はこのままで良いと決め込むと、ティナは気を取り直して今度は暖炉の掃除を始めた。

程なくして、静かな声が廊下から響いた。

「なかなか顔出しできなくてすまない」

振り向くと、エドガが入り口に立っていた。

今日の彼は侍従の制服ではなく、騎士姿だ。侍従姿の気だるさが消えて勇ましく見える。ティナは掃除の手を止めると、エドガに駆け寄った。

「エドガさん！　お久しぶりです」

最近多忙なのか、エドガとはお茶の毒見以外ほとんど会わなくなっていた。話すこと自体久しぶりな気がする。

「いつもカナル様の寝室の掃除や備品の補充をありがとうございます」

エドガが仕事のチェックを毎日欠かさずしてくれていることをティナは知っていた。

現に掃除用具が傷み始めると見計らったように新しいものに替えられていたし、どこの箇所を念入りに掃除して欲しいかなどもメモに残してくれていたのだ。そういったさりげない気遣いはティナの心を温かくした。

「ところで、騎士服なんて珍しいですね。今から鍛練場に行かれるのですか？」

「いや、そっちには行かない。ここ数日は今度開かれる舞踏会の準備で忙しい」

「えっ？」

ティナは聞き咎《とが》めた。『舞踏会』という言葉で心臓の音が速くなり、胸の奥底から不安がこみ上げてくる。

怯《おび》えた目でエドガをちらりと見るが、彼はティナをよそに話を続けた。

「……実は少し前から舞踏会の準備で王宮全体が慌ただしくなっている。初めてここに来た時たくさん侍従がいただろ？　彼らは皆、舞踏会準備で取られてしまった。ここ数年は開けてなかったから、皆気合いが入っている」

ティナはエドガの話を聞いて、気が遠くなった。

王宮で舞踏会が開かれる——それはつまり、国中の上流階級の人間が集うということだ。

（嗚呼、ならあの人も必ず舞踏会に来るわ。そうなると、私は……いいえ、大丈夫。今私はカナル様の侍女としてここにいる。カナル様は舞踏会には出席されないはずだから、私にも関係のないことだわ）

なんとか平常心を取り戻すと、努めて穏やかな口調で言った。

「そうだったんですね。まだ暫くは人手が足りない状況が続きそうなので、私の方で白亜宮はカナル様が快適に過ごせるように努めます」

ティナはこの話はこれで以上続かないように切り上げようとする。が、話はこれで終わりではなかった。

「頑張ってるあんたにご褒美と言っちゃなんだけど、カナル様が俺《おれ》と二人で舞踏会に行っていいって。エスコートはするけど、どうだ？」

ティナの表情は一瞬にして強張《こわば》った。瞳《ひとみ》が激しく揺らぎ、かなり動揺する。

ティナはエドガに悟られまいとさっと俯《うつむ》いた。

何か言わなければと口を開くが、言葉が喉《のど》の奥につっかえてうまく対応できなかった。額にはうっすらと汗を掻き、何度も深呼吸して調子を整える。

漸く気持ちが落ち着くと、ティナはゆっくりと顔を上げた。

「……折角のご厚意ですが、遠慮させていただきます。私はここでカナル様とお茶をする方が落ち着きますし、夜は翌日の仕事の準備をしますので」

一般的な考えなら、エドガの言う通り舞踏会の参加はご褒美だ。

王家主催となれば大規模な宴《うたげ》になる。そこには多くの出会いが待ち受けているはずだ。結婚を夢見る令嬢なら是が非でも参加したいだろう。

カナルが舞踏会の参加を許可してくれたのもそういう意図があったからだ。理由をつけて断るティナの方がおかしい。

エドガはじっと観察するような目でティナを見つめた。

暫くして興味をなくしたようにティナから視線を逸《そ》らすと「分かった」と口にした。

「……じゃあ、大変だけど引き続き宜しく頼む」

そう言ってポケットから包みを取り出すと、ぶっきらぼうにそれをティナに押しつけた。

ティナは慌てて受け取った。包みに視線を落とすと、それは見覚えのあるパッケージだった。

「クマさんクッキー？」

以前、カナルに人気のお菓子を尋ねられて答えた、噴水通りのパン屋で売られているクッキーだ。

ティナはパン屋の店主の落ち込んだ姿を想像して声なく笑う。同時に、本当にカナルが取り寄せてくれたことを知ってとても嬉しくなった。

たった今まで心を支配していた不安の塊が消えていく。ティナはそれを感じて胸に手を当てると目を伏せた。

（ありがとうございます、カナル様）

再び目を開けると、エドガはいつの間にかいなくなっていた。

「エドガさん？」

驚いてぱっと廊下へ駆け出したが、どこにも彼の姿はない。

「お礼、言いそびれちゃったわ」

ティナは肩を竦《すく》めると、くるりと方向を変えて部屋の中に戻る。もらった包みを広げると、こんがりと焼けたクマさんクッキーが数枚入っていた。それを一つ取り、口の中に入れるとホロホロとした食感と甘じょっぱい味がする。

不思議なことに、クマさんクッキーは暫く食べていなかったにも拘《かかわ》らず、最近味わった何かと同じ味がした。ティナはそれが一体何だったか唸《うな》りながら考え始める。

その答えは思ったよりもすぐに出てきた。

あの時の涙みたいな味。初めての舞踏会で——。

そこまで考えてティナは頭を振った。

侍女の自分にはもう関係ない。だから大丈夫だと何度も心の中で繰り返すと、唇を引き結ぶ。やがて、もう一度胸に手を当てると、今度はきつくシャツを掴《つか》んだ。

＊

舞踏会が近づくに連れて、王宮全体が浮き足立っているとティナも肌で感じるようになっていた。

真珠宮に足を運べば、聞こえてくる話題は舞踏会の話ばかりだ。

特に王妃様の衣装係は多忙を極めていて、これまでお淑《しと》やかに王妃様の衣装部屋へと向かっていたはずの彼女らは、戦場に向かう騎士のごとく厳《いか》めしい顔つきで闊歩《かっぽ》している。宮内長官も家政長官も毎日大勢の人間を引き連れて会議室へ向かっていた。

必ずや舞踏会を成功させる、そんな意気込みがはっきりと真珠宮からは伝わってきた。

久々に姉から送られてきた手紙にも同じように気合いが感じられた。

今回の舞踏会は上流階級の貴族がこぞって参加するので社交界でさらに人脈を広げたい人にはもってこいの場だと書かれていた。きっと今頃はどの貴族の屋敷でも王宮と似たような雰囲気に包まれているだろう。

(姉様は他《ほか》の令嬢に負けないように張り切っておめかしして来るわね)

どのドレスを着るか、装飾品はどうするか。ああでもないこうでもないと言っている姉の姿が目に浮かぶ。ティナはクローゼットの前で悩む姉を想像しながら白亜宮の居間で刺繍を刺してカナルが来るのを待っていた。

今日はいつもより帰りが遅い。仕事に忙殺されているのだろうか。

なかなか来ないカナルを心配しながらティナは待った。漸くカナルが居間にやって来たのは夕方の五時を過ぎてからだった。

「ティーナっ！　こっちへいらっしゃい」

漸く現れたカナルに呼ばれて、ティナは刺繍をする手を止めた。返事をして傍《そば》に行くとカナルはいつも以上に楽しそうな顔をしている。

「何か良いことでもありましたか？」

「んー、良いことになるかどうかはティナの反応によるわね」

ティナは何のことか分からず、疑問符を浮かべてカナルを見る。

「行けば分かるわー！」

「あっ！」

カナルに腕を掴まれ、ティナが連れて行かれた場所は普段あまり掃除をしない衣装室だった。中に通されると、そこは綺麗《きれい》な衣装や装飾品がずらりと並んでいる。隅にはフィッティングルームと姿見があって着替えができるようになっていた。

そして、部屋の真ん中には白い布ですっぽりと覆われた何かが置かれている。カナルはそれに近寄ると、にっこりと笑って白い布を掴んだ。

「初めてここに来てくれた日がティナの誕生日って知らなかったの。だから遅くなっちゃったけど、これは私からのプレゼント！」

布が取り外されると、現れたのは薄紅のドレスだった。

ドレスは胸元にフリルがついていて、ウエストから裾にかけて宝石を散《ち》りばめたスカートがふんわりと広がっている。裾には精緻《せいち》なレースがついていて、とても可憐《かれん》な印象を与えた。

ティナは目を輝かせ、感嘆の声を上げた。

「わああ、とても綺麗なドレスです！　私に勿体《もったい》ない代物です！」

ドレスに近づくと、確かめるように手でそっと触れる。今まで触れたこともないような肌触りの良い、上質な生地に思わずうっとりとした表情を浮かべてしまう。

ティナは暫くそうしていたが、カナルの前だということを思い出して慌ててかしこまった。

顔を赤くして小さな咳払《せきばら》いをするティナはその場をやり過ごそうとする。が、カナルは既に口元に手を当ててクスクスと笑っている。余計に顔を赤くする羽目になってしまった。

「ふふっ。喜んでくれたみたいで嬉しいわ」

カナルは目を細めてひとしきり笑い終えると、続いて真剣な顔つきになる。

「私、ずっとティナの恰好《かっこう》が気になってたの」

「何か問題でもありましたか？」

ティナは粗相をしてしまったのかと思って不安な表情を浮かべる。

今着ているのは王宮の侍女が着る制服で、深緑の足首まであるドレスに白いエプロンだ。初日にロスウェルから服装について説明は受けていたし、教わった通りに着こなせているとティナは思っていた。

何か聞き漏らしたことがあって、できていなかった部分でもあるのだろうか。おずおずと見つめるとカナルは額に手を当て、ため息交じりに前髪を掻き上げた。

「問題というより私が気になるのはそのドブ色であなたの個性が死んでるってことよ！」

「っ!!」

ティナは絶句した。けれど、カナルの物言いから言わんとすることを察した。

「もしかして……私にはこの制服が似合ってないということでしょうか？」

ティナが恐る恐る尋ねると、カナルは大きく頷《うなず》いた。

「ええそうよ、似合わなすぎよ。栗色《くりいろ》の髪と桃色の綺麗な瞳をしてるあなたが着ると地味で野暮ったいの。だから今すぐにそこのフィッティングルームで着替えてきて」

カナルはトルソーからドレスを脱がしてティナに渡すと、奥にあるフィッティングルームへ押し込んだ。返事をする間もなく押し込められてしまったティナは、手にした薄紅のドレスをしげしげと見つめた。

王宮専属の仕立て職人に作られたドレスは普段ティナが行く仕立屋とは比べ物にならないほど隅々まで手が込んでいて素晴らしい。

（ちゃんと着こなせるかしら。それに気に入っていただけなかったらどうしましょう。でも、カナル様からプレゼントをいただけるなんてとても嬉しいわ）

不安を抱える一方で、カナルからプレゼントされたという実感が湧《わ》いてくると、嬉しさで胸がいっぱいになった。身体にドレスを当て、姿見に映る自分を確かめると頬が緩んでいる。「馬子にも衣装《いしょう》ね」とおどけながら言うと、ティナはエプロンの紐《ひも》を解いた。

着替え終えてフィッティングルームを出ると、途端にカナルは相好を崩した。

「やっぱりティナにはこの色が良いわね。とっても可愛いし、似合ってるわー！　髪型もドレスに合わせて変えたのね。髪を簡単に纏《まと》めるのもいいけど、編み込みを加えた姿も素敵だわ！」

絶賛の言葉を並べられてティナは、恥ずかしくなって頬に手を当てる。

「私には勿体ないお言葉です」

「こんなに可愛いんだから胸を張ってもいいのよー？　それに舞踏会にだって自信を持って行けるわ！」

「……っ」

『舞踏会』という言葉でティナの表情が一瞬で曇った。

「私は奉公に来ている身ですので、舞踏会は遠慮させていただきます」

努めて冷静さを装っているが、その奥には不安と恐怖がくすぶっている。

カナルはティナの様子を見て、怪訝《けげん》そうに尋ねた。

「どうして舞踏会に行きたくないの？　ダンスが苦手なら練習相手になるわよ？」

「いえ、ダンスは踊れます」

「じゃあどうして？」

ティナは何かを告げようと口を開きかけたが、言葉どころか声すら発せられずに閉じてしまった。

(言えないわ、こんな恥ずかしい悩み。姉様にも打ち明けられなかったのに)

ティナは毎日お茶の時間を過ごすうちに、カナルが何ごとにも前向きで寛容な人柄であることを理解していた。きっと打ち明ければ受け入れてくれるし、優しい言葉をかけてくれる。しかし、そんな彼だからこそ、自分の薄暗い部分など見られたくないと思った。

ティナはスカートをきつく握り締めて顔を伏せる。二人の間に我慢比べのような沈黙が続いた。

そして、最初に折れたのはカナルだった。

「分かった。言いたくなければ言わなくていいわ」

諦《あきら》めた声色を聞いて、ティナはほっと胸を撫《な》で下ろして顔を上げる。と、たちまち背筋がゾッとした。

カナルは声色とは反対に、腹に一物ありげな笑みをみせていた。

言いたくなければ言わせるだけ——そんな本音が透けて見えた。

恐ろしくなって後退《あとじさ》りしたいのに、肝心の足は床に縫い留められたようにびくりともしなかった。

カナルは思案するような素振りを見せると、ティナを軸にして部屋の中を歩き回り始めた。

「先日、あなたの身上書を読んだのだけど、気になることがあったわ。備考欄に男性恐怖症と書かれていたの。でも、エドガや監督官と普通に話せているし、私とだって楽しく話をしてくれてる。最初は苦手意識を持たれていたけれど、恐怖症って言われるほどじゃなかった。恐怖症なら率先して私やエドガと距離を取るだろうし、嫌悪感が表情に出ると思うから。だからあなたとお茶の回数を重ねれば重ねるほど、不可解で仕方ないの。……本当は男性恐怖症じゃないわね？」

「……はい。男性恐怖症というのは父と姉の勘違いで。実際はそうではありません。黙っていて、申し訳ございませんでした」

ティナは深々と頭を下げた。いつの間にか室内には張り詰めた空気が漂っていて、息が詰まりそうだ。

「ふーん。別にそれはいいわ。私もお茶の相手が欲しかったし」

カナルはティナの前で足を止めると、顔を上げるように言う。兎《うさぎ》のようにびくびくと震えるティナは言われた通りに真《ま》っ青《さお》な顔を上げた。

「でも――そろそろ伯爵の元へ返してあげなくちゃ。年頃《としごろ》の娘が男性恐怖症じゃなかったんだものねえ。大事な娘が嫁ぎ遅れでもしたら大変だわ。早く社交界で素敵な殿方を見つけて甘い恋の一つやふた……」

「やめてください!!」

ティナは半ば叫ぶと、両手で耳を塞《ふさ》いで激しく頭を振った。

「どうして？　一般的なことを言っているだけよ？」

「おねがっ……やめて……くだ、さいっ……」

蚊の鳴くような声で言うティナの桃色の瞳からは、大粒の涙が零れた。

カナルはギョッとして目を見開く。

「ごめんね。嗚呼、責めるような言い方になっちゃって。本当にごめんなさいティナ」

狼狽《うろた》えながらカナルは周囲を見渡してタオルを見つけると、優しくティナの涙を拭《ふ》く。次に椅子《いす》を引いて持って来ると、そこにティナを座らせた。

ティナは泣くのを止めようと必死で歯を食いしばってみるが、涙の雨は止まらない。

「いいのよ我慢しなくて。全部毒だと思って出しちゃって」

カナルは隣で膝《ひざ》立ちになると、落ち着くまで優しく背中を摩《さす》ってくれる。そのうち涙がおさまると、ティナはスンと鼻を鳴らして息を吐いた。

「取り乱してしまって申し訳ございませんでした。お気遣いありがとうございます」

ティナは椅子から立ち上がると、カナルに謝罪と礼の言葉を口にする。

カナルは頬を掻くと、バツの悪い表情を浮かべて立ち上がった。

「いいえ、ティナは悪くないのよ。言いたくないのに私が無理強いしたから。……てことで、居間に帰ってお茶にしましょ！　今日は私がうんと美味しいの淹れるから」

「れ……う……なんです」

ティナは何かをぽつりと呟いた。

しかしあまりにも小さな声で、カナルは聞き取れなかったようだ。

目をぱちぱちとさせて首を傾《かし》げるカナル。ティナは震える唇からもう一度声を絞り出した。

「私……恋愛不感症なん、です」

「は？」

「聞き慣れない言葉ですよね。つまり、私は誰とも恋愛できないんです。ドキドキしないんです。何も感じないんです。…………だから、出会いの場である舞踏会に行くのはとても辛《つら》いんです！」

自分で打ち明けておきながら、恥ずかしくなる。これ以上耐えられないティナは、すっと顔を伏せた。

（私はカナル様になんてことを打ち明けているの。はしたない娘だと呆《あき》れられてしまったわね）

俯いて自嘲《じちょう》の笑みを漏らしていると、不意に頭に温かな何かが触れる。それがカナルの大きな手だと気づくとティナは目を見開いた。変なことを打ち明けても変わらない彼の優しい手に、再び涙が溢《あふ》れてくる。

「……そんなこと誰が言ったの？」

頭の上にあったはずのカナルの手がいつの間にか顎《あご》に触れる。ゆっくりと顔を上げさせられると、親指の腹で涙を拭《ぬぐ》われ、彼の穏やかな青い瞳に見つめられた。

ティナは一度唾《つば》を飲み込むと、堰《せき》を切ったように話し始めた。

「私には一つ上の幼馴染がいました。私は小さい頃から彼が好きで……でも令嬢がちゃんとした恋愛をしていいのは社交界デビューしてからだと父から言われておりました。だから、彼に想いを伝える時は初めての舞踏会にしようと決めていたんです」

ティナは遠くを見るような目つきで舞踏会のことを語り始めた。

「初めての舞踏会で、私は彼に想いを伝えました。そうしたら、彼に突然人気のない庭園に連れていかれて……。その……いきなり、押し倒されてキスされました。それで」

「待って待って。そのバカ野郎にそれ以上のことされなかった⁉」

普段、思慮深く大人《おとな》しい少女の口から押し倒されただの、キスされただのという下世話な話を聞いてカナルはひどく戸惑った。

咳払いをしてすぐにいつもの調子に戻ると、暗い表情を浮かべるティナの様子を窺《うかが》ってくる。

ティナは口を引き結び、ゆっくり首を横に振った。

「普通のキスと違って今までされたことのないキスで驚いてしまったんです。私は何が起こったのか分からなくて。終わった後、暫く黙って固まっていたら……」

ティナの睫《まつ》毛《げ》の先から雫《しずく》が落ちる。

うまく息ができず浅い息を繰り返すと、震える声で先を続けた。

「彼に『おまえはこの雰囲気で俺に何か言うことはないのか？　何も感じないのか？　好きとか言っといてその程度なんだな。不感症な女なんて願い下げだ』と、言われました」

早口で言い終えると、ティナは何度も瞬《まばた》きをしながらフッと苦い笑みを浮かべる。

「彼の言う通り、確かに私は何も感じていなかったんです。私は幼馴染に憧《あこが》れていただけで、きっと好きではなかったんです」

「……」

「きっと他の方でもそうです。想いを寄せられても、私は応えられません」

「それは見当違いな答えね」

カナルは呆れ顔で大きなため息を吐《つ》く。自身の顎に手を添えて考え込むような仕草をしてから、おもむろに口を開いた。

「今のティナは自分の気持ちを誤魔化してる。また傷つくのが怖いから恋愛を避けてるの」

涙ぐむティナはカナルの言葉が信じられなかった。彼は気を使って励ましてくれているのだろう。その優しさにまた涙が溢れそうになる。

カナルは眉根を寄せると、幼馴染に不快感を露《あら》わにした。

「その幼馴染ってのは女の子の気持ちも分かってない自己中心なクズね。ていうか、それもう犯罪だから。突然押し倒されたら誰だってパニックになってドキドキなんてしないわよ。ティナの反応はおかしくないわ」

「でも……他の男性に話しかけられると、幼馴染に言われたことを思い出して身体が強張ってしまうんです。好きだとかドキドキだとか何も感じられません!! だからもう無理なんです!!」

叫んだ途端、ティナは我に返り口元を両手で塞いだ。

(いけない。私は侍女としてカナル様に仕えているのに。いくら自分のデリケートな話だったとしても口答えが過ぎるわ)

失言して青ざめるティナ。

カナルの様子を窺うが彼は下を向いてしまって表情がまったく見えない。きっと気分を害したことだろう。早く非礼を詫《わ》びる言葉を、と口を開きかけたティナだったがそれは叶《かな》わなかった。

言葉を発する前に、カナルに両腕を掴まれて引き寄せられる。身体を抱き留められた後、大きく逞《たくま》しい手に優しく両頬を包まれて、彼の水底のような青色の瞳とぶつかった。

すっと通った鼻筋に長い睫毛。どのパーツも整っていて典麗なのに、いつもの女性美とは打って変わって凜々《りり》しさに溢れ精悍《せいかん》だ。

カナルは薄い唇をゆっくりと動かした。

「……――だったら、本当に何も感じないのか俺で試してみればいいだろ」

頭の奥にまで響くような力強くて低い声がした。

いつもの高い声ではない男の声にティナは目を白黒させる。

「え？」

(試すって何を試すの？　それよりも目の前にいる方は誰？　私の知っているカナル様じゃないわ)

同時に二つ発生した疑問に忙《せわ》しなく頭が回り、結果的にどう返事をしていいのか分からなくなってしまう。そうこうしているうちに、カナルの顔が近づいてきた。ティナはその先を予期して咄嗟《とっさ》に目を瞑《つむ》った。

やがて、カナルの薄い唇がティナの唇に――ではなく、額に触れた。

ティナは目を開け、離れるカナルを怪訝そうに見る。

カナルは喉を鳴らして笑っていた。

「なあにガッカリしてるんだ。子供にはこっちで充分だろ？」

ティナは火が噴いたように顔を真《ま》っ赤《か》にした。

「ガ、ガッカリなんてしてません！　……そんなことより、あなたは本当にカナル様ですか？」

あまりにも雰囲気が違うカナルに、ティナは危険を察知して自《おの》ずと距離を取った。

「俺は正真正銘カナルジークだ。悪霊にでも取り憑《つ》かれているとでも思ってるのか？」

ティナは真顔で何度も頷いた。

「だって性格がまるで違います！　何かに取り憑《つ》かれたとしか考えられません！」

ティナが力強く言うと、カナルは楽しそうに口角を吊り上げ、今度は艶《つや》やかな仕草で両頬に手を添える。

「あら、そうかしらあ？　私からしたら女っぽい方がよっぽど気味が悪くて取り憑かれてると思うわ。……――悪いがこっちが素だ。諦めろ」

女性的なふんわりとした雰囲気から転じて男性的な凛々しいものにがらりと変わる。

それをもう一度目の当たりにしたティナは彼が場面によって性格を使い分けているのだとなんとか理解する。

（でも、どうしてここまで極端なのかしら？　もしかして男色という噂《うわさ》はわざと流している？）

考え込んでいると距離を取っていたはずのカナルの精悍な顔が間近にあった。

「それでキスされてどうだ？　ドキドキしたか？」

ティナは自分がどう感じたのか分からない。

キスされて恥ずかしいやら、カナルに揶揄《からか》われた怒りやらで感情が定まっていなかった。

「わ、分かりません」

カナルはティナの言葉に呆れ返った。

「はあ。こんなに顔が赤いのによく言う……――まっ、私でよければいつでも協力するから確かめたい時は言ってね」

急に女性的な口調に戻ったのでティナは首を傾げた。と、外から扉を叩《たた》く音が聞こえてきた。

返事をして扉を開けると、エドガとロスウェルが立っていた。

ロスウェルは一礼してから部屋に入ってくると、銀縁の眼鏡《めがね》を押し上げる。

「殿下、国王陛下がお呼びです。すぐにお越しください」

「まあ、お兄様が!?　何のご用かしら？　今すぐ行くわー。じゃあエドガとティナ。お仕事お疲れさーまっ！」

溌剌《はつらつ》とした声で告げると、軽快な足取りでカナルはロスウェルと共に出て行った。

ティナはカナルに少し違和感を覚えつつも、深々と礼をして見送ったのだった。

＊

片づけが終わる頃には辺りは真っ暗で、帰りはエドガが宿舎まで送ってくれた。

「お忙しいところ、送っていただいて感謝します」

「仕事だから問題ない。……おい、ポケットから何か……布を落としたぞ」

拾い上げたエドガはティナにそれを差し出した。

これは何だという視線をエドガが送ってくるので、四つ折りの布を広げてやる。

ふわりと広がる白い布には紫が美しいラベンダーの刺繍が入っている。シルヴェンバルト伝統の刺

繍だ。

「これ、カナル様にプレゼントしようと思って刺繍しました。完成したから渡そうと思っていたのですが、今日は渡しそびれちゃいました」

エドガは刺繍をまじまじと見る。と、何か閃《ひらめ》いたのかほんの一瞬、いつもの気だるげな表情が楽しそうなものに変わった。

「だったらもう一手間かけたらどうだ？　ラベンダーなら……白い鳥を入れるといい。カナル様は白い鳥が好きだ。きっと喜ばれる」

「そうなんですね。ではそのように致します。アドバイスありがとうございます」

カナル様と信頼関係を築いているエドガが言うのだから、間違いないだろう。ティナはどんな白い鳥を刺繍にしようかワクワクしながらハンカチを畳んだ。

エドガはその様子を見ながら、気づかれないよう忍び笑いをする。

「この貸しは大きいですよ、カナル様」

そうぽつりと呟いた後、ティナを宿舎へと送った。

＊

カタカタと窓が微《かす》かに揺れる音がする。

程なくして、雨のサー……っという音が聞こえてくると、漸くティナは顔を上げた。

真っ暗な外は何も見えず、窓ガラスに反射する自分と目が合う。

夜はとうに更けていて、流石《さすが》に自分の顔には疲れの色が浮かんでいる。しかしその反面、とても興奮していた。椅子に座るティナは今まで作業していた机の上を眺める。

右端にはガスランプと裁縫道具の針や糸、鋏《はさみ》が置かれ、中心にはたった今まで作業していた丸い刺繍枠が置いてある。

そこには例のハンカチが張られていて、ラベンダーに加えて新たに白い小鳥が二羽、シンメトリーを保つように刺繍されていた。

エドガからアドバイスをもらったティナは帰って着替えるなり、黙々と刺繍に打ち込んだ。気づけばこんな時間になっていた。

興奮の熱が治まると、今度は心地の良い脱力感に襲われる。

ティナは椅子の背にもたれると暫くそれに浸っていた。そのうち眠気に襲われて、うつらうつらし始める自分に気がつくと、席を立ってガスランプを手にベッドへと移動する。サイドテーブルにランプを置き、ベッドの中に潜り込むと灯りを消した。

目を閉じると、外の音が聞こえてくる。降りやまない静かな雨音。それに交じって時折、軒先から落ちる雫の音が聞こえてくる。ピチョン、ピチョンとまるで魚が跳ねているようだった。

それを耳にしながら、ティナはさっきまであんなに眠かったのに、と心の中で呟いた。

いざベッドに入ると、不思議なくらい眠気が引いていく。ティナは目を開けると、何も見えない暗《くら》闇《やみ》の中、ただ一点を見つめた。

寝ようとすればするほど、夕方のできごとを思い出して落ち着かない。こんなに遅くまでずっと刺繍に専念していたのも、深く考えたくなかったからという一因があった。

（カナル様は私が恋愛を避けてるだけだと仰《おっしゃ》っていたけど……本当にそうなの？　あの人……ダグに恋愛不感症だと言われてそう思い込んでいただけなのかしら）

おもむろに指でそっと額を撫でる。すると、カナルの唇が触れた感覚が鮮明に蘇《よみがえ》ってきて、額がかっと熱くなった。

「っ……！」

ティナはきつく目を閉じると、頭まですっぽりと布団を被《かぶ》る。もぞもぞと布団の中で身じろぎをしていたが、じきに大人しくなった。


静寂に包まれた部屋は外の雫音が響き渡る。

ピチョン…………ピチョン……。

その音に集中していると、いつしか雫の跳ねる音は速くなっていく。

ピチョン、ピチョン、ピチョン――。

「っ‼」

ティナは弾《はじ》かれたように飛び起きた。慌てて下を向いて、手で胸を押さえる。

ずっと雫が落ちる音に耳を傾けていたはずだった。それなのに、いつの間にか心臓のドクドクと脈打つ音に変わっていた。

『本当に何も感じないのか俺で試してみればいいだろ』

低いカナルの声が蘇ると、鼓動が一段と速まった。このままでは心臓が壊れてしまうんじゃないかと心配になるほどだ。

「わ、私、今……ドキドキしてる」

自分の口から自然と零れた言葉に、ティナは驚いて目を丸くする。

両頬に手を添えると、顔に熱が集まっているのが嫌というほど分かった。

再びカナルの声が蘇る。

『なあにガッカリしてるんだ。子供にはこっちで充分だろ？』

ティナはすっと真顔になると頬から手を離して、ベッドに倒れ込んだ。小さく息を吐いて額に手を当てる。

（あれは、大人のカナル様が恋愛に後ろ向きだった子供の私を勇気づけるためにしてくださったおまじない。私ったら、ちょっと舞い上がりすぎね）

ティナは苦々しく笑った。それから何度か寝返りを打って身体を丸めると、漸く眠り落ちたのだった。

＊

国王陛下との謁見が終わり、自室に戻ったカナルは渋い顔をしていた。と、いうのも護衛兼侍従の淹れてくれたお茶がいつも通りの仕上がりだったからである。

大抵、他人が淹れてくれるお茶というものは自分が淹れたものより美味しく感じるのだが、この侍従のお茶は違うらしい。それに比べてティナが淹れてくれるお茶はとても美味しい。カナルの好みを分かってくれているので茶葉もお菓子も何から何まで完璧だ。

カナルに見初められようと白亜宮へ奉公にきた令嬢の中にも、よく観察して好みのお茶とお菓子を用意してくれる者はいた。けれど、そのお茶が美味しいかと訊かれたら及第点と言えるレベルだったし、そのうち媚《こ》びを売り始めて自分のところで取り引きしている珍しいお茶を勧めてきた。

刺客の方がまだマシだった。相手がお茶に毒を盛ったり、寝込みを襲ってきたりした段階で返り討ちにすればいい。

見初められたい一心でやってきた令嬢というのは気骨のある者、下手に出る者など、タイプは様々だが皆追い出すのに苦労した。

最も厄介だったのはアラーナ・フィンチャーだ。

彼女はよく「カナル様らしくありませんわ」と口出ししてきた。毎日飽きもせず理想のカナル像を主張された。彼女の中のカナルは物語に出てくるような白馬の王子様だ。顔をつきあわせれば語られてうんざりしたので早い段階で家に帰るように仕向けた。

一方、ティナはこれまでの令嬢たちとは少し違っていた。

気があるフリをして接すれば戸惑い怯え、普通に接しても怯えられる始末。友達のように接して欲しいと頼むと漸く少しは打ち解けられることができた。コミュニケーション面を除けば仕事ぶりは真面目《まじめ》。周りをよく観察しているようで、お茶の時間を重ねていくうちに用意されるお茶もお菓子もカナル好みのものになっていた。

「ティナのお茶が飲みたい……」

カナルはいつの間にか彼女の淹れるお茶が恋しくなっていた。このところ毎日飲んでいたせいか舌は完全にその味に慣れてしまっている。

ティナも当初と比べるとカナルには随分慣れたようで、次第に心を開いてくれるようになった。これまでの令嬢のせいで疑心暗鬼になって気づかなかったが、ティナだけはずっと誠実な態度で向き合ってくれていた。

彼女のような人間が一人近くにいてくれるだけで心は洗われる。そのことに気づかされたのはつい最近、彼女が毒を飲んで庇《かば》ってくれた時からだった。あれ以来、何故《なぜ》か彼女が気になって自然と目で追うようになっていた。

こんな不毛なことをしてなんになるのか。

カナルは幾度となく目で追うのはやめるように自分へ言い聞かせた。でもダメだった。無意識のうちに彼女を追ってしまう。自分は一体どうしたのだろう。

さらにいうとガーデン・パーティの夜に交わしたエドガの言葉がずっと引っかかっている。

彼は自分がティナを気に入ったのかと思ったと言う。カナルからすれば身を挺して守ってくれたティナが心配で気遣っただけだ。どうしてそんなことを口にされたのかさっぱり分からない。

エドガは何か誤解している。カナルは自分の立場も含めて改めて誤解を解く――はずだった。

(……まったく、俺もどうかしている)

カナルは目を伏せると、夕方の衣装室でのことを思い出す。

今日のティナはありのままの姿を見せてくれたような気がする。薄紅のドレスをプレゼントすれば、傍目《はため》からでも分かるほど顔を綻《ほころ》ばせて喜んでいた。瞳の桃色に馴染《なじ》むドレスは彼女が身に纏うと花の精霊ように美しい輝きを魅せる。


カナルは再び目を開けると引き出しからティナの身上書を取り出した。エドガに言われて見落としていたらしい備考欄へ指を滑らせるとそこで動きを止める。

備考欄には『男性恐怖症』という一文が注意書きとして書かれていた。

カナルは備考欄の上に置いた指をトントンと叩く。

これを最初に見た時は、男色という噂の自分に仕えることで、男性恐怖症を克服しようとしているのだと納得しかけた。が、それならエドガやロスウェルと普通に話せているのはおかしい。男性恐怖症なら、もっとあからさまに嫌悪して男を拒絶するはずだ。

理由を突き止めたくてエドガに調査をさせた。すると初めての舞踏会で何かがあり、それがきっかけで令息たちを避けるようになったらしい。

さらに詳細な理由を知るため、ここ最近は毎日お茶の時間を作ってそれとなく探ろうとした。が、恋愛の話や舞踏会の話を持ちかけると、言葉を選んで濁すので求める回答は得られなかった。

だから誕生日祝いで密かに作っていたドレスをプレゼントした時に、軽く問い詰めてみた。ドレスをプレゼントすれば、嫌でも舞踏会の話題へ持っていけると踏んで。

結果的にカナルの予想を上回るとんでもない言葉がティナの口から出てきた。

頬を涙で濡《ぬ》らす彼女を思い出してカナルは眉根を寄せて表情を歪《ゆが》める。初めての失恋というのは苦いものだが、ティナの場合はトラウマに等しい。

(ずっと想っていた男が独りよがりのクズで、酷いこと言われたら、誰だって恋愛なんてもう一度しようとは思わない)

話を聞いたカナルは無性に腹が立った。もちろん相手はティナを押し倒した幼馴染だ。唇を奪い、心に深い傷を負わせた男にティナを触れられたことが心底許せない——と、その時カナルは漸く気づいたのだ。

自分がティナに惹《ひ》かれているということに。

そして、その男が植え付けたトラウマから、心を解放させたい。そんな衝動に駆られて、つい本性も見せてしまった。

額にキスをすれば、ティナは火が噴いたように顔を真っ赤に染める。

驚くだろうと予想はしていたがいざ本当の自分を見せてみると、彼女の反応は予想以上に可愛らしかった。まるで小動物のようで、令息たちが『小心者の兎さん』と揶揄《やゆ》を込めたあだ名をつけたことに納得がいく。

カナルはフッと笑みを零した。

丁度、扉を叩く音がするとエドガが部屋に入ってくる。

「セレスティナ嬢の幼馴染の調査報告書をお持ちしました。ダグラス・モーガン。モーガン子爵の三男坊で、家督には影響ありません。焼くなり燃やすなりしても問題ないでしょう」

「エドガ、選択肢が焼死しかないわよ」

「八つ裂きでも構いません」

「殺しはやめなさい。ティナが悲しむわ」

報告書を受け取って、カナルは軽く目を通す。

ティナの話からしてクズだとは思っていたが、これは相当な放蕩《ほうとう》息子のようだ。これはこれで追々片づけるとして、今は……。

カナルが物思いに耽《ふけ》っていると、エドガが空になっているカップにお茶を注ぎながら口を開いた。

「そういえば、良かったのですか？　こんな時期に彼女に本性を見せて。あなたの本性を知っているのはごく一部の人間だけです」

報告書を机の脇《わき》に置き、早速淹れてもらったお茶に口をつける。……やっぱり不味《まず》い。カナルは素直に渋面を作る。

「秘密を教えてもらったから。それに手の内を少しは見せないとフェアじゃないでしょ？」

「ですが、万が一にも向こうにバレたら……」

「ティナは思慮深いから、ばらすことはないわ。……――だから本当の俺も知ってもらった方が都合はいい。でないと万が一の時に守れない。まあ、エドガがティナの護衛をしてくれるから必要はないだろうが、念のためだ。例の日が無事に終われば、漸くこんな生活とも縁が切れる」

「恨みを募らせた人間は何をしでかすか分かりません。油断してはいけないと思います」

「分かっている。メグの一件から向こうは手段を選ぶ暇もないほど焦っているようだしな」

ここ数日になって夜に人の気配や、誰かに見られているような視線を感じる回数が増えた。ガーデン・パーティの件は内密に済ませたので白亜宮の警備体制は以前と変わらないままにしてある。変に増やせば貴族たちに何かあったのかと不審に思われるからだ。

「夜更けになれば襲いにくるだろう。騒ぎにならないようできるだけ静かに捕まえてくれ」

「生きたまま捕まえるのは難しいです。が、できるだけ努力します」

やる気のなさそうな回答だが、彼は既に戦闘モードに入っていて口角を楽しそうに吊り上げている。

そして、一礼してから静かな足取りで部屋から出て行った。

見送ったカナルは深いため息を吐くと、机の上に肘《ひじ》をついて手に顎を載せた。

「どんな形になろうとも必ず終わらせる。やっとここまできたんだ」

じっと考え込むように目を閉じると、長い間そうしていた。

＊

翌朝も生憎《あいにく》の雨が続いていた。

ティナは雨粒で濡れる窓の外を眺めていた。晴れていれば明るい景色も、この天気ではどんよりとしていて陰鬱《いんうつ》に感じる。

それでも舞踏会前日ともなると、王宮内の空気は濃厚な熱気と興奮に変わっていた。明日《あす》は美しく着飾った上流階級の者たちが一斉にきらびやかな王宮に集まるだろう。

管弦楽が奏でる華やかな旋律と優雅にダンスを踊る男女を想像して、ティナは目を伏せた。

(……舞踏会のことを考えて現実逃避している場合じゃないわ。いつまでも外の景色を見て現実逃避している場合でもない。いい加減この状況に慣れないと‼)

浅い息をすると、意を決して室内に身体を向けた。視線はできるだけ下に向け、ワゴンに辿《たど》り着けばポットに茶葉を入れる。

その態度に不満を覚えた人物が声を上げた。

「んもう、ティナったら！　そんなに緊張しなくても大丈夫よー？　顔をこっちに向けてちょうだい！」

カナルはソファに腰を下ろし、肘掛けに頬杖《ほおづえ》をついて唇を尖《とが》らせている。

しかし、その表情を見ていないティナは僅《わず》かに身じろぐだけで決して顔をカナルへは向けなかった。

「そのお召し物は、私には刺激が強すぎるので……目のやり場に困ります」

訥々《とつとつ》と話すティナの顔は真っ赤に染まっていて、それを隠すように顔を俯かせる。

「だって今日は鍛練がないし、朝早くから窮屈な服なんて着たくないものー。お茶の時くらいゆったりしたいわー」

今のカナルはズボンを穿《は》いてはいるものの、上はガウンを羽織っているだけだ。前がはだけているため、無駄な筋肉が一つもない胸板が露わになっている。もはや色気を垂れ流していると言っても過言ではない。

そんな妖艶《ようえん》な姿を、異性と交流してこなかったティナが余裕を持って対応できるわけがなかった。

（今日はエドガさんに代わって私がカナル様にお仕えしなければいけないのに！　嗚呼、上手くやれる気がしないわ）

早朝にエドガに起こされて言い渡された仕事はカナルが政務に出るまでの身の回りの世話だった。

「あんたならできる」と言われ舞い上がり、二つ返事で引き受けてしまったことを今さら後悔した。

冷静を装って慣れた手つきでテーブルにカップを置くとお茶を注いだ。できるだけカナルを視界に入れないようにして対応する。

「先にお茶を召し上がってください。今、朝食をお出ししますから」

ティナは持っていたポットをワゴンの上に置くと、しゃがんで二段目にある銀のディッシュカバーの載った皿を取り出した。ワゴンの一番上に置いて立ち上がり、顔を上げた途端、ギョッとした。

何の気配もなく、いつの間にか自分の横でカナルが仁王立ちになっている。黙ったまま、じぃっとこちらを見る視線に耐えられず、ティナは狼狽えて顔を背ける。

すると、すぐにカナルに顎を持ち上げられ、無理やり視線を合わせられてしまう。

「ヒドイッ！　そこまで露骨に避けなくてもいいじゃない!?　流石の私も立ち直れないわ……」

カナルは形の整った眉《まゆ》を下げ、口元に手を添えて悲しそうな表情を浮かべた。

本物の乙女《おとめ》のようなしおらしい態度はティナを慌てさせる。

「ち、違うんです！　私が男性のこういった姿に慣れていないだけで……その、うまく対応ができなくて。傷つける態度を取ってしまって申し訳ございません！」

「本当？　私のこと、はしたないから軽蔑《けいべつ》したんじゃないの？」

「本当です。軽蔑なんてしてません。うまく言えませんが、今のお姿のカナル様を見ると胸がざわつきます」

必死になるあまり、ティナは正直に胸の内を告げる。

カナルはぽかんと口を開けて目をぱちくりさせたが、すぐに口角を吊り上げてティナの耳元に顔を寄せた。

「……――それって俺にドキドキしたってことじゃないのか？」

「っ！」

不意に重低音が耳朶《じだ》に触れる。次いで、カナルの手が伸びてくると、頬を優しく撫でられた。

驚いて後退ると、カナルは楽しそうに喉を鳴らして笑っている。

ティナは真っ赤な顔をさらに赤くして、この状況から早く逃れたいと涙目になった。なおもカナルは低い声でティナに問いかける。

「そんなに顔を赤くして、ドキドキしてないなんて嘘《うそ》だろ」

「い、いいえ。ドキドキなんてしてません！」

また揶揄われている。ティナはそう判断して即座に否定した。

（カナル様は男性が好きだから女性は好きにならない。これは恋愛不感症だと思い込んでいた私に、訓練してくださっているんだわ。少しでも耐性がつくように。それなのに私ったら、カナル様のこと変に意識して……恥ずかしい）

もしもこれが恋愛の方のドキドキなら、カナルに迷惑がかかってしまう。

ティナは自分に対しての否定も込めて力強い口調で言った。

「カナル様は恋愛経験の乏しい私を訓練してくださっているんですよね？　これは緊張のドキドキなので、恋愛のドキドキでは決してありません‼」

するとカナルは明後日《あさって》の方に視線を向け、すぐにティナに視線を戻した。が、何故か興が削《そ》がれたといった様子で深いため息を吐く。

「はあ……――もういいわあ。なんかお腹《なか》すいちゃったし、朝ごはんにする」

「か、かしこまりました！」

ティナは慌ててテーブルに料理を並べた。

その後いつも通りに戻ったカナルは、しっかりとガウンの前を止めて朝食を済ませた。彼は他愛もない会話を楽しんで終始微笑んでいたが、ティナはずっと違和感を覚えていた。

（カナル様、あれから少し変だわ。どうしたのかしら？）

ティナは思案するも手はしっかり動かして、食器をワゴンに載せた。片づけが終わって出て行こうとすると「まだ仕事が残っている」とカナルに呼び止められた。

ティナが首を傾げるのとカナルが隅に設置されたパーティションへ視線を投げるのは同時だった。パーティションの隣にある椅子には綺麗に畳まれた衣装が置かれている。

一難去ってまた一難。背中に冷たい汗が伝うのを感じながら、ティナは一歩後ろに下がる。

「あ、あの。もしかして……」

「躊躇《ためら》うことなんてないでしょ。ティナは私の侍女だもの。さあ早く着替えを手伝って。それとも私一人で着替えろっていうの？」

「い、いいえ！　そんなことありません!!」

目を眇《すが》めるカナルに対してティナは激しく手を振った。

パーティションの後ろへ移動するとカナルが両手を広げる。いつもならエドガか侍従がガウンを脱がせていたのだろう。ティナはもたつきながらガウンを脱がせにかかった。

指は緊張してふるふると震え、心臓の鼓動が速くなる。腰の位置に結ばれた紐へ手を伸ばし、しゅるりと解くと、きっちり隠されていた胸板からお腹までが露わになった。

「っ……!!」

ティナは声にならない悲鳴を上げて勢いよく顔を背けた。

(カナル様は男性が好き。カナル様は男性が好き。何もないから大丈夫。変に意識する私の方がおかしいわ！)

早く着替えの手伝いをしなければ、と意を決して向き直ると突然カナルが噴き出した。終《しま》いにはお腹を抱えて笑うのでティナは訳が分からず困惑する。

「手伝ってって言っただけで着替えさせろなんて頼んでないわ。ちょっと揶揄ってみただけよ？　パーティションの向こう側で服を渡してくれたらそれでいいわ」

「っ！　し、失礼しましたっ!!」

ティナは耳の先まで真っ赤になると、脱兎《だっと》の勢いでパーティションから飛び出した。両頬を押さえ、本日二回目の声にならない悲鳴を上げるのだった。


着替えを手伝い終えると、ティナはどっと疲れが出たような気がした。だが、それも束《つか》の間のことで、姿を現したカナルを見て息を呑《の》む。

金糸や銀糸を使った美麗な正装に身を包み、その色合いが端正な顔を引き立てる。

「――お着替えお疲れ様でした。とても素敵です」

「あら、ありがとう」

カナルの余裕のある笑みから王族のオーラがいつも以上に滲《にじ》み出ている気がした。

ティナはカナルの美しさに暫く見とれていたが、突然ハッとした。急いでエプロンポケットから昨《き》日《のう》完成させたばかりのハンカチを取り出すとカナルの前に差し出す。

「もし宜しければ私が刺繍したハンカチを使っていただけますか？　胸ポケットが空いてらっしゃいますので」

「えっ……これを私に？」

困惑するカナルはティナからハンカチを受け取ると、四つ折りのそれを広げた。コットンの優しい白い布地に、ラベンダーと二匹の白い小鳥が丁寧に刺繍されている。

息を呑むカナルは、アーモンドの形をした目を大きく見開いた。

「こ、これはシルヴェンバルト伝統の刺繍よね？　私が受け取っていいの？」

「はい。カナル様が受け取ってくださるなら私はとても嬉しいです。だって、以前からカナル様のために作っていたものですから」

ティナの施した刺繍は、古くからこの国に伝わるまじない刺繍だった。モチーフにはそれぞれ意味があり、相手を想って一針一針縫うことで精霊の加護を受けられるという言い伝えがある。

しかし、本来の意味は時代と共に忘れ去られてしまい、今では刺繍が売れるようにと商人があとから作った意味が主流となっている。ティナは現代版に則《のっと》って刺繍をした。

「ラベンダーと白い鳥の意味は『あなたの心が安らぎますように』です」

（出すぎたことかもしれないけど、お茶にいらっしゃる時、いつもカナル様は疲れているもの。だから、少しでも心が安らぐようにって思いを込めた）

不安げに様子を窺っていると、カナルは刺繍をじっと見つめてから大事そうに胸ポケットにしまう。やがて破顔すると「ありがとう」とお礼を言ってくれた。

「ティナのお陰で少し気分が晴れたわ。実は明日諮問会議があるのよ」

「諮問会議ですか？　舞踏会開催当日に行われるんですね」

「王都へ滅多に来られない辺境伯もいるから、効率を考えればそうなるわ。私にとっては大きな仕事になるから頑張らないといけない。ティナのハンカチ、明日もお守りとして持って行くわ。じゃあ、行ってくるわね」

とても機嫌が良くなったカナルはくるりと身を翻し、軽快な足取りで出口に向かう。

(良かった。刺繍、気に入ってくださったみたい。さっきは少し変だったけど機嫌も良さそうだし。エドガさんの白い鳥を入れろっていうアドバイスのおかげかしら?)

「行ってらっしゃいませ」

ティナは目を細めて微笑むとカナルを見送った。

＊

カナルの身の回りの世話もあったため、仕事が終わる頃には辺りは薄暗くなっていた。

雨の中、洗濯場へシーツを持って行き、空の籠《かご》を下げて白亜宮へ戻る。と、入り口に男女二人が立っていた。

食堂でたまに見かける侍女と侍従で、ティナに気づいた侍女が「良かった。丁度困っていたの」と話しかけてきた。

「郵便係が配達先を間違えたみたいで白亜宮行きの荷物が真珠宮に紛れ込んでいたの」

「荷物、ですか?」

侍従が両手に抱えている荷物をティナに見せてくる。確認すると白い箱を縛っている青いリボンにはタグがついていて、白亜宮行きと書かれていた。

これが白亜宮のもので間違いはない。大きさからして衣装が入っていそうな箱だった。

(衣装が届くなんて聞いていないけど)

ティナが不思議そうに首を傾げていると侍女が人差し指を立てて説明してくれる。

「明日は王宮で舞踏会があるでしょ？　いつもならカナル殿下は舞踏会へは出席されない。けど、王族主催だから今回は出るように陛下から言われたんじゃない？　数年ぶりの開催だから王族が揃《そろ》って出ないと権威を示せないだろうしね」

ティナはふと思い出した。

(そういえば、昨日は国王陛下がカナル様に話があるといって呼び出していたわ。あれはこのことだったの？)

「国王陛下も王妃様も王太子殿下もみんな舞踏会のために衣装を新調されたから、きっとカナル殿下もそれに合わせて作られたのよ！　衣装係の人がこの箱を運んでるのをよく見るから間違いないわ。いいなあ、舞踏会。裏方でもいいからどんなものなのか参加したいわ。嗚呼、来年社交界デビューなのが悔しい！　来年も開いてくれるといいなあ」

この侍女はどこかの貴族の令嬢で行儀見習いとして奉公に来ているようだ。数年ぶりに開催される王族主催の舞踏会を一目でいいから見てみたいのだろう。

夢見る侍女は、舞踏会を想像しているのか目を輝かせていた。

「悪いけど、そろそろ腕が痛いよ」

侍従は隣の侍女を一瞥すると、苦笑交じりに自分の腕が限界であることを伝えた。ティナは慌てて二人を作業室まで案内した。侍従は漸く荷物持ちから解放されて肩を回す。

長い間待たせていたかもしれないと思い、ティナはお礼も兼ねてお茶を提案したが、仕事の途中だと言って二人は真珠宮へ帰っていった。

白亜宮入り口まで見送った後、ティナはカナルがすぐに衣装を見られるように居間へ運んだ。

テーブルの上に置くと青のリボンを解いて、蓋《ふた》を開ける。中には真っ黒の生地に赤の刺繍が入ったジャケットが入っていた。ショルダー部分と上襟、下襟には丁寧にぶどうの柄が施されている。ぶどうの果実の部分はところどころ宝石がちりばめられており、とても贅沢《ぜいたく》なものだった。

しかし、違和感がある。このジャケットは金髪で水底のような澄んだ青色の瞳を持つカナルの容姿とは合っていないのだ。

白亜宮行きというタグはついているが、どうもカナル向けに作られた衣装ではない。それとも、これはカナルがリクエストした代物なのだろうか。

どうしたものかと唸っていると、丁度疲れた様子のカナルが政務から帰ってきた。

「お帰りなさいませ。カナル様宛に舞踏会用の衣装が届いています」

「ただいま。衣装って何のこと？」

ティナは「これです」と言って見えるように白い箱から衣装を取り出した。

「こちらはカナル様が新調されたものでしょうか？」

本人が作らせたものかどうか確認するためにティナはジャケットを広げる。その途端、カナルの顔つきが険しくなって大股《おおまた》でこちらに向かってきた。

「ティナ、すぐにその服を箱に戻しなさい！」

言うが早いか、カナルはティナの手首を掴み、ジャケットを奪い取ると、すぐに箱に戻して蓋をした。あまりの早さに何が起きたのかティナは思考が追いつかない。

呆然《ぼうぜん》と立ち尽くしていると、カナルに今度は両方の手首を掴まれた。痛いほど強く掴まれて、ティナは耐えきれずに表情を歪める。

（一体私は何をしでかしたの？）

ティナは冷や汗を掻きながら自問自答を重ねる。と、カナルが鋭い眼差《まなざ》しでこちらを見てきた。

「どうして、勝手に箱を開けたの？」

「……っ」

今回の品物は誰かからの贈り物というわけではなかった。通常の贈り物であればカナルが開けるまで手はつけない。

差出人も包装もなく、シンプルな白い箱に青のリボンが結ばれているだけだったのだ。真珠宮の侍女は衣装係が運んでいた箱と同じだと言っていた。そのため、開けても問題はないはずだとティナは判断した。

「広げておいた方が見やすいと思って開けました。さ、差し出がましいことをして申し訳ございません」

ティナはその場でカナルに謝罪した。

カナルから憤怒《ふんぬ》と憎悪を綯《な》い交ぜにした念がひしひしと伝わってきて、ティナは恐怖で震え上がった。

眉間《みけん》に皺《しわ》を寄せて眺めてくるだけでカナルは何も喋《しゃべ》らない。

やがて彼はティナの手首を解放すると厳しい声でエドガを呼んだ。

「どうされましたか？」

どこからともなく忽然《こつぜん》と姿を現したエドガが返事をする。

「ティナを宿舎まで連れて行って。今日づけで辞めてもらうわ。それとティナ、明日迎えの馬車が来るまで宿舎で謹慎していなさい」

「えっ！」

ティナは驚愕《きょうがく》した。

粗相をした罰として謹慎というのはまだ理解できる。しかしどうしてカナルが解雇という結論に至ったのか、その意図が分からず困惑する。

「ど、どうしてですか？　理由を、理由を聞かせてください。カナル様、私はっ……」

「あなたに聞かせられる理由はないわ。悪いけど早くここから出てって」

カナルに突っぱねられたティナは口を開きかけたがそのまま閉じて俯いた。

すぐにエドガに連れられて宿舎へ帰ることになった。

＊

暗い表情を浮かべるティナは自室へ通される。

エドガからは淡々とした声で荷物をまとめておくように言われた。弱々しい声で返事をすると、いつもならそこでいなくなるエドガが少し考える素振りを見せた後、口を開いた。

「カナル様はあんたのことを大事にしていると思う」

「そう、でしょうか」

ティナは何を根拠にそう言えるのかと思った。今のティナにはカナルの怒りを買って解雇されたという事実しか見えない。それ以外の答えに繋《つな》がる道が見えないのだ。

エドガは無愛想とも優しいともとれない調子でつけ加える。

「今は分からないことだらけでも、時がくれば分かることだってある……かもしれない」

「それは、どういう？」

エドガは、口を閉ざすとそれ以上は答えてくれなかった。

部屋の扉を閉められ、一人になったティナはふらふらとした足取りでベッドに向かい、腰を下ろす。

「カナル様は私のことを、大事にしてくださっているの……？」

今分からないこととは一体何なのだろうか。

　ティナはじっと考え込む。頭の中で先ほどの情景を繰り返し思い出した。

（私、もしかして何かを見落としていたのかしら？　それで、カナル様はそれに気づいて怒ったの？）

　あの時は自分が勝手に衣装を触ったから怒ったのだと思った。けれどよく考えれば、カナルはティナの手をためつすがめつして観察していたような気がする。

　カナルがしていたようにティナも自身の手をじっくりと観察した。自分の手は日頃《ひごろ》の侍女仕事で少々荒れている。カナルからもらった保湿クリームのおかげでかさかさだった肌が少しだけましになっていた。けれど、手がかりになりそうなものはない。

「やっぱり、分からないわ……」

　目から零れ落ちそうになる涙を手の甲で拭う。

　王宮で働くという夢が潰《つい》えたことよりも、カナルに冷たく突っぱねられたダメージの方が大きかった。ここ最近は彼とも距離が縮まり、以前よりも良好な関係が築けていると思っていたので、ティナにとって大きな痛手となった。

（私、てっきりカナル様とは信頼し合えたんじゃないかって思ってた。でも、それはただの独りよがりだったのね）

　ティナはぼやける視界を遮るように両手で顔を覆った。

結局何も手につかないまま、夜が過ぎて朝を迎えてしまった。ずっと悩んだ挙げ句ティナが出した答えといえば、もう一度カナルに会ってちゃんと理由を説明してもらうこと。

侍女への未練が完全になくなっているわけではないが、もうその望みは重要ではなくなっている。カナルが自分は恋愛不感症でないことを証明し、恋愛ができることを教えてくれた。そのため今のティナは別の道も見出すことができる。

ティナにとって一番苦しいのは、はっきりした理由が分からないままカナルから離れてしまうこと。身分の高いカナルと二人きりで話せる機会はこの先ないだろう。だからこそ、こちらにも分かる理由で説明してもらわなければティナの中でけじめがつかず、蟠《わだかま》りが残ってしまう。

「行かなくちゃ、カナル様のもとに」

ティナは新しく着替え直して身だしなみを整えると、意を決して部屋の外に出た。


雨は小雨になっているものの、未《いま》だに止《や》みそうになかった。

しんと静まり返った道を、傘をさして歩く。

この時間帯ならまだカナルは白亜宮にいるはずだ。勝手に会いに来たことと、宿舎を出たことはあわせて謝罪しよう。

ティナは立ち止まって俯くと胸の辺りを手で押さえた。緊張で手は汗を掻いているし、心臓の鼓動は激しい。面会を拒絶されたらどうしよう、という不安が腹底から迫り上がってきて吐きそうになる。

（落ち着いて。いざとなったらエドガさんを説得して協力してもらいましょう）

心の中で自身を励ましていると、不意に名前を呼ばれた。

「アゼルガルド嬢」

顔を上げると、ロスウェルが傘をさして立っている。

ティナは首を傾げた。

（この時間帯だと、監督官や宮内長官は貴族を出迎える準備で忙しいはずだけど。どうしたのかしら？）

「嗚呼、丁度あなたを探していたところなんです」

「何かご用でしょうか？」

ロスウェルと出会った道はカナル専属の侍従、侍女が使う宿舎に繋がっている。要するに、カナル付きの使用人以外、この道は使わない。

わざわざティナに会うために、ロスウェルはここまで足を運んでくれたらしい。

何かあったのか心配になってティナは駆け寄ろうとした。が、ふと違和感を覚えて反射的に足を止めた。

――いつも真面目なロスウェルの表情が怪しく笑っている。その様子が不気味でティナの足は竦んでしまった。

「実はちょっと頼みごとがありましてね」

ロスウェルは銀縁眼鏡を押し上げる。

「頼みごと、ですか？」

「ええ。実は、カナル殿下のことでお話がありまして。今日の午前に諮問会議が行われることはご存じでしょう？　あなたにはそれに合わせて手伝って欲しいことがあるのですよ」

「あの、それは私でよろしいのですか？」

ティナが解雇された報告をエドガから聞いていないのだろうか。聞いていないなら今すぐここで話した方がいいだろう。ティナが口を開きかけると、ロスウェルが先に声を出した。

「ええ、あなたという存在はぴったりなんですよ――殿下を絶望の底に突き落とすには、ね」

目を凝らすとロスウェルの背後で影がゆらりと揺れる。現れたのは全身を黒装束で身を包んだ男が一人。目の部分以外の顔は黒い布で覆われていて、誰なのかも分からない。

しかし、腰にはナイフと拳銃が下がっていて、この男がどういう役割なのか簡単に想像できた。

頭の中で警鐘が鳴り響く。ティナはくるりと踵《きびす》を返すとつんのめりながら宿舎に向かって走った。

エドガがまだ宿舎に残っているかもしれない。一縷《いちる》の望みをかけて足を動かした。

必死に走っていると前方にもう一人、黒装束の男が暗がりから飛び出してくる。

「きゃっ！」

驚いた拍子に、手から傘がすり抜けてぽーんと高く飛ぶ。

傘に気を取られていると、いつの間にか男に間合いを詰められていた。

「えっ……」

かわせないティナは自身の鳩尾《みぞおち》に男の拳《こぶし》が入るのを見届けると意識を飛ばした。

❁五章　囚《とら》われた兎《うさぎ》

ぴしゃりと冷たい液体が顔にかかって、ティナは咽《むせ》ながら目を覚ました。焦点の合わない瞳《ひとみ》で前を見るとロスウェルが立っている。

(ここ、どこかしら……？　一体何が起こっているの？)

ぼんやりとした意識の中、状況を確認する。

ロスウェルに襲われたのは宿舎近くだった。今はどこかの部屋に連れて来られていて、灯《あか》りは抑えられているものの、厭《いや》に豪奢《ごうしゃ》できらびやかな空間だ。

頬《ほお》を伝う液体を拭《ぬぐ》うため手を動かすと、何故《なぜ》か自分の意思に反して腕が上がらない。ティナは疑問符を浮かべながら視線を下に向ける。

「な、なに？」

自分の置かれた状況に面食らった。

両手両足が椅子《いす》にがっちりとベルトで固定されていて、びくともしない。必死に身じろぐが、拘束されている手首が赤くなるだけで解放されることはなかった。

もう逃げられない。そう思った途端、背筋に冷たいものが走った。

「目覚められたようですね。気分はどうですか？」

顔を上げるとロスウェルがほくそ笑んで銀縁眼鏡《めがね》を押し上げていた。

「こう見ると本当にあだ名の通り兎みたいですね。罠《わな》にかかって怯《おび》えている」

ティナは首を縮めると、震える声を絞り出した。

「どういうことか、説明をしてください」

「ええもちろん。あなたは私の可愛《かわい》い兎——いいえ、モルモットですからねえ。ところで、セレスティナは殿下が今日の諮問会議で漸《ようや》く廃嫡になることは知っていますか？」

「え？」

ティナは耳を疑った。

カナルがフェリオンの息子に王位継承権を譲ったことは有名な話だが、それで王族の身分が侵されることはない。王宮騎士団の団長にまで上り詰め、二年前に勃発した戦争で隣国エレスメアに勝利し、平和条約まで結んだ功績はかなり大きいはずだ。

廃嫡にするなんてフェリオン国王陛下は何をお考えなのか！　とティナは理解に苦しんだ。

憂いを帯びた表情を浮かべていると、ロスウェルは鼻を鳴らした。

「殿下が廃嫡になるのが悲しいですか？　私は今日《きょう》という日が嬉《うれ》しくて堪《たま》りません。……むしろ廃嫡だけで済ませない。私が味わった絶望と苦しみを彼にも味わわせて差し上げます。そのために今まであれこれと手を尽くしてきたのですから」

（監督官は何を言っているの？　カナル様を恨《うら》んでいるみたいだけど、どうして？）

疑問が湧《わ》くばかりで思考が追いつかず、ティナは目を白黒させた。

ロスウェルは淡々と話を続ける。

「先の戦争が早くに終結した要因は、殿下が毒物兵器を使わなかったことで泥沼化しなかったからです。おかげで武器開発に多額の投資をしていた我がブロア家は大損害を受けましたよ。そして毒の研究を取り仕切っていた私は用済みとなり、今ではただの冴《さ》えない王宮仕えです」

ブロア家。ダンフォース公爵家に並ぶ名門公爵家の一つで、五代続く由緒ある家柄だ。昔は優秀な武官を多く輩出していたが、近年は武器開発に力を入れていた。

ところが、先の戦争終結と同時に武器開発事業は縮小してしまった。今後は貿易拡大に向けて鉄道事業に参入しようとしている。

ロスウェルはギリッと奥歯を噛《か》み締めて口惜しそうな表情を浮かべた。

「当初、私が開発した毒物兵器を使用してシルヴェンバルトの領土を広げるつもりでした。けれど殿下はそれを良しとせず、使わないで勝利した。あろうことかエレスメアを属国にせず、捕虜も捕らず、平和条約だけで片づけたのです‼」

「それの、どこが悪いことれすか……ふぁ、れ？」

突然舌が回らなくなってティナは目を見開いた。

舌が痺《しび》れてうまく発音ができない。答えを求めてロスウェルを見ると、ぞくりと背筋が凍った。

「ふふ。さっきの薬液が効いてきたみたいですね。痺れて喋りにくいでしょう？　そのうち身体も動かせなくなりますよ。でも安心してください。気を使って痛覚はいつも通りにしていますから……こんなふうに」

纏《まと》めていた髪を解かれると、力任せに引っ張り上げられる。

「いっ……あぁっ！」

ティナは涙を流し、苦痛の表情を浮かべる。

ロスウェルはティナの反応が良かったのか、恍惚《こうこつ》めいたため息を吐《つ》いた。

「はあっ。清純そうなあなたが今から私の毒で悶《もだ》え苦しむのを考えただけで興奮します」

ロスウェルはティナから離れると、テーブルに移動した。上に置かれているトランクを開けば、中には注射器と薬液の入った瓶が割れないようにベルトで固定されて並んでいる。

彼は慣れた手つきで準備すると、薬液を注射器で吸い上げた。

「最近は殿下が作った人身売買禁止法と人体実験禁止法のおかげで毒の実験がしにくいんですよねえ。でも、もしもその殿下が自分の部屋で侍女に実験をしていたら？　それがバレたらどうなるんでしょうね？」

それを聞いて、ティナはここがカナルの寝室なのだと理解した。

もしもこの現場を第三者に見られたら、自分のせいでカナルの立場が悪くなってしまう。ティナは必死に身体を揺すった。しかし、ロスウェルが言っていた通り、身体《からだ》は徐々に力が入らなくなって鉛のように重く動かない。

どうにか動く首を何度も横に振る。と、彼は嫌がるティナを見て納得したように掌《てのひら》にぽんと拳を乗せた。

「嗚呼《ああ》、私としたことがすみません。実験をする役は見知った顔の方が安心しますよね？　おまえ、

「ここへ来なさい」

暗がりからぬっと出てきたのは黒装束の男。ロスウェルはその男に顔を見せるように言いつける。男は頷《うなず》くと、覆っていた布に手をかけた。布がはらりと床に落ち、現れた顔にティナの心臓が大きく跳ねる。

「エド……ガさ……」

ティナは目の前の人物を見て愕然《がくぜん》と凍りついた。

(どうして？　エドガさんはカナル様の護衛兼侍従。一番身近である騎士がカナル様を裏切るなんて)

理解に苦しむティナの表情を読み取ったエドガは側頭部を掻《か》きながら、口を開いた。

「俺《おれ》は騎士道なんて重んじてない。俺の腕を買って、大金を注ぎ込んでくれる側に付く」

今まで気だるかったエドガの顔がキリッと引き締まった顔つきになる。瞳に宿る光は鋭く、彼が本気だと分かるとティナは底知れぬ絶望に襲われる。

「さて、セレスティナの顔つきも素敵になっていることですし始めましょうか。エドガ、症状を観察するから先に服を脱がせなさい」

「かしこまりました」

エドガは腰からナイフを取り出すとティナに近づいた。

涙を流すティナは回らない舌を動かして、やめてと懇願する。しかし、エドガが動じることはない。

「静かにしろ」

抑揚のない声でそう告げると、エドガは無遠慮にティナの胸へとナイフを持つ手を伸ばした。

＊

諮問会議が開かれる議会場の出入り口近くでカナルは立っていた。表面上取り繕ってはいるが、心の中は後悔でいっぱいになっている。

昨日、カナル宛に衣装入りの箱が送られてきた。差出人も包装もなく、王宮の衣装係が使うわれていたために自分が開封するよりも先にティナがそれを開けてしまった。

迂闊《うかつ》だった。メグの一件もあり、王宮内には自分を目の敵にしている者が思っていたよりも潜んでいることは分かっていた。牽制《けんせい》するためにカナルは白亜宮の外の衛兵を増やしたり、白亜宮内には人知れず警備の人間も配備したりした。これまで対処してきた刺客のことを考慮すれば、向こうは自分以外の関係のない者は手出ししない。今回も自分だけを狙《ねら》ってくるはずだと過信していた。しかしそのせいで再びティナを危険な目に遭わせてしまった。

ティナ本人は気づいていなかったが、あの箱の中に入っていたのはただの衣装ではなかった。あれには親指の爪《つめ》くらいの大きさの毒グモがついていた。

毒グモの体色は黒色をしていて、足先だけが赤い。衣装は保護色になるよう毒グモに合わせて黒色の生地に赤い糸の刺繍《ししゅう》がされていた。注意深く見なければ簡単には見つけられない。ティナが手にしたジャケットには毒グモが数匹、刺繍に紛れてついていた。毒グモの僅《わず》かな動きを見逃さなかったから発見できたものの、もしあれに気づかなかったらと思うと肝が冷える。

毒グモに咬《か》まれれば神経毒によって咬まれた箇所から痛みが生じ、その激痛は血液の循環によって全身に広がっていく。死亡リスクは低いものの、毒が抜けるまでの数日間は激痛に耐えなくてはいけない。

要するに向こうは殺せなくてもいいから、とにかく今日の諮問会議にカナルを出席させたくなかったのだ。そのためにわざわざ毒グモ入りの衣装を前日に寄越してきた。

カナルは思わず眉間《みけん》に皺《しわ》を寄せる。

（もしも、ティナが毒グモに咬まれていたら……）

そこまで想像して下唇をきつく噛みしめた。

ティナは既《すで》にルリアンの毒で倒れてしまっている。これ以上の毒は彼女の身体には危険だ。

一番悔しかったことは、彼女をこの件に巻き込んでしまっていることだ。王宮内でのカナルは制約が多すぎる。もうすぐ決着がつくにせよ、これではティナを守るどころか危険に晒《さら》す一方だった。

カナルは拳《こぶし》をきつく握り締めた。自分への不甲斐《ふがい》なさと相手の外道な行為に対する怒りを覚える。

黒幕は恐らく最後まであがきをみせるはずだ。それなら今からでも安全な自宅へティナを帰した方が得策だと判断して、急遽《きゅうきょ》彼女を解雇した。

これ以上巻き込みたくないので理由は話さない。話せるとしても全《すべ》てが終わって、解放されてからだ。でなければ、ここ数年耐え忍んできた努力が水の泡になる。

（正直、俺がティナと同じ立場だったら理不尽な対応に怒る。裏切られた気持ちになってショックを

受けるな）

ティナはひどく傷つき、そして突然の解雇に納得していなかった。どうして解雇するのか質問されても理由はないと突っぱねるしかなかった。

馬車を手配してすぐにでも帰したかったが、諮問会議と舞踏会の前日とあって王宮内は慌ただしい。特に前日は上流階級以外の人間の出入りが最も激しい。反対に諮問会議と舞踏会当日は昼から上流階級の出入りをする人間でごった返す。

苦慮した末にティナは当日の朝に家へ帰すことにした。それまでの間は宿舎で謹慎させておく。夜と明け方の間は騎士団の部下を念のため送り、物陰から見守るように指示も出した。日が昇れば相手は表立って行動できないだろうし、そのうち馬車の手配が整うだろう。

今は無事に馬車に乗り込んで自宅へと向かっている最中だろうか。

カナルは胸ポケットに入れたハンカチをおもむろに取り出し、刺繍をしげしげと見つめた。やがて刺繍された図案をそっと指でなぞった。ラベンダーと白い鳥の組み合わせは現代版では『あなたの心が安らぎますように』という意味がある。しかし、古い意味はもう少し違ってくる。

ティナから受け取った時、カナルは古い意味で受け取ってしまったがために衝撃を受けた。そのせいでティナの説明を聞き逃してしまった。

現代版と古版では、意味がまったく違ってくるものもあれば、古版の派生からきているものもある。ティナから贈られた刺繍は古版から派生した意味を持つ。そして、古い意味は現代よりも直接的な表現を持っていた。

カナルは古い意味で受け取ったため、ティナへの振る舞いに罪悪感をより一層覚えてしまう。自分が情けなくて仕方がない。

（そもそもティナはこの刺繍の意味をちゃんと分かってるのか？　現代版は……まあ普通だが、古い意味は直接的な表現だ。傍《はた》から見たらティナが大胆な行動に出たと思われてしまう。……それにしても、これはどの俺に対しての贈り物だ？　カナルが男色だということは忘れてはないだろうし）

カナルはいつの間にか自分の思考が脱線していることに気づく。ふうっと小さく息を吐くと、襟元を正した。

（今は全てを終わらせる重大な局面だ。気を緩めるな）

そう自分に言い聞かせ、胸ポケットにハンカチをしまうと議会場へと進んだ。

中に入ると天井の高い空間が広がっている。壁面にはタペストリーが飾られ、窓にはめ込まれたステンドグラスは厳かな雰囲気を醸し出している。床には赤い絨毯《じゅうたん》がまっすぐに延び、その先の壇上の上には繊細な金細工が施された玉座がある。手前の絨毯の両サイドには彫刻が細部にまで施された長机と椅子が設置されていた。

席は玉座から入り口に向かって上位から下位と階級が決まっており、机の上には名札が置かれている。

カナルは辺りを見回した。場内にいる当主の数はまばらで互いに談笑している。それなのに、この漂う厳格な空気は何だろう。そう思って首を傾《かし》げたが、ああっと心の中で声を上げた。

前方に立っている女性を見て納得する。

彼女はカナルの視線に気づいたようで、話していた相手に軽く挨拶《あいさつ》を済ませると、軽快な足取りでこちらにやって来た。

「お久しぶりです。カナルジーク殿下」

ライラック色のシックなドレスを着た、美しく歳《とし》を重ねた女性が凛《りん》とした声で話しかけてくる。他《ほか》の当主たちとは違う厳かな雰囲気を醸し出しているせいで自然と背筋が伸びてしまう。

(はあ、身内なのにこういった場所では必ず形式的だな)

カナルは肩を竦《すく》めると、彼女にならって公の場に相応《ふさわ》しい礼をする。

「お久しぶりですわ、ダンフォース公爵夫人。お変わりないようで何よりです」

ダンフォース公爵夫人。彼女はフェリオンやカナルの父である先王の妹君。つまり、カナルの叔母に当たる。そして、かつてティナが行儀見習いをしていた奉公先だ。この家はかなりのスパルタで、奉公を嫌がる令嬢が多いと聞く。

その原因は目の前に立っているこの夫人のせいだ。彼女自ら令嬢に仕事を指示し、さらには仕草や立ち居振る舞いなどの細かい指導を行う。それはもう悪魔のような厳しさで。

以前、どうしてそこまで厳しくするのか尋ねたことがあるが、彼女は艶然《えんぜん》と微笑《ほほえ》んで「あら、そんなことないわよ?」と惚《とぼ》けるだけだった。

大体彼女がその笑みをする時は、腹の中で何か企《たくら》んでいることをカナルは知っている。何度か問いただしてみたのだが、結局適当に受け流されるばかりで教えてもらえなかった。

（この人の元で行儀見習いなんて、ティナはよくできたものだ……いや、俺も今までの侍女にしてきたことを考えると血は争えないか）

カナルは微苦笑を浮かべると、視線を動かしてから口を開いた。

「今日も公爵の代わりにご出席ですの？」

「ええ、夫は忙しいですから」

諮問会議は当主出席が習わしであるが、ダンフォース家に限っては夫人が出席しても良いとされている。王族の血を引いている彼女に「当主でもないのに会議へ顔を出すな」なんて王族以外の者は口が裂けても言えない。言えるのはきっとダンフォース公爵くらいだが、彼はいつも国王陛下に任された仕事で忙しい。結局、こういった召集の場には常に夫人が出席しているため、今ではこれがあたりまえとなっている。

夫人は近くに誰もいないことを確認すると、手にしていた扇を開き、それを口元に寄せて声を潜めた。

「カナル。部下を過信するのは良くないと思うわ。気をつけなさい」

「はい？」

カナルは眉《まゆ》を顰《ひそ》めた。

まったくこの夫人は。当事者だけが知るはずの情報をどこからともなく仕入れてくる。それに毎回忠告はするのに肝心なことは口にしない。それをしないのはこの状況を傍観者として楽しむためか、はたまた当事者を成長させるためか——どちらにしても質《たち》が悪い。

「それは、どの立場で言ってるんですの？　問題ありませんわよー、叔母様？」

「さあ、どの立場でしょうね？　でもそのハンカチを作ってくれた子が大切ならなおのこと自分で対処することね」

カナルは苦い顔をする。

(なんでハンカチのことまで知ってるんだ！　諮問会議が終わればあとは自分で手を打つし、会議中に問題が発生した場合はエドガに対処するように言ってある)

——それなのに、今の忠告を聞いて胸騒ぎがしてならない。

カナルはおもむろに胸ポケットの上に手を当てる。不安を覚えていると賑《にぎ》やかな声が場内に響き、次々と各当主が姿を現した。中にはブロア公爵、アゼルガルド伯爵もいる。各々、挨拶を交わしながら自分の席に座り始めていた。

まばらだった席は埋まっていき、徐々に緊張感が漂い始める。カナルはブロア公爵を横目で確認すると「先に席につきます」と夫人に告げた。形式的な挨拶を済ませ、カナルは自分の席へと向かった。


一人残された夫人はカナルの背を見ながらため息を吐いた。

「あの子、呆《あき》れるくらい不器用ね。嫌なところばかり父親そっくりで……世話が焼けること」

誰にも聞こえない声で文句を言う。

しかし、すぐに無邪気な笑みを浮かべた。

「今日はブロア家の方で大騒ぎ。その後はうちと……アゼルガルド家ね」

夫人は扇を畳むと、カナルのあとを追うように席へと向かった。

＊

胸元にひんやりとした無機物の感覚がする。

ティナは息を殺してエドガの行為に耐えていた。

恐怖心を煽《あお》るように、ゆっくりとシャツのボタンが切り落とされる。ボタンは床へと転がり落ちてあちこちに散らばっていく。最後のボタンが取られると、エドガにシャツを掴《つか》まれて前を開かれる。

隠れていたコルセットとシュミーズが露《あら》わになった。こんな姿をティナは今まで男性に見られたことはなかったし、あのダグラスにでさえここまで酷《ひど》いことはされなかった。

（エドガさん、お願い、お願いやめて。……助けて！）

恐怖と羞恥《しゅうち》でいっぱいになったティナは息苦しくなり、浅い息を繰り返す。症状は悪くなるばかりで意識が朦朧《もうろう》としてきた。

エドガはティナに覆い被さると、シャツと背中の間に手を入れて探るように触り始める。

ティナは彼が何をしているのか分からない。やたら身体を触られ、それに耐えるようにきつく目を閉じる。と、今まで苦しかった胸の圧迫感がなくなった。

コルセットの締め紐《ひも》が解かれたのだと理解する。圧迫が消えてうまく息ができるようになった。

ゴーン……ゴーン……。

王宮の時計塔から鐘の音が微《かす》かに聞こえてくる。舞踏会が開かれるその時だけ、王宮の時計塔は鐘を鳴らす。眠っていたせいで分からなかったが今は舞踏会が始まる時間帯らしい。

ティナはうっすらと目を開けて、ぼんやりとする頭の中でカナルの身を案じた。

（今は何時なの？　カナル様はご無事なの？）

舞踏会が始まったなら、諮問会議はもう終わっているはずだ。

（今どうしていらっしゃるのかしら。嗚呼、廃嫡にされてしまうのに私のせいでもっと立場が悪くなってしまう。ごめんなさい、カナル様――）

「他のことを考えられるのか。随分余裕そうだな」

そこでティナは現実に引き戻された。

エドガの手は止まっていなかったのだ。コルセットのハトメに交互に通された紐が解かれていく。

それが分かった途端、ティナは悲鳴に近い声を上げた。

「ああっ……エ、ドっ。いあああっ！」

「嫌じゃない」

エドガは泣きじゃくるティナに淡々とした言葉をかけた。ナイフを彼女の頸動脈《けいどうみゃく》に押し当てて静かにするよう脅迫する。

ティナは再び恐怖のどん底へと落とされた。どんなに歯を食いしばっても声が漏れて出てしまう。

繰り返される脅しと辱《はずかし》めによってティナの心は疲弊していった。ふと視線の先に、テーブル上の注射器が視界に入る。

薬を投与されてしまえば、もうもとには戻れない。その先に待っているのは壮絶な苦しみと一瞬にして訪れる——死。

今のティナに、この状況を脱する術《すべ》はない。受け入れる道しか残されていないのだと諦観《ていかん》した。

(父様、姉様。私のことをずっと心配してくれていたのに……ちゃんと勇気を出して打ち明けていれば良かったんだわ。——ごめんなさい)

ティナは一筋の涙を流した。完全に絶望へと落ちた彼女の瞳からは、光が消えていく。虚《うつ》ろな表情を浮かべ、とうとう何の反応も示さなくなった。

エドガは身を起こすと人形のようになってしまったティナを一瞥《いちべつ》した。そして、考える素振りを見せて天井に近い壁を見据える。

書き物の準備をしていたロスウェルは手の止まっているエドガを見て訝《いぶか》しんだ。

「何故手を止めているのです？　全て脱がせてさっさと薬を投与しなさい。前金はちゃんと払ったでしょう？」

ロスウェルが咎《とが》めるようなきつい口調で言う。それでもなお、エドガはじっと遠くを見つめていた。

やがて、ティナから離れると小さく息を吐く。

「……この状況、俺はそそりません」

寸の間、ロスウェルはぽかんとした表情をする。しかし、エドガが何を考えているのか悟るとニヤニヤと笑った。

「ははあ。所詮《しょせん》はあなたも欲求不満の男というわけですか。分かりましたよ。時間が惜しいのでやるならさっさと済ませなさい」

エドガは黒装束の上を脱ぐとティナの乱れた上半身を隠すように被《かぶ》せた。

庇《かば》うようにティナの前に立つと、鋭い表情で睨《にら》む。

「俺には倒錯趣味はありません。それと、そんな恐ろしいことよくこの状況で言えますね」

エドガが言い終えるのと扉が勢いよく開いたのは同時だった。ぞろぞろと王宮騎士団の騎士たちが中に入って来ると、あっという間にロスウェルを取り押さえる。

「ぐっ、なんですこれは！」

「噂《うわさ》には聞いていたが想像通り悪趣味だな」

廊下から低い声が響いた。

ティナの心臓がドクン、と大きく跳ねる。声に反応した彼女の瞳にはすっと光が戻った。

聞き覚えのある低い声――それはカナルが素に戻った時の声にそっくりだった。彼が助けに来てくれた。ティナはそう思った。だが、現れたその人はカナルではなかった。

灯りで照らされる髪はカナルの淡い金色ではない白銀色。何故か目元は仮面舞踏会で使われる黒のアイマスクで隠され顔が分からない。

仮面の男が入って来ると部屋は強烈な殺気で満ち、ティナは彼が只者《ただもの》ではないとひしひしと肌で感じとった。彼は流れるようにティナからエドガを見るとドスの利いた声で言う。

「随分楽しんだみたいだな。部下を過信するなと忠告をもらったが本当だった」

濃厚な殺気がエドガに放たれる。しかし、エドガは殺気に当てられてもけろっとしていた。寧《むし》ろ不満げに僅かに眉を顰める。

「心外な。あなた様の到着が遅いのです。あと、監督官からもらった金額の少しは働こうと思いまして」

「悪いがその金は没収させてもらう」

エドガは口元に手を当てると「嘘《うそ》でしょう」と呟《つぶや》いて大仰に肩を竦めてみせる。

今まで黙っていたロスウェルが二人のやり取りに眦《まなじり》を吊《つ》り上げる。

「エドガ！　おまえまさか、私を裏切ったのですか⁉」

肩を震わせるロスウェルに対し、エドガが楽しそうに口角を上げた。

「いいえ。裏切るも何も金は俺の懐には入って来ませんから、契約はなかったことになります。それと、どんなに金を積まれても、自分の主人の命には逆らえません。なので俺はもともとこちら側の人間ということになります」

エドガは二重スパイだった。

ロスウェルは自分が罠《わな》に嵌《は》まっていたことに知り、悔しげに歯を噛み締める。そして仮面の男が冷めた声でさらに追い討ちをかけた。

「分かってるとは思うが、雇っていた暗殺部隊は全てこちら側で手配した傭兵《ようへい》だ。おまえはもう何もできない」

ロスウェルは屈辱と憎悪に満ちた視線を仮面の男に向ける。

「はん。どうせカナルジークは兄の、ブロア公爵の力で廃嫡になります。おまえたちを守る後ろ盾はいなくなるんですよ！　今私にやっていることを後悔するといい。公爵が知れば王宮騎士とはいえ、ただでは済みませんよ‼」

ロスウェルが青筋を立て、騎士たちをぐるりと睨みつけると廊下から足音がした。

ティナが視線を動かすと入り口には書類を抱えた騎士と五十代半ばの逞《たくま》しい髭《ひげ》を生やした貴族の男性が現れた。

ロスウェルは現れた貴族の男を見るなり声を上げる。

「兄上！　この無礼な者たちを厳罰に処してください。何故私がこんな目に⁉」

兄上と呼ばれた男――ブロア公爵は手を上げて制した。そして、横に控える騎士にちらりと視線を送る。控えていた騎士は頷くと丸めていた書類を広げて読み始めた。

「本日の諮問会議における『カナルジーク殿下の処遇』に関する議論は協議の結果、廃嫡及び国外へ永久追放とすることが決定した。明朝までに手はずを整えるが、それまで殿下は王宮の一室にて軟禁することとなった……」

話が進むにつれてロスウェルの顔はだんだん険しくなっていく。

「廃嫡及び国外へ永久追放？　たったそれだけですか、この男に科される罰は⁉　これだけでは全然足りません。私の名誉を傷つけ、生きがいを奪っておいて‼」

「静かに監督官――いいやロスウェル卿。ここから先はもっと大事なことが書かれている」

仮面の男は注意すると、騎士に続きを促した。

「続いて争点となった『ロスウェル卿の処遇』に関する議論は紛糾。数時間にも及んだ協議の末――王国最南端の離れ島にて無期限の幽閉となった。これはブロア公爵の財産を横領した罪と度重なる毒物を使った婦女暴行により、事態が深刻であると判断されたためである――内容は以上になります」

「はい？」

ロスウェルは言われた意味が分からないといった様子でぽかんと口を開けた。

恐らく、今まで通りなら兄のブロア公爵が文官に根回しをして罪を隠蔽《いんぺい》してくれていたのだろう。今回も咎められることはないと高を括《くく》っていたようだ。しかし、たった今聞かされた諮問会議の結果は彼が思い描いていたものとは違う。

ロスウェルの額からドッと汗が噴き出した。

顔を青くさせて救いを求めるようにブロア公爵を見る。と、ロスウェルとは対照的にブロア公爵は穏やかな表情をしていた。

「ロスウェル。おまえは可愛い弟であり、武器開発で多くの業績を残す優秀な研究者だった。だから武器開発事業が縮小してしまっても何不自由なく生活できるように王宮仕えにもした」

しかし、ブロア公爵は穏やかさの下に隠していた怒りの感情を露わにし、激昂《げっこう》した。

「なのに私の金を横領し、その金で闇市《やみいち》から女子供を買って人体実験していたとは。それにカナルジーク殿下に手を下そうなどなんと愚かか!!　恥を知れ!!　――おまえには心底がっかりした。もう弟でもブロアの人間でもない！　二度とその面を見せるな!!」

吠《ほ》えるように吐き捨てると、踵《きびす》を返して一人部屋を後にする。

ロスウェルは魂が抜けたように呆然《ぼうぜん》とした。首を垂れ、うわ言のようにブツブツと呟く。

「……そうですか。家を守るためにこの私を切り捨てるというんですね……フフフッ。そんなことさせるものですか、私一人だけ地獄行きなんて。アハハッ……ソンナコト絶対サセナイ!!」

ロスウェルは狂ったように不気味な笑い声を上げた。

ティナはロスウェルの気が触れたと思った。周りも同じことを考えているようで皆、戸惑っている。

部屋全体に漂っていた緊迫した空気が変わった。

ロスウェルはその一瞬の隙《すき》を突き、自身を取り押さえていた騎士の腕を振り払うと振り向きざまに殴り倒した。

騎士がドサリと音を立てて後ろへ倒れると同時に、ロスウェルは転がるようにして立ち上がる。

テーブルの注射器を手にすると懐から拳銃を取り出して騎士たちに向かって発砲した。

銃弾が騎士たちの身体に食い込み、悶え苦しむ絶叫と共に血飛沫《ちしぶき》が上がる。

ロスウェルはさらに高笑いをした。

「アッハハハハハッ！　人の苦しむ姿ほど最高なものはありませんねえ」

ティナは初めて見る残虐な行為に、気絶しそうになった。ふと前に立っていたエドガを見ると、肩をきつく押さえている。

彼はちらりとそれを確認する。その表情は眉根《まゆね》を寄せ、歯を食いしばっていた。

ティナは怪訝《けげん》そうに見つめた。と、彼の白のシャツに鮮血がじわりと広がっていく。

（エドガさん……！　私を庇ったせいで。……どうして、監督官はあんなに楽しそうに笑っているの？　どうして――）

エドガが自分を庇って弾を受けたのだと分かると、目の前がぐらぐらと揺れ始め視界がぼやける。心臓を握り潰《つぶ》されるような痛みと苦しさに襲われた。ティナはちゃんと息ができているかも分からなくなった。ただ、もがくように忙《せわ》しなく息をする。と、仮面の男がティナの前に現れるなり、彼女の目元を手で覆った。

「あっ……」

「彼は強いから心配ない。自分を責めるな。ゆっくり息を吸って吐いて」

逼迫《ひっぱく》した状況だというのに、彼の声色はとても落ち着いていて穏やかだ。顔に触れる手の温もりが伝わって、不思議と安心感を覚える。何度も大丈夫と聞かされて、徐々に胸の苦しさが消えていった。

ティナが落ち着いたと判断すると男は「良い子だ」と言って優しい手つきで頭を撫《な》でる。そして、ティナとエドガよりも前に立つと、拳銃を構えてロスウェルへ一発撃った。銃弾はロスウェルの拳銃に命中し、その衝撃で手から離れる。

「そこまでだ。どちらにしろその銃は弾切れだろう？　もう残された道はないぞ」

ロスウェルは血走った目で男を睨むと歯を剥《む》き出して唸《うな》り声を上げた。が、一目散に廊下へ走っていく。仮面の男は動きを封じようと足を集中的に狙って撃つ。

理性を失いただの獣と化したロスウェルは足を撃たれ、血を流しても止まることはなかった。そのまま部屋を飛び出すと程なくして、ブロア公爵と思われる男の断末魔の絶叫が廊下に響く。

あの薬を血の繫《つな》がった実の兄であるブロア公爵に打ったのだろうか。

ただの杞憂《きゆう》であって欲しいとティナは思った。

怪我《けが》をしているにも拘《かかわ》らず、エドガはすぐにまだ動ける騎士を率いて廊下へと飛び出した。外から彼らの喧騒《けんそう》が聞こえてくる。仮面の男は周囲を見渡してから部屋の隅で一人呆然と立ち尽くす騎士に目をやった。それはブロア公爵と共にやって来た書類を持った騎士だ。その騎士に近づくと、肩にそっと手を置いた。

「ショックを受けているところ悪いが、医務官と応援を呼んでもらえるか？」

石化したように固まっていた騎士は仮面の男に手を置かれた途端、魔法が解けたみたいにビクリと大きく身体を揺らした。彼はここで動けるのは自分しかいないと判断すると、何度か頷き、エドガたちが向かった先とは逆方向へ全力で走っていった。

✿六章　隠されていた真実

ランプの温かみのある光に照らされた明るい空間。

遥々《はるばる》遠い国からやって来た客人が寛《くつろ》げるように造られたこの部屋は落ち着いた色合いの内装で統一されていた。

ここは白亜宮とは反対側に位置する外交儀礼エリア内の一室。

ティナは侍女たちにコルセットを締め直してもらい、新しい服に着替えさせてもらった。今はドレッサーの前に座り、髪を梳《と》かしてもらっている。

テーブルには熱いお茶が注がれて湯気が立つ。香りのよいお茶を一口飲めば、冷え切った心が芯《しん》まで温かくなるような気がした。正直、奉公である身なのにこんな待遇を受けていいのか些《いささ》か疑問ではある。が、宿舎に帰って独りになるのはとても怖かった。

（今夜くらいご厚意に甘えさせてもらってもいいわよね）

ティナは先ほどの事件を思い出すと、途端に表情を曇らせた。

エドガたちが部屋に戻ってくると、ロスウェルはブロア公爵に薬を打って殺し、彼自身は忍ばせていた毒で自害したと聞かされた。その後、応援に駆けつけた騎士たちや医務官によって事後処理と治療が始まった。幸い、仮面の男が撃たれた騎士たちの応急処置をしていたことで重症化は免れたようだった。

ティナは彼に拘束を解いてもらうと、そのまま抱き上げられてこの部屋まで運ばれた。

薬はそのうち抜けるから心配ないこと。今朝《けさ》の時点で安全のために舞踏会が明日に延期されていたこと。そして、カナルは廃嫡となり、国外追放だがそれ以上は何も問われていないこと。

ここに来るまでにティナの心の内を察してか、安心する言葉をたくさんかけてくれた。男は侍女を数人呼ぶと世話をするように言いつける。そして、現場に戻ると言ってすぐに去ってしまったのだった。

(あの人に、お礼を言いそびれちゃった)

恐ろしい体験をしたショックで気が回らなかったとはいえ、彼は何度もティナの心を救ってくれた。その恩人へ感謝の言葉を伝えられなかったことに反省していると、扉を叩《たた》く音が聞こえてきた。

侍女が扉を開けば、着替え終えたエドガが立っている。その表情は侍従の時の気だるいものでも、騎士の時の勇ましいものでもない。自分を責めるような暗い表情だった。

「エドガさん！　肩のお怪我は大丈夫ですか？」

ティナが駆け寄ろうとすると、エドガは部屋に入るなり顔を伏せて跪《ひざまず》いた。

「申し訳ございません。主《あるじ》にあなたを守るよう言いつけられていましたが、二重スパイとはいえ、あちらに加担してしまったことを深くお詫《わ》びいたします。さらに仲間が来るまでの時間稼ぎとはいえ、あなたを辱《はずかし》める行為を致しました。謹んで罰をお受け致します」

エドガは今、ティナを同僚の侍女ではなく伯爵令嬢として扱っている。

ふと、ティナはエドガの今後のことを考える。令嬢にあんなことをすれば家同士の火種になりかねないどころか彼が厳罰に処されることは想像に難くない。

ティナは眉尻《まゆじり》を下げ、俯《うつむ》いた。

（あれは私がパニックを起こして過呼吸になりそうだったから助けてくれただけ。エドガさんに非はないわ。でも、第三者から見れば、あの状況での行為は犯罪と見られてしまう。誰かに糾弾されてしまえば、エドガさんは……）

嫌な考えを霧散するようにティナは手で払った。

「顔を上げてください。まずは助けてくれたこと感謝します。私の方こそエドガさんに酷《ひど》い怪我を負わせてしまいました。これでその件のことは帳消しにしましょう。お咎《とが》めがないよう、私の方から父にお願いしてみます」

「あれは俺《おれ》の力不足によって招いたものです。俺の主は赦《ゆる》さないと思いますし、俺の気も済みません」

ぱっと顔を上げたエドガの表情には罰を受ける覚悟があった。ティナはたじろいだがエドガの思いを受けて目を伏せる。

彼は本気だ。本気で罪を償おうとしている。

それならば――。

ティナは再び目を開けると、エドガに近づいて彼を見下ろした。

「そうですね。あれは私にとって今までにない怖い体験でした。本音を言えば、エドガさんのことまだ赦せないって気持ちがあります。あんなやり方なかったんじゃないかって。だから、私からの罰を受けてください」

ティナは侍女たちに聞かれぬよう、小さな声で続けた。

――どうか私をカナル様のところへ連れて行って。

本当なら、軟禁状態にあるカナルには関係者以外面会できない。それは分かっている。しかし、ティナは最後にもう一度だけ会いたかった。

(カナル様にはたくさん訊《き》きたいことがあるもの)

どうして突然解雇を言い渡したのかその理由だってまだ教えてもらっていない。廃嫡になることも彼の口から直接聞きたかった。

ティナがまっすぐ見つめると、エドガは目を見開いた。が、真顔になって立ち上がる。

「かしこまりました。ではこちらへ」

「ええ。お願いします」

ティナは侍女たちに下がるように言うと、そのままエドガの後ろに続いた。

＊

案内された場所はとある塔の最上階。いつの間にか雨は止《や》み、廊下の大窓から満月の光が煌々《こうこう》と降り注ぐ。廊下の突き当たりにある部屋の扉の前に立つと、エドガが扉を叩いた。少し間を置いて、微《かす》かに籠《こ》もったような返事が聞こえてくる。

エドガが扉を開けてくれたので、ティナは礼を言って中に入った。

「カナル様」

ティナはこちらに背を向け、窓の傍《そば》で佇《たたず》む彼を見つけると名前を呼んだ。月明かりに照らされる彼は、後ろ姿からでも分かるほど神秘的な美しさを纏《まと》っていた。

カナルはティナの声に僅《わず》かに反応したが、振り返ることはなかった。空を仰いで、じっと満月を眺めている。

「カナル様！」

ティナは再度名前を呼んだ。

足を踏み入れた部屋は壁に備えつけられたランプが一つ点《とも》っているだけで薄暗い。つい先ほどまで明るい場所にいたせいか、ティナは部屋全体がよく見えていなかった。

徐々に目が暗さに慣れてくると、そこはベッドとテーブルが置かれただけの簡素な部屋。王宮使用人の宿舎と変わらない造りだった。

ティナはカナルが既《すで》に王族ではないということを嫌でも思い知らされた。唇を噛《か》み締めると、まっすぐに部屋の奥へと足を進める。と、中央に差し掛かったところでカナルに呼び止められた。

「それ以上は来ないでちょうだい。私はもうあなたの主人ではないし、あなたももう侍女ではないわアゼルガルド嬢」

ティナは息を呑《の》んだ。

カナルの声はいつもの調子で高めなのにまるで違う。初めて聞く冷たい声色だった。その上『アゼルガルド嬢』という仰々しい呼び方に変わっていて、ティナの胸はズキリと痛んだ。

もうカナルの侍女ではないので彼の態度は正しい。そうだと分かっていても拒絶されてとても悲しくなった。

(今は傷ついている場合じゃないわ。明朝まで時間だってないんだから)

自分に何度も言い聞かせ、胸の辺りを手で押さえる。真顔になると、未《いま》だこちらに背を向けるカナルをティナはしげしげと見つめた。

「……カナル様は今日《きょう》のこと、監督官が謀反を起こすことをご存じだったのでしょう？　メグを脅したのも彼で。昨日《きのう》私を突然解雇したのは、私が危険な目に遭わないようにするためですよね？」

カナルは沈黙を貫いたまま答えない。それを肯定と捉えたティナは話を続ける。

「監督官が怪しいと踏んでいたのに、早い段階で行動しなかったのは何故《なぜ》ですか？　謀反が起きる前に暴いてしまえば良かったのに」

エドガをスパイとして送り込んでいたのなら、もっと早くから手を打てたはず。公爵もロスウェルも死なずに済んだかもしれない。それなのに、そうしなかった理由は何なのか。

ここに来るまでティナは冷静に考えてみたが分からなかった。

一方、カナルもティナにどう説明していいのか分からず、悩んでいるようだった。部屋には暫《しば》し沈黙が流れ、互いの呼吸する音だけが微かに聞こえてくる。

ティナが沈黙に耐えかねてそわそわし始めるとカナルが重たい口を開いた。

「とっても危険な目に遇わせてしまってごめんなさいね。あなたがそう思うのは無理もないこと。でも、あそこまでしないとブロア公爵諸共捕まえることはできなかったのよ」

「ブロア公爵を捕まえる？」

ティナは首を傾《かし》げて心の中で思索する。

先の戦争でカナルが毒物兵器を使用しなかったことから、ブロア家は武器開発事業で莫大な損害を被った。けれど、その負担が軽くなるようにと、王家から救済措置が出たと聞くし、その話以外に目立った話は聞いたことがない。一体何をしでかしたのだろう。

そこまで考えていると、カナルがことの顛末《てんまつ》を語ってくれた。

王家は先の戦争でブロア家が受けた損害の半分以上を肩代わりすることで没落から救おうとした。しかし、公爵はそれだけに飽き足らず、自身の財務大臣という身分を濫用して国庫からも金を着服していたらしい。

今回の諮問会議は表向きではカナルの廃嫡問題についてだったが、実際はブロア公爵糾弾の場として設けられたものだった。

しかし、ブロア公爵も馬鹿《ばか》ではない。万が一露見してしまったことを想定して国から着服した金の一部をロスウェルに渡していた。そうすることで未だに禁止された人身売買や人体実験に手を染め、毒物研究を続ける彼に全《すべ》ての罪を擦《なす》りつける算段だったようだ。

「ご丁寧に書類まで偽装してくれちゃって。いろいろと追及に時間がかかったの。そのせいであなたを救うことが遅れそうになったから、一度陛下に納得したフリをしてもらって監督官の処遇だけ決めたわ。公爵を現場に連れて行けば、裏切られたと知った監督官が何か仕掛けてくると踏んでね……結果的に死なせちゃったけど」

ティナからはカナルの表情は見えないが、語尾に連れて弱々しくなった声色と肩を落とす姿から、自分を責めているのだと気づいた。

どう声をかけるべきか思いあぐねていると、入り口で控えていたエドガがこちらへとやってきた。

「監督官は幼い頃《ころ》より毒物に興味を持ち、たくさん生き物を殺してきました。自分たちも殺されるのではないかと使用人たちから恐れられ、両親からも疎《うと》まれ、気味悪がられて育ったそうです。しかし唯一彼の味方だったのが、兄のブロア公爵でした。監督官の中で兄という存在は自分を裏切らない絶対の存在になっていたのでしょう。今回はその兄にも裏切られ、捨て駒《ごま》にされ、最期は発狂してしまったようです」

ティナはロスウェルの境遇を聞いて哀憐《あいれん》の情を寄せる。

もしかすると、ロスウェルは毒物開発に多大な功績を残すことで兄にもっと愛してもらえると思っていたのかもしれない。けれどそれがいつの間にか彼の生きる意味にすり替わってしまっていた。

他《ほか》に誰《だれ》かが彼を受け入れていれば――愛していれば、きっと今回の最悪の事態は免れたのではないか。

そんな思いがティナの頭の中を過《よぎ》った。

「これで訊きたいことは訊けたんじゃなーい？　アゼルガルド嬢、夜更けにこんな場所に来るなんて淑女のすることじゃないわ」

また突き放すような言葉をかけられて悲しくなる。ティナは瞳《ひとみ》から涙が零《こぼ》れそうになるが下唇を噛み締めて耐えた。

落ち込んでいる暇はない。それにまだ帰れない。まだ訊きたいことがある。

「それとも―、私が助けに来なくてガッカリしたことを言いに来たの？」

「……いいえ。カナル様、あなたはあの場にいらっしゃいました」

ティナはスカートを握り締めると勇気を振り絞った。

「あの仮面の男性はカナル様ではないのですか？」

彼の声がカナルの素に戻った時の声にそっくりだったから。だが理由はそれだけではない。それだけなら、ティナは仮面の男とカナルをイコールでは結びつけない。

「エドガさんが撃たれて私がパニックを起こした時、仮面をつけた男性が私の目元を隠してくださいました。その触れた肌の感覚や話の間の取り方はカナル様が本性に戻られた時と同じです。衣装室でわざわざ本性を見せたのは、私の恋愛不感症の克服だけでなく、今回のことを予見していたからでしょう？」

思い返せば、初めてカナルの本性を知った時、ロスウェルが部屋に来るすんでのところで彼はいつもの調子に戻った。その切り替えの速さは絶対に本性を知られてはならないと警戒していたからだ。

（髪色が違うから、最初は他人の空似だと思った。でも、あの温かくて優しい手も喋《しゃべ》り方も二人とも同じだから……）

証拠付けとして弱いことは分かっている。カナルに「それ、勘違いじゃない？」なんて言われてしまえばそれまでだ。

しかし、いくら待ってもカナルからは何の言葉も返って来なかった。

ティナは反応のないカナルに首を傾げる。意を決してカナルの元へ歩み寄ると、回り込むようにして彼の顔を見た。

その表情は女性的なカナルではない、本来の彼だった。

ティナはまっすぐに向けられる水底のように澄んだ青い瞳に射貫かれる。

「――そうだな。あの場に俺はいた。しかし、ティナは一つ誤解している。そもそも、あの場にいたのはカナルジークじゃない……この国にはカナルジーク王弟殿下なんていないんだよ」

「え？」

ティナは戸惑いの声を上げる。どういうこと？　と心の中で呟《つぶや》いていると彼はことの次第を説明してくれた。

「カナルジークは他国の王族と駆け落ちして五年前から失踪している。俺は影武者としてこの五年間を過ごしてきた。本当は王族じゃないし、俺は男色の趣味もない」

男は自身の頭に手を伸ばし、ピンを外した。そして、はらりと淡い金色のカツラが取り払われると、月の光も星の光も吸収したような白銀の髪が現れる。

ティナは思考が追いつかず、きょとんとした顔を浮かべた。やがて、くりっとした桃色の瞳をさらに大きく見開かせた。

「…………ええっ!?」

ずっとカナルが銀色のカツラを被《かぶ》って助けに来てくれたと思っていた。なのに実際は正反対だった。

ティナはそこであっと声を上げる。

(そうだわ。カナル様の御髪は長いから銀のカツラだときっと収まらないわね！)

「今、滅茶苦茶どうでもいいことで納得しようとしてないか？」

ジトーっとした疑いの目で見られて、ティナはうっと声を上げてしまう。完全にばれている。

「えっと、その……それではあなたは誰ですか？」

「その前に今度はこちらの質問に答えろ。俺にくれたこの刺繍《ししゅう》は現代版に則《のっと》った意味と古い意味のどっちだ？　この間は説明を聞き逃した」

男は胸ポケットからティナが刺した刺繍のハンカチを取り出した。いつになく真剣な顔つきで、ティナはたじろぎつつも質問に答えた。

「ええっと……。刺繍は古い方の意味は分からないので現代版に則って作りました」

答えた途端、今まで威圧的だった男が何故か急に暗い表情を浮かべる。

(もしかして、古い方には何か良い意味があったのかしら？　どうしましょう、とても落ち込んでいらっしゃるわ！)

ティナは慌てて言葉を付け加えた。

「これはカナル様……いいえ、あなたを想《おも》って作ったのは事実です。他の誰でもなく私はこれをあなたのために作りました。だから現代だろうと、古い方だろうと私の気持ちに変わりはありません。ですので、どうか受け取ってく……」

その先の言葉を、ティナは紡げなかった。

目の前が真っ暗な闇《やみ》に覆われて息が苦しい。頭を動かせば、目の前に男の腕が見える。

ティナは彼に抱き締められたのだと気づいた。そう分かった途端、顔に熱が集中する。先ほどまで一定の速度を保っていた心臓がドクドクと急激に加速した。

(そういえば私、どうしてドキドキしてるの？　何故かこの人の前だと他の男性に触れられた時みたいな嫌悪感も恐怖もない)

そうだ、とティナは心の中で呟く。

もともとカナルは男色で女性に興味がない素振りを見せていた。ファッションや可愛《かわい》いものの話が好きで、ティナからすれば同性の友達と話す時のように異性と意識せずにいられた――はずだった。

(この人は、カナル様じゃない。男色でもない。つまり私は――彼を男性として受け入れていたの？)

自分の気持ちに驚いていると男の声が耳元で響いた。

「ちゃんと言質は取ったからな。よく聞け、俺はカナルじゃないから男なんざ興味もない。それと女も好きじゃない。俺は――ティナが好きだ」

初めて見る子供のような悪戯《いたずら》っぽい笑み。吸い込まれるような青の瞳に捉えられたティナはあっという間に口を塞《ふさ》がれた。

薄い唇がティナの唇に触れる。初めて触れた柔らかなそれは、先ほどまでの強引な行動や言動とは裏腹に、繊細なものを壊すまいとするような優しいものだった。

彼の顔が離れていっても、ティナは何が起きたのか分かっていなかった。漸《ようや》く頭の中で理解ができると、小動物が罠《わな》に驚き飛び上がるかのごとく勢いよく後ろへと跳び下がった。

口元を両手で押さえて小さく震える彼女は、これ以上にないほど怯《おび》えた兎《うさぎ》に見える。その顔は真《ま》っ赤《か》に染まり、桃色の瞳に涙を溜《た》めて潤ませていた。

「い、今……わたし。わたし、キッ……キッ!!」

「落ち着け、深呼吸しろ。また過呼吸にでもなって他の男にコルセットを緩められては敵《かな》わない」

男はティナの様子に肩を竦《すく》めると、次に眼光鋭くエドガを睨《にら》んだ。

相変わらず尻込《しりご》みしてしまいそうな威圧的な視線だ。それにも拘《かかわ》らず、睨まれている当の本人は怯《ひる》むどころかやれやれといった様子で肩を竦めていた。

「そんなに睨まないでください。俺なんてずっとカナル様の恋人だとセレスティナ嬢に勘違いされていた挙げ句、禁断の恋を応援されていたんですよ？　――俺には愛する妻がいるというのに。とんだ濡《ぬ》れ衣です」

エドガの言葉にティナと男が「は？」と声を上げたのは同時だった。

「エドガさんは既婚者だったんですか!?」

「待ってくれティナ。いくら男色の噂を流していたとはいえ、エドガはないだろう」

ティナは目を見開き、カナルはこめかみに手を当てて眉《まゆ》を顰《ひそ》める。

「す、すみません！　つまりエドガさんとは最初から恋人関係ではなくて。だから一線を越えているというのは私の勘違いでっ！」

「頼むからやめてくれ！　いくら演技でもそんなことまでしてない!!」

二人の混乱ぶりを見てエドガは口元を押さえて肩を震わせた。一頻《ひとしき》り楽しんだ後、彼は真顔になるとカナルに話を切り出す。

「俺の話はここまでにしましょう。ところでリヴィ様、いい加減自己紹介をされては如何《いかが》です？　セレスティナ嬢もどこの馬の骨とも分からない男に唇を奪われて大変不快でしょう」

リヴィと呼ばれた男は口をへの字に曲げた。

反論しようと口を開いては閉じを繰り返し、最終的にぐっと言葉を呑《の》み込むとティナに向き直った。

「俺はオリヴィエ・ダンフォース。ダンフォース家の嫡男だが、この五年間ずっと従兄《いとこ》のカナルジークとして生きてきた」

「ダンフォース様!?」

ティナは男の自己紹介を聞いた途端、今まで自分の中を支配していた羞恥心《しゅうちしん》が掻《か》き消えた。興味津々といった具合にくりくりとした桃色の大きな目を瞬《まばた》かせる。ダンフォースはティナが行儀見習いでお世話になった奉公先の公爵家だ。

奉公当時、公爵の大事な一人息子は重病に罹《かか》って、温泉地が有名な遠方の国で療養中だと聞いていた。屋敷は公爵や夫人の写真や肖像画はあれど、何故かオリヴィエのものは一切飾られていなかった。

そのため、ティナはオリヴィエの顔なんて知る由もなかったし、会う機会もなく奉公を終えて実家に帰ったのだった。

（病気で遠方へ療養中は嘘《うそ》だったのね。でも、次期公爵になるお方が直々に影武者を務めるなんて……信じられない）

ティナはまっすぐ背筋を伸ばして彼を見つめた。

「あの、ダンフォース様はどうしてカナル様の影武者を？」

「リヴィ」

「はい？」

「だから俺のことはリヴィと」

「あっ！　はい……リ、リヴィ様」

ティナがまごつきながらも愛称で呼べば、リヴィは満足そうに目を細めた。

「本名を呼ばれるのはいいものだな」

彼は小さな声で呟くと、再び表情を引き締める。

「最初から話そう。我がダンフォース家の始まりは建国以前、国王の影として支えてきたことにある。表向きはお堅い文官だが、裏では王家が手出しできない案件に携わってきた。うちは暗殺部隊や諜報《ちょうほう》部隊なども取り仕切っていて、中には影武者もいる。運が悪いことに俺は従兄のカナルと顔が瓜《うり》二つで。面白がった母によって幼い頃より影武者としてカナルの側近になった。とは言っても影武者は十三くらいまでで、それ以降は側近もやめていた」

リヴィは一旦そこで話を切った。昔のことを思い出したのか額に手を当て、げんなりとした様子で重たい息を吐く。

「……五年前、カナルが他国の王族と駆け落ちして、行方《ゆくえ》を眩《くら》ましたせいで全てが一変した。当時はフェリオンが国王になったばかりで国民の信頼は今ほど獲得できていなかった。失踪が国内外に広まれば王家、ひいてはフェリオンの体裁が悪くなる。だから暫《しばら》くはカナルになって生活し、時期を見て廃嫡と国外追放することになった。ま、相手の国はすぐに死んだことにしたみたいだがな」

「そんな、死んだことにしなくても！」

王族なら国の繁栄を考えなければならないため、簡単に恋愛結婚することはできない。政略結婚は互いの国に利があってこそ結ばれるもの。

男色だとしてもそこは目を瞑《つむ》ればいいだけだ。姫と結婚させて世継ぎさえできれば、あとは関係ない。故に死んだことにするなんて国益を考えれば損にしかならない。

そこまで考えてティナはあっと声を上げた。不意に頭の中で、一つの答えが見つかった。

「もしかして、カナル様のお相手はお姫様でしょうか⁉」

「へえ、よく分かったな」

リヴィは眉を上げ、舌を巻いた。ティナは面映《おもは》ゆい表情を浮かべる。

「カナルが男色という噂になっていたのも相手がもともと男として育てられた男装姫だったからだ。姫の国は現在王子が生まれているから男装姫は必要ない。死んだことにするくらい、最後は彼女が邪魔だったんだろうな」

「今お二人はどちらに？　ちゃんと幸せに暮らせているのでしょうか？」

「ああ、二人は放浪の末に三年前からエレスメア国にいる。エレスメアで軍部が暴走してうちに攻めてきたが、おかげで向こうの王家に付け入る隙《すき》ができた。結構いい身分で暮らせてると思うぞ」

エレスメアの戦争で毒物兵器を使わず、勝利しても属国にしなかったのは二人の身の安全を保障するためだった。ティナはリヴィの言葉を聞いて、愁眉《しゅうび》を開いた。

リヴィは片腕を上げて大きく伸びをすると、首を左右に動かして小気味良い音を鳴らす。

「そんなわけで影武者生活もこれで終わりだ。やっとオリヴィエとして生きられる。……その、なんだ。ずっとハンカチの刺繍の返事がしたくてたまらなかった」

「えっと、刺繍の古い意味って何ですか？」

おずおずと尋ねるティナ。すると、リヴィは真顔で答えた。

「これは大体に言えば女性が男に求婚する刺繍だ。意味は、直訳すれば『私の身体であなたを癒やします』だな」

「…………え」

ティナは一瞬、意識が飛んだ。危うく倒れる寸でのところで意識を引き戻すと、エドガを見やった。彼は親指を立ててしてやったりな顔をしている。この時騙《だま》された！　とティナは心の中で叫んだ。

（エドガさん、わざと私に!?　待って。私はそんなふしだらな女じゃないわ！　一先《ひとま》ず、ちゃんと説明しなくちゃ!!）

「ええっと。リヴィ様、あのですね……」

リヴィはティナの言葉を遮るように口を開いた。

「それで、だな。俺としてはＯＫなわけだが——っておい！」

「ごめんなさいぃ!!」

ティナは逃げるように全速力で部屋から飛び出した。自分が淑女であることも忘れ、長い廊下に靴の音を響かせて走る。

「お待ちください。セレスティナ嬢！」

突き当たりを曲がって、階段を下りようとしたところで目の前にエドガが現れた。

「きゃああっ！」

危うくぶつかりそうになり、慌ててスピードを落とす。エドガに体当たりするところまであと数十センチといったところでティナはなんとか耐えた。

身体《からだ》を折るようにして膝《ひざ》に手をつくと、ティナは乱れた呼吸を整える。

エドガはじっとその様子を観察し、「ああ」と声を上げて掌《てのひら》にぽんと拳《こぶし》を乗せた。

「……また過呼吸ですか？」

「違います！」

ティナは今まで出したこともない厳しい声で反応する。

本当は原因を作ったエドガに問い詰めたくて仕方がない。どうして白い鳥を入れろなんて言ったのか。それを訊こうにも全力疾走したせいで今はうまく話せなくてもどかしい。

また過呼吸になってあんな恥ずかしい目に遇うのも嫌だ。ティナは何度もゆっくり息を吸って吐いてを繰り返す。暫くそうしていると、カツンという足音が後ろから聞こえた。

「……っ！」

恐る恐る振り返ると無表情なリヴィが立っている。

ティナは冷や汗を掻いた。目の前に立つ、何の感情も読み取れないリヴィになんと釈明すればいいのだろうか。


先ほど発した「ごめんなさい」には様々な意味がある。

エドガに騙され、ラベンダーと白い鳥の刺繍をリヴィに贈ってしまったこと。刺繍の古い意味を知らなかったこと。古い意味を知っていたリヴィをその気にさせてしまったこと。それを知っていれば、リヴィとキスすることもなかっただろう。

自分はエドガに騙された身ではあるものの、行動に移したことで結果的にリヴィの気持ちを弄《もてあそ》んだのは事実。

ティナは彼が無表情であるのは怒っているか、傷ついているかのどちらかだと、決めつけた。

早く何か言わないと！　今すぐちゃんと話をするの！　とティナは心の中で延々と叫んだ。しかし、気持ちが急《せ》くばかりでうまく言葉が纏まらない。

一方でリヴィは表情を一つも変えずにただじっとこちらを見つめている。無言の圧力に耐え兼ねたティナは、その視線から逃れるように目を泳がせる。と、彼の手には贈ったハンカチが大事に握られていた。

それが目に入った途端、何とも言えない感情が湧《わ》き起こり胸の辺りがざわざわとした。

今、ちゃんと向き合って釈明しなければ。このまま何も対処せずに終われば、一方的に求婚して一方的に断った、男心を弄んだ悪い女になってしまう。

ティナは一度目を閉じると、小さく息を吐く。それからまたゆっくりと目を開けてリヴィを見つめると、意を決して口を開いた。

「リヴィ様。私の刺繍は……」

「エドガに何か言われて白い鳥を刺したんだろ」

「っ、何故……」

知っているのですか？　と問おうとするも、ティナはその先を言えなかった。

四つ折りにしていたハンカチをふわりと広げるリヴィの表情があまりに切なげだったからだ。彼の指先は精緻《せいち》な刺繍——白い鳥へと向かい、それを堪能するようにゆっくりとなぞった。

「俺が最後にこれを見た時はラベンダーしかなかった。それにティナの性格上、求婚なんて大胆なことはしないと分かっている。現代版の意味に則って刺繍したんだろ。……だが、もしかしたらと淡い期待もあったから、この答え合わせは残念に思う」

今のリヴィの話を聞いていると、彼はこの刺繍を贈る前から自分のことを想ってくれていたのではないかと錯覚してしまう。

（これって自惚《うぬぼ》れね。私ったらこんな状況で都合の良い解釈をするなんて）

ティナは自分の愚かな考えに微苦笑を浮かべる。伏し目がちになると、ティナは胸に手を当てて服をぎゅっと掴《つか》んだ。と、前からスッと手が伸びてきた。

「ティナ、俺は……」

切なさの混じった真剣な声色と共に、手の甲で頬《ほお》を優しく撫《な》で上げられる。唐突な彼の行動に驚いたティナは、リヴィの話を遮るように小さな悲鳴を上げた。

リヴィは困った表情を浮かべ、伸ばしていた手を引っ込める。

「そんなに嫌だったか。すまない。ずっと本当の自分でティナに触れたくて、我慢の限界だった……はあ、これだとあなたの幼馴染《おさななじみ》に最低だなんて罵《ののし》れない」

リヴィは前髪を掻き上げると自嘲《じちょう》気味に笑う。その表情は暗い影を落としていた。

確かに男性に触れられるのはまだ抵抗がある。しかし、リヴィに触れられるのは嫌ではなかった。

ティナは彼に伝わるように何度も頭を横に振った。

「今のは少しだけ驚いただけです。それと同じで部屋を飛び出した理由もリヴィ様を拒絶したからではありません。仰《おっしゃ》る通り、私は古い刺繍の意味が求婚の意味だとは知りませんでした。だからリヴィ様にふしだらな女だと、気持ちを弄んだ悪い女だと思われたらどうしようと怖くなったんです」

ティナは次から次へと自分の想いを口にした。それでも彼は信じがたいといった表情だ。

（嗚呼《ああ》、どうすれば私の言葉がきちんと彼の心に届くの）

ティナは歯痒《はがゆ》さを感じて唇を噛み締める。建前ではなく、本音を言わなければ――。

「私はリヴィ様に触れられて嫌だと感じたことは一度もありません。他の男の人は怖いですけどリヴィ様は怖くないんです」

直接的な表現が過ぎた。そう頭の隅で思った時には遅かった。リヴィの腕が腰に回されて抱き寄せられる。

「嬉しいことを言ってくれる」

「ま、待ってください。エドガさんが見てらっしゃいます」

リヴィの厚めの胸板を押し返すも、びくともしない。

ティナはあたふたしながらエドガがいる方へ身を捩《よじ》る。が、そこにいるはずの彼は忽然《こつぜん》と姿を消していた。先ほど部屋から逃げ出したティナを捕まえるために先回りして現れた時といい、神出鬼没だ。

ティナが目を白黒させていると、ククッと喉《のど》で笑う声が耳に入り顔を上げる。

「エドガなら空気を読んでとっくに帰った。こちらも部屋に戻るぞ」

リヴィは有無を言わさない強い口調で言うと、ティナを軽々と抱き上げる。そして、踵《きびす》を返して部屋へ戻った。

部屋に着くなり、ティナはベッドの上に降ろされる。リヴィもまたティナの隣に腰を沈めた。この時期の夜は涼しく過ごしやすいはずなのに、部屋一帯が熱を孕《はら》んでいるように感じる。単なる勘違いか、それとも緊張して自分の身体が火照っているのか。

まっすぐ前を見ていたティナは視線だけを動かしてリヴィの顔を盗み見る。と、彼の視線とぶつかった。

静かに燃える炎のような青の瞳から目が逸《そ》らせない。それどころか全てを絡め取られてしまったかのように自《おの》ずと身体もリヴィの方へと向いてしまう。

どれくらいそうしていたのか分からない。けれど、最初に沈黙を破ったのはリヴィだった。

「実のところ、最初はティナのことをどこかのスパイか玉の輿狙《こしねら》いの令嬢だと思って警戒していた。わざと気があるフリをして、目的を吐かせようとした。でもそうじゃなかった。仕事ぶりも真面目《まじめ》だし、お茶の時間を共に過ごしていくうちにそれが見当違いだと気づいた。悪意のない笑顔を向けられるうち、ここ数年の荒《すさ》んだ心が癒えていくのが分かった。同時にティナに惹《ひ》かれていることも……」

ティナはリヴィの紡がれる素直な言葉を聞いて顔に熱が集中する。と、ティナの手の上に温かくて大きな手が重ねられる。

「もちろん、俺はカナルとして生きていたから口でも態度でも直接示すことはできない。だから好きな女から聞いた菓子を取り寄せたり、好きな女のためにハンドクリームやドレスを贈ったりと怪しまれない範囲で行動した。直接的な態度は取れないから、分からないのも無理はない。だが、今から思う存分愛情表現をする。さっきティナが言葉で表現してくれたように俺も態度で示そう」

悪戯っぽく笑ったリヴィに、ティナは唇を奪われた。離れた彼の唇から「ティナ」と名前を呼ばれて熱い吐息が肌に触れる。

リヴィを見れば、うっとりとした青い瞳を細めていた。息をする間もなく、わざと音を立てるように口づけされる。唇から頬へ、頬から額へ、額から瞼へ。振り続ける口づけの雨は止まらない。

「ティナ」

いつもよりも艶《つや》っぽい低い声で名前を呼ばれて、その声が頭に焼きつくように何度も再生される。まるで愛《いと》おしい恋人に言うような声色に、頭の奥が痺《しび》れて身体が熱い。

ティナは声を震わせて彼に静止を求めた。

名残惜しそうな表情をしながらも、リヴィがキスをやめてくれる。

「あっ……あ、の」

「こんなに鼓動の音が五月蠅《うるさ》いのに、俺のことが好きだと認めてくれないのか？」

「それはっ、えっと……」

すると、リヴィに手首を掴まれて彼の胸へと運ばれる。ティナはドクドクと早鐘を打つような鼓動を感じて目を見開いた。

俺も同じだっと言うように柔らかく微笑《ほほえ》むリヴィ。

「なあティナ、俺にドキドキしてるか？」

「…………はい、リヴィ様」

ティナは真っ赤な顔をして、小さな声で言った。

漸く、リヴィが好きという想いを自覚したのだった。

＊

爽《さわ》やかなエメラルドグリーンを基調とした書斎。そこには瀟洒《しょうしゃ》な数々の美術品や調度品が飾られている。真夜中だというのに赤々としたその一室で、ダンフォース公爵夫人は真紅のベルベットのソファにゆったりと座ってお茶を嗜《たしな》んでいた。

既に侍女たちは下がらせている。こんな遅くまで彼女らを付き合わせては明日《あす》の仕事に響くから――というのは、表向きの理由だ。

丁度良い熱さのお茶を口にしていると、僅かに音がした。それは微風が窓に当たる音と間違えてしまうような些細《ささい》なもの。しかし、夫人はそれが何の音なのか心得ていた。カップをソーサーに置くと立ち上がる。

部屋の隅に置かれた本棚へ移動すると、慣れた手つきで収まっていた本を次々と並べ替え始めた。各文字順に並べられた本がみるみるうちに組み替えられていく。最後の一冊を本棚に収めると、カチッと何かが嵌《は》まった音がした。

やがてゆっくりと本棚が独りでに右へとスライドすると、人ひとりが通れる真っ暗な通路が現れる。その中から男が一人現れると、彼は夫人に向かって深々と一礼した。

「遅くなって申し訳ございません」

「待っていたわエドガ」

中から現れたのはエドガだった。

エドガは書斎に足を踏み入れると、本棚を所定の位置に戻し、本も元の順番通りに並べ直す。その間夫人は再び真紅のベルベットのソファに座り、少し温くなったお茶に口をつけた。

「私が教えた王宮内の隠し通路は役に立っているようね」

「もちろんです。王宮だけでなくこちらの邸宅の隠し通路も重宝しております」

今までエドガがどこからともなく現れていた理由、それは隠し通路を使って移動していたからだった。もしもの場合に備えて造られた王族のための隠し通路。

普通の廊下と違って場所と場所との距離が短く、今回二重スパイとして動かなければいけないエドガには大変ありがたかった。

「ブロア公爵の件は報告書を読んだわ。いろいろと計画が狂ってしまったけれど、悪い芽は潰《つぶ》せたからあれで良い。それより…………あの子は無事に恋を叶《かな》えられたのかしら？」

顔は前を向いたまま視線だけがエドガに向けられる。その貫禄《かんろく》のある流し目に、流石《さすが》のエドガも身が竦んだ。普段リヴィに睨まれても何ともないが、彼女のものは元王族とあって別格だ。

エドガは背筋を伸ばすと、夫人に簡潔に報告する。

「二人とも不器用でしたので大変でしたが、結果的に奥様の思い描いた通りになりました」

「……っ！　やっとうまくいったのね」

夫人はぱっと顔を輝かせた。実のところ、アゼルガルド伯爵にティナを王宮へ行儀見習いさせてはどうかと提案したのは彼女だった。

王家の影として仕えるダンフォース家は忠義を尽くす家柄。

特に現当主であるダンフォース公爵は生真面目な性格故に恋人よりも王家を優先するような人間だった。その性格が祟《たた》って恋人ができては振られた。

子であるリヴィは女性を楽しませたり、喜ばせたりする術《すべ》は身につけているが、父親の血をしっかり継いでいるのか恋愛には発展しない。さらにカナルの件も重なって完全に迎え遅れになってしまった。

夫人はとても心配し、焦っていた。しかし、直接言えば嫌がられるのは目に見えている。だからエドガに協力を依頼したのだった。

「これでやっと孫の顔が拝めるのね！　嗚呼、女の子ならグレイスって名前がいいわね。男の子なら家を継がなきゃいけないから男女兼用な名前でクリスなんていいんじゃない？」

「お言葉ですが奥様、二人は恋人になったばかりで婚約もまだですし、アゼルガルド伯爵はこのことを知りません」

少し早合点ではないでしょうか？

そう告げるエドガを無視して、夫人は未来の孫に想いを馳《は》せていた。やがて満足げに息を吐いてソファの背にもたれかかった。

「行儀見習いを受け入れていたのはオリヴィエに、ひいてはダンフォース家に合う娘を探していたからよ。アゼルガルド嬢の観察眼は素晴らしいし、頭の回転も早い方だから申し分ないわ」

ティナは長《た》けた観察眼に加えて聡明ではある。影を司るダンフォース家にとって彼女は将来的に役に立つし、訓練すればそれなりの立ち居振る舞いができるだろう。

それに関してはエドガも首を縦に振る。

「……今回奥様に命じられて二人が結ばれるように協力しました。ですが、二度と俺に妻以外の女性に触れさせるような仕事はさせないでください。状況的に仕方なかったとはいえ、こればかりは割り切れません」

「ええ。あなたには不快な思いをさせてしまったわ。ここ暫く家にも帰れなかったでしょうし一ヶ月休んでいいわよ」

「ありがたく頂戴《ちょうだい》致します。……ところで、もしリヴィ様にこのことが知られたらどうするのです？　仕組まれたことだと分かればきっとお怒りになる」

「うふふ。それはあなたが言わなければ問題ないでしょう？」

夫人はテーブルの上に一枚の紙――小切手を提示した。そこには見たこともないような破格の金額が書かれている。

「約束の成功報酬はこれでいいかしら？　リヴィにロスウェル卿からもらったお金を取り上げられたみたいだし。これだけあれば足りるでしょう？」

思っていたよりも遥《はる》かに高い額は口止め料ということなのだろう。エドガは小切手から視線を夫人に向ける。すると一瞬、夫人の瞳が鋭く光った。

「……もちろんです奥様」

この人に逆らうなんてできない。

エドガは身を縮めてから小切手を懐にしまった。

「では最後の仕事、カナル様の国外追放を行って参ります。馬車の中は空っぽですけどね」

エドガは本棚とは反対側にある、腕のない上半身の石像へ移動する。

それの頭を両手で九十度動かした。すると、石像の足下の床がぱかりと開き、階段が続く。

エドガは夫人に向かって深々と一礼すると、部屋を後にしたのだった。

＊

次の日の早朝、ティナはアゼルガルド家に戻った。

執事に出迎えられ父と姉が待つ居間へと通されると、二人はティナの顔を見るなり血相を変えて駆け寄ってきた。どうやら早馬が届いてブロア公爵の件は全て二人に伝わっているらしい。

会うなり「無事で良かった」と涙ぐむ父に抱き締められた。

「私が無理に男性恐怖症を克服させようとしたばかりに怖い思いをさせたね。本当にすまない」

「いいえ父様、こうなったそもそもの原因は私が本当のことを言わなかったからよ」

ティナは父から離れると、勇気を出してずっと隠していたダグとの間に起きたことを、訥々《とつとつ》と話した。

予想通り、二人の顔が徐々に曇っていく。その表情が見たくなくて、ずっと言えなかったのに。

ティナは泣きそうになるのを耐えると最後に二人に謝った。

「……心配ばかりかけて本当にごめんなさい」

すると、今度は姉に優しく抱き締められた。

「ティナ、それはあなたが悪いんじゃないのよ。とても怖い思いをしたわね。もっと早く相談してくれればとも思うけど、たくさん悩んだのよね」

「その件は父親では力不足だね。言いづらい話を私にもしてくれて……ありがとう」

二人は幻滅するでもなく、温かく受け入れてくれた。

ティナは打ち明けて良かったと心の底から思った。もっと厳しい言葉を受けると覚悟していた。

話が一段落して、父はそわそわしながらちらりとティナの横を見た。

「ところでそちらの方は……」

「あっ……！」

実のところ、ティナの横にはリヴィがずっと立っていた。

父は彼の存在を忘れていた訳ではないが、ティナの口からきちんと無事を聞きたくて一旦保留にしていたのだ。リヴィは自分に話題が振られて爽やかに挨拶《あいさつ》をする。

「初めましてアゼルガルド伯爵。私はオリヴィエ・ダンフォースと申します。以後お見知りおきを」

「嗚呼、ダンフォース家の。非礼はお詫び致します。娘が無事だと分かるまで居ても立ってもいられないものでして」

「心中お察しします。今日は彼女を送っただけですので。また改めてご挨拶に伺いますよ」

「はあ……」

父は何故リヴィがティナを家まで送ってくれたのかよく分かっていない様子だった。

一方、察しの良い姉は興奮した様子でティナと同じ桃色の瞳を見開いて二人を交互に見ていたのだった。仕事があるらしいリヴィは挨拶が済むなり帰ろうとしていた。家族揃《そろ》って玄関先へ移動すると執事や侍女と共にリヴィを見送る。

「それではまた」

ティナは微笑んでリヴィを送り出す。

待機していた御者が馬車の扉を開くと、リヴィは馬車に足をかけた。が、ピタリと足を止めるとこちらに向き直った。

「どうかされましたか？」

ティナが怪訝《けげん》そうな顔をすると、足早に近づいてくるリヴィの熱を孕んだ青い瞳とぶつかる。

「言い忘れたことがあった」

「言い忘れたことですか？　何でしょう？」

ティナが首を傾げて尋ねれば、リヴィがティナの腰に腕を回した。唐突な行動に困惑して、ティナは顔を真っ赤にさせながらリヴィを見る。

「今夜会えると知っていても、やはり離れるのは寂しい」

「んっ……！」

あっという間のできごとだった。皆の前で、ティナはリヴィに唇を奪われる。

「――言っただろう。態度で示すと」

「っ……!!」

ほんの一瞬のできごとなのにやけに長い間唇が触れていたような気がする。ティナは口元を両手で覆うと、赤くなった顔をさらに真っ赤にさせた。一部始終を見ていた人々がワッと歓声を上げる。

姉と侍女はキャーっと黄色い声を上げ、二人の関係に漸く気づいた父は腰を抜かした。悪戯が成功した子供のように、リヴィは周囲の反応に目を細めて帰って行った。この日、アゼルガルドの屋敷がお祭り騒ぎとなったのは言うまでもない。


馬車が見えなくなるとティナは姉から質問攻めにあった。どうやって出会ったのか、彼の何に惹かれたのか。興奮しているのか一気にまくし立ててくる。と、姉はティナが質問に答える前に突然「大変だわ！」と顔を真っ青《まさお》にさせた。

「ティナ、今日のドレスコードは私に全て任せてもらえるかしら？」

「え？　ええ。いいけど……」

「さあ、早速準備に取りかかりましょう。みんなも手伝って！」

姉はいつもの調子に戻ると、ティナの背中を押して屋敷へ入るように促す。彼女は始終ご機嫌だ。

こういう時、姉は何かを閃《ひらめ》いているのだが、一体何を閃いたのかは、この時ティナには分からなかった。

＊

優雅な管弦楽の旋律。細やかな金細工が施された天井。そこから下がる燦然《さんぜん》と輝くいくつものシャンデリア。きらびやかな舞踏会の会場には国中の上流階級の人々が集まっていた。

群衆の中、ティナは姉の隣で周囲を眺めていた。

王宮で催される舞踏会とあって、今まで参加したどの舞踏会よりも遥かに華やか。会場は興奮と熱気が色濃く、何人かの紳士や淑女はしきりに時計を気にしている。

鐘の音が鳴れば舞踏会が始まる。彼らが今夜をどれほど楽しみにしているのかが窺《うかが》えた。

特にそれは令嬢たちのドレスに顕著にあらわれていた。彼女たちの身に纏う色とりどりの鮮やかなドレスは王宮の庭園に咲く花のように舞踏会場を彩っている。

デコルテに流行《はや》りのレースがあしらわれたドレスは彼女らの瑞々《みずみず》しい肌をより一層艶やかに惹きたてた。ネックレスやイヤリングなどの装飾品もシャンデリアの輝きに負けないくらい眩《まぶ》しい。

ティナは令嬢たちから目を離し、再び周りをじっくりと観察する。歓談する人々の声に耳を傾けるとそれから小さく息を吐いた。

昨日の今日ということもあり、会場内はブロア公爵の話やカナルの廃嫡の話で持ちきりになるのではないかと不安に思っていた。

社交界の噂話は拳銃の弾よりも速いスピードで広まる。話に尾ひれがついて、悪意ある噂話になることはよくあること。仕方がないと割り切ってはいても、今回それらに関わった自分としては根も葉もない話を聞くのは心苦しかった。

しかし会場にいざ足を踏み入れると、誰もそのことについては話してはいなかった。

王家から箝口令《かんこうれい》が敷かれているのもあるが、きっと今はとある人物に話題が集中しているからだろう。

密集している舞踏会場のある一角に、さらに人集《ひとだか》りができている。令嬢たちは盛んに秋波を送り、紳士たちは彼に取り入ろうと躍起になっている。

彼らの中心にいる人物、それはダンフォース公爵家嫡男であるリヴィだった。隣に立っていた姉がその光景を眺めながら肩を竦めてみせた。

「予想はしていたけど彼、モテモテね。今まで療養中で社交界に現れなかったから余計に注目の的だし……もうっ、これじゃあ可愛いティナを見せられないわ！」

頬に手を当ててため息を漏らす姉に、ティナは微苦笑を浮かべた。

今夜のティナはリヴィにプレゼントされた薄紅のドレスと、それに合うようにパールのネックレスとイヤリングをしている。薄く化粧を施して、髪はサイドを編み込んで纏め上げ、耳のあたりに小ぶりな白い造花を挿している。

今夜のティナは全て姉プロデュースによるものだった。

「やっぱり、私の目に狂いはないみたいね。今日のティナは一段と可愛いわ」

「ありがとう姉様」

ティナは姉に礼を言ってから、遠くを見るような目で、ここに来るまでのことを思い出した。

姉から質問攻めを受けた後、ティナは姉と侍女にバスルームへ連れていかれると、身体の隅々まで綺麗《きれい》に洗われ、髪には念入りに香油を塗り込められた。

彼女たちの気合いの入りようは凄《すさ》まじかった。何故か下着は全て新調され、フリルがいつもよりも多いものを着せられた。

(姉様ったら、いつもはあんなことしないのに。今日は自分をドレスアップするのも忘れて私に付きっきりだったわ。……それでもいつも通り完璧《かんぺき》で綺麗だけど)

姉は自分の魅力を分かっている人で、どこをどうすれば自分を美しく着飾れるか心得ていた。今日のために入念に準備をしていたこともあり、いつもよりたおやかで美々しい。

やけに令息たちの視線を感じるのはこのせいだろうとティナは思った。

姉が喉が渇いたと言うので二人で飲み物を取りに行こうと場所を移動していると、目の前に人懐っこい笑みを浮かべた男性が一人現れた。

「こんばんは。私の婚約者は今日も例えようがないほど綺麗だ!」

「ふふっ。それはあなたの語彙《ごい》力が少ないからよ」

くすくすと笑う姉。その前に立つのは姉の婚約者だった。彼は「やっと君を見つけたよ」とずっと探していたことを伝えると、さり気なく手を取って姉をエスコートする。二人の仲睦《なかむつ》まじい姿を見ていると、こちらも嬉しくなり自然と頬が緩む。と、婚約者は視線をティナに向けた。

「ティナは舞踏会で会うのは久しぶりだね」

「はい。ええ、その……」

不意に話しかけられ、なんと答えていいのか分からず言葉を詰まらせる。彼は何気ない一言を言っただけだ。しかし、ティナには「なんで今まで舞踏会に来なかったの？」と尋ねられているように聞こえた。気まずい雰囲気を覚えたティナは俯いてしまう。

姉は慌てて「私、彼と飲み物を取ってくるわね」と告げると半ば強引に婚約者の腕を引っ張って群衆の中へと消えていった。

（姉様に気を使わせてしまったわ）

一人残されたティナは一旦夜風に当たろうとテラスへ向かった。熱気に包まれる会場と違って外は涼しく、時折吹く風が心地よい。まだ舞踏会が始まっていないため、休憩の場になっているテラスには誰の姿もない。

ティナは手摺《てす》りに手を乗せると深くため息を吐《つ》いた。

「はあ。あんな態度じゃ失礼よ……私はもう恋愛不感症じゃないんだから」

不安がることは何もない。言い聞かせるように何度も頭の中で繰り返す。深呼吸をして漸く心が落ち着いた時だった。

「ティナ」

聞き覚えのある低い声を耳にして、途端に身体が強張《こわば》った。ティナは恐る恐る声のする方へ顔を向ける。

黒の正装に身を包んだ、タレ目が特徴的な甘いマスクの青年が立っている。

「………………ダグ」

初めての舞踏会でのできごとを嫌でも思い出してしまう。ティナは顔が引きつりそうになるのを、下唇を噛んで耐えた。

ダグは柔和に微笑みながらこちらにやって来る。

「やあ。暫くぶりだね。会っていないうちに前より綺麗になったんじゃないかい？　いつもは可愛らしいけど今日はどことなく大人《おとな》びてとても色っぽい」

幼馴染ということもあり、ダグは気取らない態度を取ってくれる。だが、今日の彼は少々不躾《ぶしつけ》だし、会うなり舐《な》め回すようにこちらを見ると口の端を吊《つ》り上げた。

――嫌な予感がする。

ティナはダグから顔を逸らすと口早に言った。

「そろそろ会場に戻らないと。姉様が探してるかもしれないから」

「まだ会ったばかりじゃないか。もう少し付き合ってくれないかい？　最近ちっとも会えなかったから寂しかったよ」

ダグは寂しげに笑うと自然とティナの手を取り、流れるように口づけをした。昔の自分ならきっとここで舞い上がっただろう。しかし今は全身が粟立《あわだ》った。手袋の上からとはいえ不快感と恐怖で身が竦む。

「……やめて」

消え入るような小さな拒絶はダグには聞こえていなかった。

「ダグ、手を放して」

「つれないなあ。昔みたいに、素直でいい子のティナはどこかな？」

「そんな子いないわ。い、嫌よ」

ダグは抜かりなく口づけをしたティナの手を掴んでいた。

「あっちに二人きりになれる場所があるから行こう？　久々にティナと二人きりになりたいんだ……いいよね？」

いつの間にかダグの視線は熱く、厭《いや》にねっとりとした声に聞こえた。

ティナは嫌だと首を何度も振る。それでもダグは笑顔を保ったまま、ティナを強引に引っ張った。

「きゃあっ！」

無理に引っ張られたせいでティナはバランスを崩し、スカートの裾《すそ》を踏んづけて前のめりになる。

このままでは全身強打は免れない。

覚悟してぎゅっと目を瞑れば、何故か身体は後ろへと傾いた。

「大丈夫か？」

頭上から声がして見上げると、心配するリヴィの顔があった。強張っていた身体が緩んでいく。

ティナは安堵《あんど》するとこっくりと頷《うなず》いた。そして慌てて自分の状況を理解すると離れようとする。けれど肩を掴む彼の手は離れるなというようにさらに力が籠もった。

「早くこうしたかった。いつも可愛いのに今夜のティナはどんな花や宝石よりも綺麗で……誰にも見せたくないと思ってしまった」

耳元で囁《ささや》かれたティナは顔だけでなく耳の先まで真っ赤に染まった。ダグに聞かれないように耳打ちしてくれたのに、自分のせいで気遣いが台無しだとティナは思う。

寸の間、ダグは顔を歪《ゆが》めるもすぐにいつもの笑顔を取り繕った。

「あなたは確かダンフォース様、ですね？　幼馴染を助けてくださってありがとうございます」

「問題ない。当然のことをしただけだ」

「久々の社交の場とあって挨拶回りでお忙しいでしょうし、彼女は俺が連れて行きます。先に会場へお戻りください」

「それはできない」

リヴィは爽やかな笑みできっぱりと断るとダグに見えないようにティナを庇った。

その態度にダグは顔をムッとさせ、やれやれといった様子で肩を竦めた。

「ティナは俺の幼馴染です。それに彼女は俺のことを好いてくれている。人の恋路を邪魔するなんて、大人げないと思いません？」

「なるほど。お子様には分かるようにすれば良かったのか。それはすまない」

「なんだと！」

怒るダグを無視してリヴィは身体をティナに向ける。と、優しく抱き締めて彼女の頭に口づけをした。

本日二度目の人前での行為にティナは恥ずかしさのあまり両手で顔を覆った。

「ひ、人前でこういうこと、あまりしないでください！」

涙目で怒るティナに、リヴィは「悪い」と言ってぽんぽんと頭を叩く。

ティナは指の間からダグを盗み見ると、彼はぽかんと口を開けていた。どうやら理解が追いついていないらしい。

リヴィはそんなダグへ不敵な笑みを向ける。

「いい加減分かったらどうだ？　これ以上おまえにティナの可愛い姿を見せるわけにはいかない。恋しいのなら会場で侍《はべ》らせていた女たちの元へ帰ればいい」

それでもダグは間抜けな顔を晒《さら》し、固まっていた。やがて、現状を理解すると口元に手を当て「いつの間に男を……」と呟き驚いていた。

信じられないといった様子で固まっているダグに、リヴィは「そういえば」と言って話を始める。

「話は変わるが、先ほど挨拶をしに来られたクレア伯爵。彼の娘のベティ嬢が婚約者もいないのに子供を身籠《みご》もってしまったそうだ。相手が誰か分からないらしく大変困っておられた」

「……っ！　へ、へえ。それは大変そうですね。俺には関係ないですけど」

目を泳がせるダグを見てリヴィはフッと笑う。

「ではここからは独り言だ。今日その相手に関する有力な情報が伯爵の元に届いたそうだ。舞踏会に姿を現すと知ってこの群衆の中、息子のベルトランと共に報復のため血眼《ちまなこ》になって探しているらしい」

話が進むにつれてダグの顔がみるみるうちに青くなっていく。

「クレア伯爵は辺境の地を治める辣腕《らつわん》家だ。彼の情報網を持ってすれば、舞踏会場など辺境の広大な森と比べて、相手を見つけるのは造作もないことだろうな」

リヴィはどこか楽しげだ。

ダグの方は額には脂汗を滲《にじ》ませ、心なしか小刻みに震えているように見えた。

「どうした？　顔色が悪いぞ？」

「……少し具合が悪いので失礼します」

ダグはそう告げるなり、足早にテラスから去って行った。

ティナは二人が話している間、どう反応して良いか分からず静観して見守っていた。リヴィの話す内容やダグの表情からして、ベティ嬢の相手はダグに違いない。否定していたけれど、自分のした行動には責任を取って欲しい。

(ダグはちゃんとクレア伯爵に謝りに行った方がいいわ)

ティナは彼が去って行った方向を見つめ、心の中で呟く。と、不意に頬を撫でられた。

「来るのが遅くなってすまない。あいつに何か変なことはされなかったか？」

ティナは少し考えた後、手にキスをされたことを話した。もちろん手袋をしているから直接キスされたわけではない。だから平気だと答えた。しかし、リヴィはティナの手を取って同じように口づけをする。

「手袋とはいえ上書きはさせてくれ。……エドガの言う通り、焼くなり燃やすなりした方がいいかもしれないな」

「リヴィ様、選択肢が同じですよ。それにそこまでしなくても。――手袋は替えがありますから大丈夫です」

真顔のリヴィにティナは控え室の鞄《かばん》に替えの手袋があることを告げる。

一瞬、彼はきょとんとした顔をみせたがすぐに優しく笑った。それからティナの腰に腕を回して優しく抱き寄せる。

「ティナ。一人にさせてしまったことを詫びさせてくれ」

「テラスに来るまで姉様と一緒にいましたし、一人になったのは少しだけなので大丈夫で——す!?」

リヴィの唇がティナの頬へ口づけをする。あまりに自然な口づけでティナは一瞬何が起きたのか思考が追いつかず、固まってしまった。

（え？　こ、こっここで？　待って！　誰かに見られるかもしれないのに！）

ティナの心情を察してか、リヴィは優しげな口調で言う。

「皆、会場で舞踏会が始まるのを待ちわびている。浮かれた奴《やつ》がわざわざ休憩場に足を運ぶことはない」

愛おしげに青の目を細めるリヴィに、ティナは恥ずかしさのあまり顔を背けてしまう。するとリヴィの手は、ティナの顎《あご》を優しく掴むと顔を正面に向けさせる。

自分から逃げるな、というように一度視線が絡めば、ティナは完全に熱を孕む青い瞳に捉えられてしまった。やがて、彼の長い指がうなじをくすぐり、頬にかかっていたティナの後れ毛を耳にかける。

「——あなたの全てをこの目に焼きつけたい。もっとあなたのことを知りたい。侍女ではなく一人の令嬢として」

いつの間にかリヴィの顔が近づき、吐息が耳朶《じだ》に触れる。ぞくりと震えが走った身体は寒気が襲うどころか頭のてっぺんから足のつま先まで熱を帯びていく。

「ティナ」

名前を呼ばれた直後、今度は唇に唇が重ねられた。

「んっ……」

「好きだ、ティナ」

唇は柔らかく、紡がれる言葉はどこまでも甘美。交互に繰り返される口づけと愛の囁きにティナは溺《おぼ》れていくような感覚を覚えた。

「リ、ヴィ様」

漸く解放されたティナは目尻《めじり》に涙を溜めてリヴィを見上げる。

恐ろしいほど整った、男らしい精悍《せいかん》な顔つきがそこにある。

もう彼はカナルでもなく男色でもない。そして本当の姿に戻った彼は少し不器用ながらに誠実で、ティナのことを想ってくれている。

ティナは柔らかに微笑むとゆっくりと口を開いた。

「私もです。私も、リヴィ様が好き。あなたのことがもっと知りたいです」

「っ……」

リヴィの息を呑む声が聞こえた気がした。

それと同時に王宮の時計の鐘が辺りに鳴り響く。

舞踏会場からは歓声が沸き起こった。その熱狂ぶりに驚いて、二人は互いに顔を見合わせると、笑顔になる。

「……行こうか」

そっとリヴィの手が目の前に差し出される。ティナは「はい」と返事をすると、その手を取った。

——王宮の舞踏会が今、始まる。

ティナは初めて感じる高揚感を胸に、リヴィと共に会場へと向かったのだった。

番外編　花、咲き誇る時

❁番外編　花、咲き誇る時

等間隔に立つ街灯には灯《あか》りが点《とも》り、温かなオレンジ色の光が石畳の道を照らしている。

ティナは馬車の窓から流れ行く夜の街並みをぼんやりと眺めていた。

「どうしたのティナ？　さっきから様子が変よ？　今日《きょう》のオペラはつまらなかったかしら？」

向かいに座る姉が心配そうに眉尻《まゆじり》を下げて尋ねてくる。ティナは力なく笑うと首を横に振った。

「違うわ、姉様。少し疲れただけよ」

ティナと姉の二人はつい先ほどまで劇場でオペラを鑑賞していた。

演目は今話題のオペラ歌手が数人出演しているもので、オペラに詳しくないティナでさえ耳にしたことのある名前が揃《そろ》っていた。

内容は結婚を約束した恋人の将軍が姫である主人公を裏切り、踊り子の女と駆け落ちしてしまうという古代が舞台の物語。

姫は将軍と踊り子が城の一室で密会しているところを目撃してしまう。

それでも彼女は「きっとこれは結婚前の最後の火遊び。数日後には夫婦となり、いずれ心を通わせられる」と信じて疑わなかった。だがその姫の想《おも》いも虚《むな》しく、結婚当日に将軍は踊り子と行方《ゆくえ》を眩《くら》ませてしまった。

王命により年寄りの宰相と婚約させられてしまった姫は、将軍を恨むことも忘れることもできず自ら命を絶つという悲劇的な結末だった。

オペラ歌手の彼、彼女らの歌唱と迫真の演技は会場をその世界へと引き込み、幕が下りた頃《ころ》には多くの観客が目に涙を浮かべていた。もちろんカーテンコールの際は、観客が総立ちになって幕が下りるまで惜しみない拍手を送った。

今回のオペラは満足度が高く、大変人気がある。そのため、チケットは入手困難で簡単に取れる代物ではなかった。が、これを易々《やすやす》と手に入れてプレゼントしてくれた人がいる。

「ふふっ。流石《さすが》はダンフォース様。プレゼントしてくれるものがひと味違うわね」

「……ええ、そうね」

姉は彼の粋な計らいに満足げな表情を浮かべていた。流行《はや》りものに敏感な彼女は令嬢たちのお茶会で話のネタができたと嬉《うれ》しそうだ。

その一方で、プレゼントをもらった当の本人は、表情に暗い影を落としていた。

「――どうしてオペラは悲劇的な内容が多いのかしら」

ぽつりと呟《つぶや》いた言葉は石畳の道を行く車輪と馬の蹄鉄《ていてつ》の音で掻《か》き消され、姉の耳には届かなかった。

屋敷に戻り、部屋で寝支度をするティナはドレッサーの前に座って髪を梳《と》いていた。しかし、鏡に映る自分の暗い顔を見て、ブラシを動かす手が止まってしまう。深いため息を吐《つ》くと鏡の自分から目を逸《そ》らした。

正直なところ、今夜のオペラはちっとも楽しめなかった。

理由は物語の姫が、まるで近い未来の自分を映しているように見えてしまったからだ。ティナがそう感じてしまった原因は、チケットをプレゼントしてくれたリヴィにあった。

リヴィから当分会えないという突然の手紙を受け取った数週間前から、ティナは彼と会っていない。王家の影という存在であるダンフォース家の仕事がどれだけ大変なのかティナはリヴィと恋人になってから知る機会が増えた。今回も影の仕事に忙殺され、自分との時間が取れないのだとなんの疑いも持たなかった。

しかし、そんな自分の考えはあっさりと打ち砕かれてしまった。それは、リヴィから手紙を受け取った翌日、ティナが姉に頼まれた用事で街へ出かけた時のこと。

いつものように見慣れた賑《にぎ》やかな街並みを馬車の窓から眺めていた。けれど、そこに見てはいけないものが目に飛び込んできたのである。とある店から、銀髪の美しい青年――リヴィが出てきた。しかもその隣にはとても綺麗《きれい》な女性がいた。

緩く纏《まと》めたストロベリーブロンドの髪に翠色《みどりいろ》とオレンジのアースアイ。その二つだけでも珍しく、目を引く要素だというのに彼女の整った顔立ちは同性のティナですら息を呑《の》むほど美しかった。お付きの侍女であるならば、服装を一目見れば分かる。けれど、彼女は貴族女性が着るような繊細な刺繍《ししゅう》やビジューが施されたドレスを身に纏っていた。

久々に友達と会って話をしているのかもしれない。ティナは最初そう思った。が、次の日もその次の日も街へ出かけるたびに、いろいろな場所で二人を目撃したのである。

そしてリヴィの彼女へ向ける温かな眼差《まなざ》しは、何とも言い難いものだった。極めつきはいつも周りに気を許さないリヴィがフランクな雰囲気を纏っている。これには流石に衝撃が走った。

ティナは姉に相談するべきかひどく迷った。かといって、決定的な証拠があるわけでもない。数回同じ女性と会っていただけでリヴィを疑うのは自分が彼を信じていないだけではないか。そう思って今まで自分の胸の内にそっと秘めていた。何ごともなく過ぎて、いずれ忘れるだろうと信じて。それなのにオペラを観てしまったことで再び疑念が湧《わ》いてくるのだ。

リヴィとあの美しい女性はどういう関係なのだろう、と。

二人の親しげな様子を思い出したティナは胸に手を当て、ネグリジェを掴《つか》んだ。

(嗚呼《ああ》、思い出すだけで胸が痛い。この感覚は一体何なの？)

得体の知れない何かに、胸を焼かれるような感覚に陥る。

「……リヴィ様」

ティナはぽつりと恋人の名前を呟くと暫《しば》し、自分の手の中にあるブラシを呆然《ぼうぜん》と見つめていたのだった。

＊

それからというもの、ティナは普段起こさない粗相をよくするようになった。うっかり玄関の花瓶を割ってしまったり、自分に届いたばかりの手紙を暖炉に入れて燃やしてしまったり。側仕《そばづか》えの侍女や執事だけでなく、普段あまり絡まない従僕までもが怪訝《けげん》な表情で彼女を見ていた。

そして午後のアフタヌーン・ティーの時間。本日二回目となるカップが盛大な音を立てて割れたところで、とうとう姉が痺《しび》れを切らした。

「最近ずっと上の空よ！　一体どうしたというの⁉」

姉の叫び声と同時に異変に気づいた従僕が居間に駆けつける。手には雑巾《ぞうきん》と箒《ほうき》、ちりとり。完全に予測されていたようだ。

ティナは慌てて椅子《いす》から立つとその場から離れた。

「お怪我《けが》は？」

「大丈夫よ。ありがとう」

従僕は慣れた手つきで割れたカップと床に広がったお茶を片づけてくれた。

再び席につくと、向かいに座る姉と目が合う。姉は眉間《みけん》に皺《しわ》を寄せ、今にも詰め寄る勢いでこちらをじっと見つめてくる。

「ずっと様子を窺《うかが》って我慢してたけど、もう限界。何か悩んでいるのなら遠慮せずに私に教えて欲しいわ」

「ありがとう姉様。でも悩みなんて……」

「ティナの悪い所は一人で全部抱え込んでしまうところよ！　いい加減、頼ることを覚えて欲しいわ」

テイナは姉の的確な指摘に言い返せない。かといって自分の悩みを正直には言えない。何と答えるべきかと思案しても、うまい言葉が浮かばなかった。するとほんの一瞬、ティナの脳裏にオペラの姫が涙を流し、天高く上げた短剣を自身の胸に振り下ろす情景が鮮やかに蘇《よみがえ》った。そうだ、自分はあの姫と重なる部分がある。それなら姫になぞらえて尋ねればいい。

ティナは自分の話をオペラになぞらえることにした。

「……この間のオペラがとても悲しくて。主人公の姫はどう行動すれば幸せになれたのかなってずっと悩んでいたの」

姉は胡乱《うろん》な目をティナに向けた。が、ティナとてぼかして話しているだけで嘘《うそ》はついていない。暫し、二人の間に沈黙が流れる。

姉はティナの真剣な面持ちから少しは納得したのだろう。「そうねえ」と言いながらカップに注がれているお茶を啜《すす》った。

「姫はもっと能動的に動くべきだったと私は思うわ。自ら行動し、相手に気持ちを示していればきっと将軍は踊り子に靡《なび》かなかった。もし私が姫なら──」

あとに続く言葉を耳にして、ティナは桃色の瞳《ひとみ》をぱちくりさせ、首を傾《かし》げる。

(それって具体的にどう行動すればいいの？)

尋ねようとして口を開きかけると、廊下から慌ただしい音が響いた。

「ティナお嬢様！　た、大変でございます!!」

いつもは冷静な執事が血相を変え、ノックもせずに勢いよく入ってきた。

「そんなに慌ててどうしたの？」

もういい歳《とし》であるこの老執事。全力で走ってきたのか息も絶え絶えで、この後に続く言葉がなかなか出てこない。執事は荒い息を整えながら、なんとか声を絞り出した。

「ダ、ダンフォース家より迎えの馬車が来ております！　今すぐ支度をしてください」

「えっ⁉　何も聞いていないわ！」

「向こうから非礼を詫《わ》びる言葉と、何やら大事な話があるからすぐに来て欲しいと」

ティナは訳が分からず狼狽《うろた》える。その一方で、話を聞いていた姉はみるみるうちに顔色を変えた。

「ティナ。すぐに支度なさい」

「え？」

「……私の経験上、大事な話があると言われた時は大変なことが起こるものなの。それが恋愛ごとなら特にね」

姉はティナと違って社交界へデビューすると何人もの令息と恋に落ちた。それが悪いことではないけれど、一般的な令嬢よりも経験は多かった。

つまり、彼女は男女の恋の始まりもその終わりも熟知している。故に今回の突然の遣いと言伝《ことづて》にこれから何が起こるのか十中八九、見当がついているようだ。

ティナは姉の言わんとすることがなんとなく分かってしまった。表情は一気に血の気を失い、震える唇を噛《か》み締める。

（それって……リヴィ様が私と別れるってこと？）

心の中で呟いた途端、たちまち気が遠くなった。

姉は侍女を数人呼んでティナの支度を整えさせた。

ドレスは新調したばかりのミントグリーンに着替えさせられ、髪型もハーフアップからしっかりと巻き毛を作ったウォーターフォールへと変えられる。そして今回はいつもと違う匂《にお》いの香油をうなじや耳の後ろ、首筋、鎖骨、胸元に念入りに塗られた。

「気をつけて行ってらっしゃいませ」

仕事の早いアゼルガルド家の使用人達によって、あれよあれよという間に馬車に乗せられたティナは、ダンフォース家へ向かった。

馬車に乗ってからというもの、ティナは腹底から不安がせり上がってくるのをずっと感じていた。気を紛らわすように姉のあの言葉を反芻する。

『もし私が姫なら――――』に続く言葉。それを行動に移すなら……。

そこまで考えて思考が止まる。

分からない。どうすればいいのだろう。

初めての舞踏会でトラウマを植えつけられ、それ以降を壁の花に徹していたティナは恋愛経験が極端に少ない。

姉の言うそれを実行するとなれば、相当難易度が高いのだ。そもそも今更そんなことをしても手遅れなんじゃないか、とティナは思った。

「でも……やらなきゃ、きっと私もあの姫と同じ結末に」

訪れて欲しくない未来が目と鼻の先に広がっているような気がする。

ティナは汗の滲《にじ》む手でスカートをきつく握り締め、唇を引き結んだ。

＊

ダンフォース家の玄関口に降り立つなり、ティナは執事に客間へと案内された。

紺と白を基調とした植物柄の絨毯《じゅうたん》や壁紙。濃いめの木材で造られた艶《つや》やかなテーブルや棚などの家具。

どれも侍女として奉公していた時と変わらない空間だった。

その落ち着いた空間の真ん中、革張りのソファにリヴィが深く腰をかけて足を組んでいる。

「お、お久しぶりですリヴィ様」

ティナは数週間ぶりに会えた嬉しさと不安でぎこちない笑みを浮かべてしまう。それを煽《あお》るようにリヴィの表情は厳しいものだった。

「突然呼び出してすまない」

「いいえ。大事なお話があると聞きましたので……」

「ああ。そのことだが、きちんと言っておかなければいけないことがある」

リヴィは前髪を掻き上げながら息を吐くと、隣にくるようにソファをぽんぽんと叩《たた》く。

ティナは嫌な予感がした。隣に座ってしまえば会話の主導権はリヴィに握られ、別れの話を切り出されるかもしれない。

心臓が握り潰《つぶ》されるように痛い。そんな折、姉の言葉が頭の中に響く。

『もし私が姫なら――相手を誘惑して落とすまでね』

途端にティナの顔が火を噴くように赤くなる。

（ゆ、誘惑なんてできるわけないわ！　何をすればリヴィ様を落とせるの？　嗚呼、ちゃんと姉様に訊《き》いておけば良かった!!）

「どうしたティナ？　早くこっちに。話がしたい」

もたもたしていると、リヴィが眉間に皺を深く刻んでいる。これ以上、逡巡《しゅんじゅん》する時間はない。

ティナは覚悟を決めると足早にリヴィに近づいた。彼の正面に立つとサイドの髪を耳の後ろにかけ、そのまま身を屈《かが》めてリヴィの額にそっと口づけをする。

「リヴィ、さま……ずっと、ずっと会いたかったです」

心の内に秘めていた本心を彼の耳元で告げる。

ふわりと身を起こしたティナは、恥ずかしさのあまりぱっと顔を伏せた。心臓の音が耳の奥で響いて五月蝿《うるさ》い。

ティナは自分の頭で考えられる精一杯の誘惑？　をリヴィにした。

これで良かったのだろうか。彼を少しでも誘惑できたなら嬉しい。

うまくいったのか分からず、気になって恐る恐る顔を上げる。しかし、ティナの淡い期待に反して目に映る彼は無表情だった。唇を引き結んで鋭い視線を向けるだけ。

それが分かった途端、ティナは顔に集中していた熱がすーっと冷めていくのを感じた。

もう興味がない女から突然キスをされて、不快だったのだろうか。クリアに見えていた視界がぼやけ、涙が零《こぼ》れそうになるのを必死に耐える。

「はっ、端ないことをしてしまって。私……ごめんなさい」

「ティナ」

震える声で謝罪をすれば、低く掠《かす》れた声で名を呼ばれる。

ただそれだけなのに胸がとても高鳴った。どくどくと脈打つ心臓に、自分がどれほどリヴィに恋焦がれているか分かる。そのせいでより一層、惨《みじ》めな気分になった。

胸が引き裂かれるように苦しい。ズキズキと痛む胸を押さえ、ティナはとうとう耐えきれなくなってワッと泣き出してしまった。

すると、リヴィは吃驚《きっきょう》してソファから立ち上がった。

「どうしてティナが泣く？　はあ、泣きたいのはこっちの方だ」

「……っ、そんなに不快に、私が嫌いに、なったのですか？　それならきっぱりと拒絶してください」

「は？　何を言って……」

ずっと我慢していた心の内のドロドロとしたものが堰《せき》を切って出てきた。

「暫《しばら》く会えない旨の手紙をいただいてすぐ、リヴィ様はストロベリーブロンドの綺麗な女の人と何度も会っていましたよね？　私には会えないと言っておきながらっ……他《ほか》の方と、逢瀬《おうせ》を重ねて……」

「待て待て。逢瀬なんて重ねてない。俺《おれ》があいつと会っていたのは……」

そこで理由を述べようとしたリヴィが口を噤《つぐ》んだ。あからさまに視線を逸らし、困ったように頭を掻く。何か言いたくないことがあるのは明らかだった。

「……お二人を目撃するたびに、それを思い出すたびに、私の胸は苦しくてズキズキと痛むんです。もうこんな訳の分からない感情を抱きたくありません！」

ティナはやがて顔をリヴィから背けると、目尻《めじり》の涙を指で払った。それで涙が止まることはないが、これ以上彼の目の前で泣き続けて面倒な女だと思われたくない。

「……ティナ」

名前を呼ばれ、後に続く言葉が怖くて身が竦《すく》む。すると、不意にリヴィの腕が腰に回され、そのまま引き寄せられた。

驚いて顔を向けると、ティナは息を呑んだ。

近くには眉根《まゆね》を寄せるリヴィの顔がある。ずっと厳しい表情をしているのは、自分を拒絶しているからだと思っていた。けれど、それはまったくの見当違いだった。

リヴィの瞳には切なく余裕のない色が浮かんでいたのだ。

「その件に関しては俺に非がある。すまない。だが、ティナだってどうして手紙の返事をよこさなかった？」

「手紙……？」

「数日前に手紙を送ったはずだ。昨日《きのう》ここに来て欲しいと連絡した。なのに返事もよこさず、無理やり呼び出せば俺を煽るようなことをする」

首を傾げてそんな手紙があったかと、ここ数日の記憶を辿《たど》る。やがてある記憶が脳裏に浮かび、ティナはあっと声を上げた。

そうだ、いつか誤って自分宛の手紙をうっかり暖炉へ投げ入れてしまった。そしてそれがリヴィからの手紙だったらしい。

自分にも非があると分かったティナは顔を青くさせ、平謝りに謝った。

「ごめんなさい。私、そのっ……最近はリヴィ様のことで頭がいっぱいで。うっかり手紙を読まずに燃やしてしまって……本当にごめんなさい！」

「そう、なのか」

ぽつりと呟いたリヴィがティナを責めることはなかった。

ただ、澄んだ青い瞳を細め、緩む口元を押さえている。

ティナが怪訝そうに見つめると、リヴィは咳払《せきばら》いしてから口を開いた。

「理由は分かったからもう謝らなくていい。……その、なんだ。てっきり俺はティナに愛想を尽かされたと思っていた。けど、それは単なるボタンのかけ違いによるものだったようだ」

リヴィは安堵のため息を漏らすと話を続ける。

「ストロベリーブロンドの女は俺の幼馴染《おさななじみ》みたいなものだ。言っておくが向こうは結婚しているし、俺になんて興味ない。あと……他の女に嫉妬《しっと》して、俺で頭がいっぱいだったことがとても嬉しい」

「嫉妬？」

ティナはぱちぱちと目を瞬《まばた》いた。

息が苦しくて胸がズキズキする――この感覚が嫉妬？

自身の胸に視線を落とした。不思議なことに嫉妬だと分かった途端、すとんと自分の中で腑《ふ》に落ち、あれほど苛《さいな》まれていた感覚が嘘のように消えてしまった。

ここでティナは、自分は嫉妬するくらいリヴィに夢中だということと、それを本人へ仄《ほの》めかしていたことに漸《ようや》く気がついた。恋愛経験が少ないせいとはいえ、とても大胆なことをしでかしてしまったと今更ながら認識する。

ティナはリヴィを一瞥《いちべつ》して、すぐに視線を逸らすともごもごと口を開いた。

「えっと。あ、あの。私……きゃっ！」

軽々と身体を抱き上げられると、優しくソファに下ろされる。先程と状況が逆転し、今度はティナがリヴィに覆い被《かぶ》さられる形となった。

「ずっと会えず、手紙の返事もなかったんだ。俺にはティナが足りない。あんな煽り方をしておいてこれ以上のお預けはないだろ？」

そう告げるリヴィの表情は甘く蕩《とろ》けると同時に、余裕のない飢えた獣のような目をしている。彼はティナの頬に手を添えて噛みつくようなキスをした。

「んっ……！」

最初から触れるだけの軽いものではなく、味わい尽くすように貪られる深いもの。

あまりの激しさに、ティナは顔を背けようとするが、リヴィに顎《あご》を掴まれてしまっては逃げることもできない。何度も角度を変えられ、執拗《しつよう》に攻められ続ける。さらに彼のもう一方の手は、ティナの背中や身体《からだ》のラインを確かめるように何度も優しく撫《な》でてくるのだ。

徐々にティナは頭の芯《しん》まで痺れて、何も考えられなくなってしまった。

解放された頃には、リヴィの胸の中に力なく倒れ込んだ。完全にリヴィに溺《おぼ》れてしまい、上気した頬と潤んだ桃色の瞳で彼を見上げる。

リヴィは満足そうに目で笑うと、指先でティナの巻かれている髪の毛を弄《もてあそ》んだ。その髪を耳にかけると、今度はわざと耳元で音が鳴るように何度もキスをする。

チュッと音が鳴るたび、ティナがピクリと反応するのが可愛くて、リヴィの加虐心はますます掻き立てられていった。

「は、恥ずかしっ、い……」

ティナが耐えるようにリヴィのシャツをきつく握り締めていると、「ちゃんと息をして」と指摘された。

無意識のうちに息を止めていたようで、指摘されて初めて気がついたティナは、酸素を取り込むべく口を開く。と、中にリヴィの熱いものが滑り込んできた。

「ふっ……ん」

また激しく求められるティナだったが、これ以上は息ができないとリヴィの胸を叩いて訴える。

リヴィが「悪い」と言って名残惜しそうに離れていくのを、ティナはトロンとした表情で見つめた。

「はあっ……ん、リヴィさま」

「ティナ……可愛い。頼むからその顔は俺以外の誰にも見せるな。男でも女でも絶対に。……あいつ

にはしてないだろうな？」

あいつ、というのはダグのことだろうか。

王宮の舞踏会以降、ティナは会っていなかった。風の噂《うわさ》でクレア伯爵とその息子ベルトランの怒りを買った彼は滅多打ちにされた後、辺境の地に飛ばされて王都へは戻って来られないと聞く。

ダグに酷《ひど》いことをされた当時、今みたいな甘い空気はなかったし、キスをされても思考が停止するだけだった。

(今のリヴィ様の発言も嫉妬に入るのかしら？)

それならちょっと嬉しいかもしれない。

ティナは荒い息を整えると、首を横に振る。

「して、ないですよ。リヴィ様だけです」

「ああ。ティナにこんな顔をさせられるのは俺だけだ。俺だけでいい」

耳元で色気のある低音で囁《ささや》かれ、ティナは身体を震わせる。

「可愛い。でもまだ俺にはティナが足りない」

「……っ」

今度は首筋に顔を埋められる。と、生温かい何かが這《は》う感覚がしてゾクリと背に衝撃が走った。

「ま、まま待ってリヴィさっ……きゃあああっ!!」

制止を求めた直後、ティナが悲鳴を上げたのはリヴィから求められる行為のためではなかった。

いつの間にか部屋の扉が開いていて、そこに人影があるのだ。

「ねえ、いつまで私を待たせるの？　これでも売れっ子刺繍師だから時間、ないのよ？」

心地のよい澄んだ声が部屋に響いた。その人は腕を組み、扉に寄りかかってこちらをジトーっとした目で眺めている——街で目撃したストロベリーブロンドの女性だ。

今日は銀と黄緑の糸を織り交ぜた美しい月桂樹の刺繍のドレスを身に纏っている。相変わらず不思議な色のアースアイに見入ってしまう、とティナは思った。

しかし我に返ったティナは、この状況を見られて恥ずかしくなり、居たたまれなくなった。慌ててリヴィから離れようとするが、何故か彼の腕に身体を絡め取られてしまい、余計に密着する形となってしまった。

それはまるで、子供が独り占めしていたおもちゃを隠すみたいに、リヴィはティナが彼女の視界に入らないようにする。

「マナーがなってないぞ。今は取り込み中だ。後にしろ」

リヴィは舌打ちをすると、大層不機嫌に彼女を睨《にら》んだのだ。

ストロベリーブロンドの彼女は気にも留めず鼻で笑う。

「あらやだ。真っ昼間からことに及ぼうとするあなたの方がよっぽどマナー違反よ。あんなに捨てられたかもしれないとか、嫌われたかもしれないとか毎日嘆いていたのに。取り越し苦労で良かったわねえ」

リヴィは眉間の皺を深く刻み込み、口を開きかける。が、すぐにぎゅっと唇を噛み締めた。反論を口にしても返り討ちに遭うだけだと悟ったらしい。彼はやがてティナから離れると、腕を組んで隣に腰を下ろした。

「ティナ。彼女は雰囲気を台無しにする、デリカシーのない女だ。あんなのに俺が靡くと思うか？」

「えっ」

そんなことを言われても初対面の相手だから分かるはずがない、とティナは思った。

どう反応していいのか分からず、ぎこちない笑みを浮かべるしかない。

「あら、私だってリヴィ様なんか眼中にないわよ。それと仕事熱心と言ってくださいな。こっちは明後日《あさって》までに仕上げなくちゃいけない服が三着もあって忙しいの。あ、私ったら自己紹介が遅れたわ」

ストロベリーブロンドの彼女はティナの前まで来ると、優雅な所作で礼をして名前を告げた。

「初めましてセレスティナ様。私は亡国ノルニア最後の王族、ミュカです」

ノルニアとは少数民族ノルニア人を指す。彼らはとても小さな国を築いていたが、それも十五年前の王位継承争いの内戦によって滅亡してしまった。今はシルヴェンバルト王国に国が吸収され、その場所はノルニア自治区となっている。

ティナは家庭教師からノルニア王家の人間は継承者争いで全滅したと習っていた。それもあって、王家の生き残りがいることに心底驚いた。

（言われてみれば、ミュカさんはノルニア王家の特徴を継承しているわね）

王家の人間の特徴はストロベリーブロンドの髪、そして不思議な翠とオレンジのアースアイ。かつては魔術師の一族とも呼ばれ、彼ら独自の紋様刺繍は、様々な魔術を展開したという言い伝えがある。

（もしかしてミュカさんも魔術が使えるの？）

ティナは期待を込めて目をキラキラと輝かせた。

「……残念ながら歴史文献にあるような魔術云々は使えないから。古代紋様の刺繍はできるけど」

ティナはその言葉を聞いて肩を落とした。おとぎ話のように魔術が本当に存在するなら、一度自分の目で確かめてみたかったのだ。

ミュカの挨拶が終わると、今度はティナがソファから立ち上がって恭しく礼をする。

「私はセレスティナ・アゼルガルドと申します。以後お見知りおきを」

「あら。私なんかに王族にする礼なんてしなくていいのよ。ダンフォース家の庇護《ひご》のもとそれなりに身分は保障されているけど。今の私はただの刺繍師。それから後は——エドガの妻です」

ティナは、はて？　と首を傾げた。

（ミュカさんが、誰の妻？　今エドガさんと聞こえたような……）

たっぷりと時間を取った後、言葉を咀嚼《そしゃく》したティナは驚きの声を上げた。

エドガは飄々《ひょうひょう》としていて、ミステリアスな人物。その奥さんとなると彼に似てつかみどころがない人だろう、とティナは勝手に想像していた。けれど、ミュカから受けた第一印象にそんな部分は微塵《みじん》もない。

（ノルニア王家の血筋で、今は刺繍師でエドガさんの奥さん！　凄《すご》い経歴だわ！）

改めてティナがミュカを見つめると「やっぱり驚くわよね」と、なんだか楽しそうに笑っていた。

「さて、話はこれくらいにして私の作業部屋へ移動しましょう」

その言葉を合図にリヴィはソファから立ち、大きな手をティナの前に差し出してくる。

ティナは柔和に微笑むと、彼の手の上に自ら手を載せて立ち上がり、目的の部屋へと向かった。

ミュカの作業部屋は客間から意外と近い場所に設けられていた。

中に入ると、シルクや綿などの生地がきちんと整理されて棚に積まれている。そこから選ばれた生地がドレスとなり、何体もあるトルソーには途中までできた刺繍が施されている。どれも精緻《せいち》且つ流行を押さえたもので年頃《としごろ》の女性たちが好む代物ばかりだ。

脇にあるテーブルには、鮮やかな刺繍糸やキラキラと輝くビジューが箱に収まっているが、無造作に積まれていて、そこだけは雑然としていた。

職人の作業部屋には滅多に入れないため、ティナは目を輝かせて周りを観察する。ふと、窓辺に置かれた花瓶に目が留《と》まる。そこには一輪のアネモネが飾られていた。

ティナが花瓶に近づいて眺めていると、後ろからミュカが話しかけてきた。

「セレスティナ様は、アネモネが好きですか？」

「はい。アネモネはアゼルガルド領に咲く花ですから。私にとっては思い入れの強い花です」

ただ不思議なのはどうして見頃《みごろ》となったアネモネが飾られているのか、ということ。今はアネモネの時期をとうに過ぎてしまっている。

「その花、探すのに苦労したの。季節が過ぎているから温室でアネモネを栽培している人間を探すところから始まって。植物図鑑があるから大丈夫だって私が何度言っても、本物を見て作れってリヴィ様は五月蝿《うるさ》いし。おかげで数日間、小間使いのように奔走する羽目になったわ」

ミュカは表情を歪《ゆが》めると、わざとらしく深いため息を吐いた。

ティナはあっ、と心の中で声を上げる。

（数日前、街で何度も二人を見かけたのはそれが理由だったんだわ）

とはいっても、その本筋はよく見えない。

「どうして、アネモネを探していたのですか？」

ティナが尋ねると、ミュカはまた愉《たの》しそうに笑う。それから奥にある扉の前に連れて行かれると、彼女は口を開いた。

「ちゃんと見てもらった方が一番腑に落ちると思うわ。先へ進んで。リヴィ様は中にいるから」

言われて辺りを見渡してみると、いつの間にかリヴィの姿はどこにもない。ティナは頷《うなず》いて、奥の部屋へと進んだ。

そこは作業部屋よりも日差しが入り込む明るい場所。その中に、リヴィが一人立っている。横にはトルソーが一体佇《たたず》んでいて、身に纏っているのは純白のドレスだった。

幾重にも重なったスカートの裾《すそ》には、本物の花を縫いつけたようないくつもの赤と白のアネモネの花が咲き誇っている。

ティナは色によって花言葉の意味が違うことを知っていた。

赤には『君を愛す』という意味が。白には『真実・希望』という意味がある。思い出した途端、言葉を失った。

「今日という日をどれだけ待ち望んだか」

リヴィの独り言のような呟きが耳朶《じだ》に触れる。ゆっくりとこちらに近づいてくる、真剣な眼差しから目が離せない。

「彼女と街を歩いていたのは、これのためにアネモネの花を探し回っていたからだ。本来なら使用人に頼めばいいが。どうしても自分の手で見つけたかった。黙っていて悪かった」

ティナは首を何度も横に振る。何か言いたいのに言葉が思いつかない。

リヴィはティナを抱き寄せるとそっと耳元で呟いた。

「俺がティナを不安にさせるのは今回が最初で最後だと約束する。だから、互いが不安な思いを金輪際しないように……」

リヴィは顔をティナに向けると、はっきりと言った。

「ずっと傍《そば》にいて欲しい」

「……っ」

ティナは目頭が熱くなるのを感じた。

屋敷に来て最初に泣いた時、心を支配していた惨苦は氷の様に冷たかった。けれど今は違う。温かな春の陽《ひ》だまりに似た幸福感に包まれる。

ティナは一度目を閉じると、自分の胸に手を当てる。それから再び目を開くと、しっかりとリヴィを見つめ返した。

「はい、リヴィ様。ずっと、ずっと傍で私があなたを支えます」

ティナは涙を流しながら笑顔で答えると、彼の胸の中へと飛び込んだのだった。

侍女はオネエの皮を被った××を知る。

あとがき

はじめまして、小蔦あおいと申します。この度は本書を手に取っていただき、ありがとうございます。

こちらは一迅社様の「第４回アイリスＮＥＯファンタジー大賞」にて銀賞をいただき書籍化することになりました。

この作品はトラウマを抱えてまともに恋愛ができないと思い込んでいる令嬢と、訳ありオネエ殿下のお仕事ラブコメです。読んでいてドキドキとワクワクの二つを楽しんでいただけるよう想いを込めて書きました。お楽しみいただけたなら幸いです。

受賞時に完結はしていたものの、一冊の本になるには足りなかったので、たくさんエピソードを追加しました。その際、越えられない壁として立ちはだかったのはオネエ殿下です。なにせ難攻不落で訳ありなので終盤までネタバレしないよう、どこまで心情を吐露させるか非常に悩み苦しみました。最後まで書き上げて無事に皆様のところへお届けできるか不安でしたが、ここまでこられたのもたくさんの方が支えてくださったお陰です。

最後に、この場をお借りしてお礼を申し上げます。

至らない私に根気強くご指導してくださった担当様。右も左も分からない私にアドバイスをしてくださり、そして諸事情のためにスケジュール調整をしてくださったこと、心から感謝申し上げます。

イラストを担当してくださった山下ナナオ先生。私の拙い説明にもかかわらず大変素敵で美麗なイラストを描いてくださりありがとうございます。ラフをいただいた時はオネエなのが勿体ない！　と心の底から思ったほどです。

そして本作を手に取ってくださったあなた。素敵な出会いになったなら大変嬉しいです。


今後とも素敵な作品が書けるように精進したいと思います。

それではまたどこかで会えることを願って。

小蔦あおい

侍女《じじょ》はオネエの皮《かわ》を被《かぶ》った××《ばつばつ》を知《し》る。

2021年1月20日　初版発行

初出……「侍女はオネエの皮を被った××を知る。」
小説投稿サイト「小説家になろう」で掲載

著者　小蔦あおい

イラスト　山下ナナオ

発行者　野内雅宏

発行所　株式会社一迅社
〒160-0022 東京都新宿区新宿3-1-13 京王新宿追分ビル5F
電話　03-5312-7432（編集）
電話　03-5312-6150（販売）
発売元：株式会社講談社（講談社・一迅社）

印刷所・製本　大日本印刷株式会社
ＤＴＰ　株式会社三協美術

装幀　小沼早苗（Gibbon）

ISBN978-4-7580-9314-9

Printed in JAPAN

おたよりの宛て先
〒160-0022 東京都新宿区新宿3-1-13 京王新宿追分ビル5F
株式会社一迅社　ノベル編集部
小蔦《こづた》あおい 先生・山下《やました》ナナオ 先生